Jesko Wilke

Das LEBEN ist ein zotteliges UNGETÜM

DRYAS

Das für dieses Buch eingesetzte Papier ist ein Produkt
aus nachhaltiger Forstwirtschaft.

1. Auflage 2016

Herausgeber: Dryas Verlag, Frankfurt am Main,
gegr. in Mannheim.

Herstellung: Dryas Verlag, Frankfurt am Main
Korrektorat: Birgit Rentz, Itzehoe
Umschlaggestaltung: © Guter Punkt, München (www.guter-punkt.de),
Julia Jonas unter Verwendung von Motiven von Thinkstock
Zeichnungen „Little Schnauzer" © asmakar - fotolia.com / „Puppy of
terrier" © asmakar - fotolia.com
Satz: Dryas Verlag, Frankfurt am Main
Gesetzt aus der Palatino Linotype
Druck: CPI books GmbH, Ulm

Bibliografische Information der Deutschen Bibliothek:
Die Deutsche Bibliothek verzeichnet diese Publikation in der Deutschen
Nationalbibliografie, detaillierte bibliografische Daten sind im Internet
über http://dnb.ddb.de abrufbar

ISBN 978-3-940855-67-1
www.dryas.de

Für Jarka, Teje & Pauli

PROLOG

Die Frau, mit der ich zusammenlebe, ist fantastisch. Nicht nur, dass sie umwerfend aussieht, sie ist auch noch selbstbewusst, humorvoll, tolerant und tierlieb. Doch damit nicht genug. Sie behauptet sich in einem der letzten echten Männerjobs und verdient damit mehr Geld als ich. Vor ein paar Monaten sind wir zusammengezogen. Genauer gesagt, ich bin zu ihr gezogen, weil ich mir meine alte Wohnung nicht mehr leisten konnte. Sie sagte: „Kommt einfach zu mir. Hier ist genug Platz für drei."

Für drei? Ja drei, denn da ist auch noch Amok, mein ziemlich cleverer Hund. Wir haben einen Deal gemacht: Amok und ich dürfen mietfrei bei ihr wohnen, dafür kümmere ich mich um den Haushalt und Amok hilft in der Werkstatt. Die Frau, von der ich rede, heißt übrigens Carla und ist fünfundzwanzig. Der Altersunterschied? Der ließ sich nicht vermeiden. Es handelt sich schließlich um meine Tochter.

So weit, so gut. Doch es gibt da neuerdings ein Problem: Vor ein paar Tagen ist mein männliches Selbstbewusstsein wieder aufgetaucht. Es hatte, sagen wir mal, seinen gesamten Jahresurlaub genommen, aber der ist nun definitiv vorüber. Da stand es also, mein Ego, bestens erholt und voller Tatendrang. Es sagte: „Was ist denn hier los, verdammt noch mal! Hast du etwa immer noch keinen Job? Stattdessen hast du dich bei deiner Tochter eingenistet und zahlst nicht einmal Miete? Das kann doch nicht dein Ernst sein, Alter!"

KAPITEL 1

Die Flirtphase ist ausgesprochen kurz ausgefallen. Schon signalisiert die attraktive Blonde, dass es losgehen kann. Und er? Er ist begeistert! Mehr als das, er ist total hin und weg von ihr. Wenn er sie unter anderen Umständen kennengelernt hätte, wäre er sicher nicht so stürmisch vorgegangen. Man hätte sich Zeit gelassen, geschaut, ob man sich überhaupt sympathisch findet. Doch ihre Körpersprache lässt keinen Zweifel zu. Sie sagt: Ich will! Hier und jetzt! Sofort! Und diese Duftwolke – einfach überwältigend! Er sieht ihre langen Beine und ...

Dann hört er, dass jemand ihren Namen ruft. Es ist eine Frauenstimme, sie klingt erst hektisch, dann wütend und schließlich verzweifelt. Das gibt Ärger, denkt er, doch es ist bereits zu spät.

„Hey, Sie da!"

Ich hebe den Kopf, um zu schauen, ob ich gemeint bin, und sehe eine Frau, die mir im Stechschritt entgegeneilt.

„Können Sie nicht aufpassen, verflucht noch mal?", faucht sie aus einem eleganten Outfit, das unpassenderweise in übergroßen, gelben Gummistiefeln steckt. Sie wirft ihren dunklen Pony aus dem Gesicht. Ihr wutverzerrtes Antlitz reißt mich aus meinen Gedanken – Amok! Verdammt, wo steckt der Köter?

Dann sehe ich, was passiert ist.

„Sorry, aber die sind beide nicht an der Leine gewesen, oder?", sage ich.

„Natürlich nicht! Ich habe Sie ja auch gar nicht kommen sehen!", schnauzt die Lady.

„Ach so. Und das ist meine Schuld?"

Sie stiert mich an.

„Rhetorische Frage, Sie brauchen nicht zu antworten", ergänze ich, um einen sachlichen Tonfall bemüht.

Vermutlich sieht sie hinter ihrer Brille sogar ganz hübsch aus – falls sie ihre Gesichtsmuskulatur wieder unter Kontrolle kriegt. Doch ich fürchte, das wird dauern. Sie hebt die Arme, bewegt sich ein paar Meter auf unsere kopulierenden Hunde zu und brüllt: „Aus! Verdammt noch mal, geh runter von meiner Cindy!" Und dann, an mich gewandt: „Wir müssen sie trennen, nun machen Sie schon, bevor es zu spät ist!"

„Das würde ich lieber nicht versuchen. Sie wissen doch, wie das bei Hunden funktioniert." Ich zeige ihr meine Handflächen und lasse sie ineinander greifen. „Sie würden Ihrer Hündin nur Schaden zufügen, wenn Sie da mit Gewalt rangehen."

Sie lässt die Arme sinken. „Aber wir müssen etwas tun. So rufen Sie doch Ihren verdammten Köter zurück!"

Ich schaue zu den Hunden hinüber. Amok hechelt. Er umklammert den Hinterleib einer Golden-Retriever-Hündin mit den Vorderpfoten und zeigt begattungstypische Hüftbewegungen. Im Blätterdach über uns zwitschern Vögel. Die Luft ist mild und riecht wie der Weichspüler, den ich neulich gekauft habe. Muss an den Maiglöckchen liegen, die hier überall im Park herumstehen.

„Das hat keinen Sinn", sage ich. „Wenn ich ihn rufe, bringe ich ihn nur in einen Konflikt. Amok hängt fest. Das dauert einfach ein paar Minuten. Tut mir echt leid." Ich wende mich von der Szene ab und gehe zwei Schritte auf das empörte Frauchen zu. Sie hat eine super Figur und wirkt sehr sportlich. „Ich heiße übrigens Stefan. Stefan Fischer."

„Amok?", zischt sie. „Nicht zu fassen!" Dann bemerkt sie mein gewinnendes Lächeln und höhnt: „Es macht Ihnen auch noch Spaß! Hab ich recht? Zuzuschauen, wie Ihre Töle sich über meine Cindy hermacht. Sie sind ein verdammter ..."

„Na na! Jetzt kommen Sie mal runter", unterbreche ich sie, obwohl mich schon interessiert hätte, welche Beleidigung sie mir entgegenschleudern wollte. Ich verstaue meine Hände wieder in den Jackentaschen und halte dem starren Blick der Lady stand. Gesten der Beschwichtigung scheinen sie erst recht auf die Palme zu bringen, merkwürdig. Vielleicht hilft eine tiefe, ruhige Stimmlage. „Wenn Sie hier eine läufige Hündin herumrennen lassen, und das auch noch während der Stehzeit, haben Sie selber Schuld!", sage ich. „Sie ist es doch, die unmissverständliche Signale aussendet. Mein Hund hat darauf nur reagiert, ganz natürlich, vollkommen artgerecht."

„Pah! Das ist ja mal wieder typisch!" Sie hat die Worte regelrecht ausgespuckt. Mein Barry-White-Timbre hat sie komplett aus der Fassung gebracht. Ihr Gesicht ist gerötet und ihre Augen funkeln böse. „Auch noch zu behaupten, sie hätte es nicht anders gewollt!"

Menschen neigen dazu, sich mit ihren Haustieren zu identifizieren, denke ich und blicke auf die Leine, die sie bis zum Reißen gespannt zwischen ihren Händen hält. Ich glaube, sie würde mich damit am liebsten erwürgen.

„Und was mache ich nun? Können Sie mir das mal sagen?" Ihre Stimme klingt ein bisschen resigniert. Hat sie ihr Pulver schon verschossen?

„Wo ist das Problem?" Ich schaue zu den Hunden hinüber, die mittlerweile Hintern an Hintern am Wegrand stehen und belämmert aus ihrer Fellwäsche gucken. Offensichtlich hängt Amok immer noch fest.

„Das Problem? Ihr verdammter Straßenköter hat gerade meine Rassehündin geschwängert, das ist das Problem!"

KAPITEL 2

„Seid ihr das?", ruft Carla, als sie die Haustür ins Schloss fallen hört, und streckt den Kopf aus dem Badezimmer. Ihr breites Grinsen umschließt den Stiel einer roten Zahnbürste. Ich finde, das sieht ziemlich süß aus.

„Mit frischen Brötchen", antworte ich und hänge die Hundeleine an die Garderobe.

Carla verschwindet wieder im Bad. „Ich bin gleich fertig", ruft sie. Anschließend hören wir ein Gurgeln. Dann erscheint meine Tochter in der Küche. „Ihr wart heute Morgen aber lange unterwegs."

„Stimmt. Und das hat gute Gründe", erwidere ich und freue mich, dass es etwas zu erzählen gibt. Ich lege die Bäckertüte auf den Küchentisch und fingere mir ein Schnittbrötchen heraus.

„Gute Gründe?", fragt sie und greift mit beiden Händen in ihren Haarschopf, um ein Gummiband darumzuwickeln.

„Sehr gute. Amok hat heute Morgen nämlich schon Sex gehabt."

„Ach was! Bestimmt mit Bruno, der notgeilen Socke von gegenüber."

„Nein, kein schwules Gerammel. Richtigen Sex, mit einer hübschen Blondine."

„Echt?" Sie schnappt sich den Hund und verwuschelt sein zotteliges schwarzes Fell. Dann nimmt sie seinen Kopf in beide Hände und guckt ihm in die Augen. „Alter Weiberheld! Und? Hast du es ihr auch richtig besorgt?"

Mein Schnauzermischling zeigt ein verlegenes Gähnen und beginnt dann, hingebungsvoll an ihren Händen zu lecken.

„In dem kleinen Park am Holstenring. Da lief eine Golden-Retriever-Hündin herum, die war so was von läufig ..."

„Wie, und Amok hat sie richtig geknallt!?" Carla schaut zu mir hoch. Wie sie jetzt guckt, ungläubig und neugierig zugleich, erinnert mich an früher, als sie noch ein kleines Mädchen war.

Ich nicke. „Ohne Umschweife! Als ich dazukam, war es bereits zu spät."

„Da habt ihr ja euern Spaß gehabt."

„Geht so", gebe ich zu und verziehe das Gesicht. „Da war leider auch ein Frauchen im Spiel und die Lady fand das überhaupt nicht witzig."

„Oh." Carla greift nach ihrem Kaffeebecher, nippt daran und verstaut dann ihre blonden Locken unter einer Baseballkappe.

Ich schaue meine Tochter an und sehe eine junge Frau, mittelgroß, Mitte zwanzig, mittelmeerblaue Augen. Ihre sparsam ausgeprägten Rundungen stecken in einem Blaumann mit Brusttasche und aufgenähtem Namensschild: „Carla Fischer", steht da in gesticktem Schriftzug. Als sie nach ihren klobigen Sicherheitsschuhen greift, muss ich an die Retriever-Lady in ihrem eleganten Outfit denken. Unglaublich, dass Frauen so unterschiedlich ausfallen können. Ich versuche für einen Moment meine Tochter mit den Augen eines Fremden zu sehen. Ist sie attraktiv? Hat sie einen hübschen Hintern? Ein anziehendes Wesen? Einen geheimnisvollen Blick? Doch das funktioniert nicht, denn da bleibt immer dieses Vatergefühl. In einem kurzen Rock und Schuhen mit hohen Absätzen würde ich sie trotzdem gern mal erleben. Blöd, dass sie so etwas nie anziehen wird.

„Übrigens, du hast einen Vorstellungstermin. Jemand von dieser Personalvermittlungsagentur hat vorhin angerufen. Ich hab alles auf einen Zettel geschrieben."

„Wer hat angerufen?", frage ich, noch ganz in meine Gedanken versunken.

„Die von der ARGE. Du hast doch diesen Vermittlungsgutschein bekommen und wolltest versuchen, einen Job bei einem Sicherheitsdienst zu kriegen, erinnerst du dich?" Sie sagt es, als sei ich an Alzheimer erkrankt.

„Ach ja, stimmt", gebe ich zu, doch mich ärgert der Ton, in dem sie mit mir spricht. „Kein Grund, mich wie ein Kind zu behandeln. Ich bin zwar ein alter Knochen, aber der ist weder blöd noch taub."

Carla lächelt nur. „Ich geh dann mal runter in die Werkstatt. Wie sieht's aus, Amok, bist du einsatzbereit?"

Amok blickt auf, als er seinen Namen hört. Er legt den Kopf schief und fängt an zu wedeln. Es sieht ein bisschen unschlüssig aus. Carla drückt mir einen Kuss auf die Wange und geht zur Wohnungstür.

„Hopp hopp", ruft sie und Amok folgt ihr ein paar Schritte. Dann dreht er sich zu mir um. Der Blick aus seinen hellbraunen Augen will mir etwas sagen. Es dauert eine Weile, ehe ich begreife, worum es geht.

„Ach so!", sage ich. „Du hattest ja noch gar kein Frühstück, armer Hundling!"

Carla sieht mich an, als wollte sie sagen: Na, doch Alzheimer? Dann grinst sie.

„Na gut, dann kommst du eben gleich nach", sagt sie zu Amok, und schon ist sie verschwunden. Wenig später hören wir, wie sich unten erst das große Rolltor öffnet und dann der alte Kompressor anspringt, der die Werkstatt mit Druckluft versorgt.

„Selbst der Köter hat mehr zu tun als ich!", sage ich laut und beschließe, diesen Vorstellungstermin auf jeden Fall wahrzunehmen. Amok spitzt die Ohren. Sein Blick verfolgt jede meiner Bewegungen, er sagt: Was beklagst du dich, immerhin kannst du den Kühlschrank selber aufmachen ...

„Sorry, Alter", erwidere ich und stehe auf, um ihm endlich eine Dose Fertigfutter zu öffnen. „Soll nicht wieder vorkommen!"

Nachdem der Hund kurzen Prozess mit seinem Frühstück gemacht hat, trottet er ins Wohnzimmer rüber und wälzt sich minutenlang auf dem einzigen Teppich, der sich in der Wohnung befindet. Dabei gibt er ein wohliges Grunzen von sich. Wenig später springt er an der Haustür hoch, drückt die Türklinke und läuft die Treppe zur Werkstatt hinunter. Ganz der vollbeschäftigte Profi.

Mein Job besteht darin, Kaffee für das zweite Frühstück zu kochen und belegte Brötchen zu schmieren. Amok mag sein Brötchen am liebsten mit Leberwurst. Carla bekommt eine Hälfte mit Nutella und Frischkäse, die andere mit Fleischsalat und Gurkenscheiben. Für sie ist es genau genommen das erste Frühstück, denn sie isst morgens nie etwas. Um zehn muss ich das Frühstück runterbringen. Carla, Amok und Oktan haben dann bereits eineinhalb Stunden gearbeitet.

Bis dahin ist aber noch reichlich Zeit. Um sie mir zu vertreiben, hole ich einen Korb mit trockener Wäsche aus dem Badezimmer und kippe alles über dem Küchentisch aus. Kurz darauf macht sich ein penetranter Maiglöckchenduft breit, und ich frage mich, warum Waschmittel parfümiert werden. Dann fange ich an, unsere Socken auseinanderzusortieren. Erst mache ich zwei Stapel, anschließend suche ich die Paare heraus, streiche sie glatt und falte sie ein Mal in Höhe der Ferse. Ich muss dabei an neulich denken, als Carla gesagt hat: „Hey, du Spießer, du brauchst die Strümpfe doch nicht zusammenzulegen. Die kannst du mir einfach in die Kommode schmeißen."

Aber das bringe ich nicht fertig.

Außerdem habe ich ja Zeit.

„Scheiße!", brüllt Carla und schlägt mit einem Schraubenschlüssel auf das Bodenblech eines VW-Käfers.

„Was ist los?" Ich stelle das Tablett mit dem zweiten Frühstück auf einer Holzkiste vor dem Büro ab. Amok guckt eingeschüchtert von Carla zu mir und wieder zurück, dann setzt er sich hin.

„Der scheiß Bolzen hängt fest. Außerdem hab ich ein Entlüftungsventil abgerissen. Das nervt! Ist mir ewig nicht passiert. Das kommt, weil wir dauernd an diesen uralten Rostlauben herumschrauben, verdammt!" Sie reibt sich mit ihrem Handrücken über das Gesicht und zeigt in Richtung Bürotür. „Hol mir mal 'n sauberen Lappen", knurrt sie, worauf Amok lossprintet. Er verschwindet im Büro und erscheint freudig wedelnd mit einem Fetzen Stoff im Maul. Den bringt er Carla. Sie wischt sich die ölverschmierten Hände damit ab und krault ihrem vierbeinigen Werkstatthelfer die Ohren. Amoks Fähigkeiten sind wirklich erstaunlich. Carla hat ihm sogar beigebracht, diverse Schraubenschlüssel zu unterscheiden und auf Kommando zu bringen.

„Deine Tochter flucht schlimmer als jeder Kerl", sagt Oktan. Carlas Chef zieht einen Hocker unter der Werkbank hervor und setzt sich darauf. Oktan ist weit über sechzig. Seit Jahren redet er davon, sich zur Ruhe zu setzen, aber Carla sagt, er hat Angst vor seiner Frau Renate. Vor ein paar Monaten hat die ihn dazu genötigt, die Wohnung über der Werkstatt gegen ein kleines Reihenhäuschen mit Garten einzutauschen. Daraufhin ist ihm klar geworden, was ihn im Ruhestand erwartet, meint Carla. Das mit dem Reihenhaus war großes Glück für Carla und nun auch für mich, denn er hat die frei gewordene Bude seiner Gesellin angeboten, zu sehr günstigen Konditionen.

„Stefan", sagt Oktan und umfasst seinen Kaffeebecher mit beiden Händen, als wolle er sie daran wärmen. „Ich bin froh, dass du so gut für Carla sorgst. Seit du da oben eingezogen bist, hat die Kleine endlich ein bisschen zugenommen."

Im Hintergrund ist lautes Klingeln zu hören.

Oktan verzieht das Gesicht. „Und dann diese Sachen, die sie sich immer gemacht hat – Popcorn aus der Mikrowelle mit Ketchup und Majo! So was kann man doch nicht essen!"

Ich halte es für besser, Stillschweigen darüber zu bewahren, dass ich es bin, von dem Carla sich solche kulinarischen Unarten abgeguckt hat.

„Na, was quatscht ihr hinter meinem Rücken?" Carlas Blick wechselt von Oktan zu Amok und schließlich zu mir. Sie hat sich eine Tageszeitung unter den Arm geklemmt und zieht einen Bürostuhl hinter sich her. Wir zucken mit den Schultern. Amok bewacht das Tablett mit den geschmierten Brötchen.

Carla lässt sich auf den Stuhl fallen. „Renate hat gerade angerufen. Ich soll dich daran erinnern, dass du heute pünktlich Feierabend machst. Ist wegen der Einladung. Irgendein Nachbar feiert seinen runden Geburtstag." Sie grinst, als Oktan panisch guckt, dann schlägt sie die Zeitung auf.

„Dabei kennen wir die Leute erst seit ein paar Monaten", murmelt Oktan und schüttelt den Kopf. Er scheint sich immer noch nicht damit abgefunden zu haben, dass er jetzt in diesem Reihenhaus am Stadtrand wohnt. Früher ist er nach Feierabend oft stundenlang in der Werkstatt verschwunden, nur um seine Ruhe zu haben. Renate war darüber ziemlich ungehalten. Einmal soll sie gesagt haben: „Entweder wir suchen uns ein hübsches Reihenhaus mit Garten oder ich ziehe zu meiner Schwester nach Mallorca." Oktan hatte angeblich nur gemeint: „Dann geh doch!", und alles blieb beim Alten. Bis Renate seine Herzschwäche zu Hilfe kam. Es passierte, während er die Zündkerzen an seinem Audi 100, Baujahr '90 wechselte. Er kippte vornüber in den Motorraum. Dort lag er eine Weile, bis ihn Carla gefunden, und, wie sie meint, *ausgebaut* hat. Als er zu sich kam, soll er gesagt haben: „So möchte ich sterben, in inniger Umarmung mit meinem alten Sechszylinder."

Kurz darauf sind Oktan und Renate dann tatsächlich in ein Reihenhaus gezogen und Carla durfte eine der beiden Wohnungen über der Werkstatt übernehmen. Zu den günstigen Konditionen gehört allerdings ein Problem namens Neunzig – Opa Neunzig! Oktans Vater ist unser Nachbar und wollte ums Verrecken nicht umziehen. Weder in das Reihenhaus noch in ein Seniorenwohnheim. Der sture Alte hat sich in seiner Eineinhalbzimmerwohnung regelrecht verbarrikadiert und damit gedroht, einen Sprenggürtel zu zünden, falls jemand versuchen sollte, ihm Gewalt anzutun (es geht das Gerücht, dass er ein paar Handgranaten aus dem Zweiten Weltkrieg besitzt). Opa Neunzig heißt er übrigens nicht erst, seit er Opa und neunzig Jahre alt ist. „Neunzig" ist schlicht sein Nachname und er wird nicht müde zu erläutern, dass es sich dabei um einen durchaus gebräuchlichen Familiennamen handelt.

Unsere Aufgabe besteht eigentlich nur darin, ab und zu mal nach dem Alten zu gucken, was kein Problem ist, da wir praktisch Tür an Tür wohnen. Morgens kommt eine Frau vom Pflegedienst und am späten Vormittag wird das Mittagessen geliefert. Essen auf Rädern, findet Opa

Neunzig, ist ein absolutes Muss für einen Kfz-Meister, der sich im Ruhestand befindet. Ich schaue meist am Nachmittag bei ihm rein. Dann sprechen wir über sein Lieblingsthema, eine Krabbenpulmaschine, die er kurz nach dem Krieg entwickelt hat. Seine Familie stammt nämlich aus Büsum. Die Geschichte geht so: Es dauerte den jungen Kriegsheimkehrer und Kfz-Lehrling, dass Mutter und Tante tagtäglich am großen Küchentisch saßen und Berge von Krabben pulen mussten. In Heimarbeit, wie es früher üblich war. Nach langer Tüftelei war es ihm tatsächlich gelungen, den schwimmenden Würmern, wie er die Garnelen nannte, das gut geschützte Muskelfleisch mithilfe einer komplizierten Mechanik zu entreißen. Das Ding wurde von einer Handkurbel angetrieben, und glaubt man Opa Neunzig, dann soll es brauchbare Dienste geleistet haben. Doch als er das Patent anmelden wollte, stellte sich heraus, dass ihm ein findiger Zeitgenosse zuvorgekommen war.

„Runder Geburtstag", mault Oktan und sieht dabei so erbärmlich aus, als würde Renate ihn heute Abend zu seiner eigenen Hinrichtung karren.

„Ich hab's dir jedenfalls ausgerichtet", verkündet Carla und greift in die Papiertüte. Gleich darauf fliegt ein Leberwurstbrötchen durch die Werkstatt. Amok fängt es aus der Luft und trollt sich auf seine alte Wolldecke, die in einer kleinen Nische neben dem großen Rolltor liegt. Von dort aus hat er eine gute Übersicht über das Geschehen. Er hält das Brötchen zwischen den Vorderpfoten und rupft genüsslich kleine Stücke davon ab. Manchmal, wenn ihm etwas von der fettigen Leberwurst am Gaumen kleben bleibt, reckt er die Schnauze in die Luft und macht lustige Schmatzgeräusche.

„Ja ja", nuschelt Oktan und nimmt einen Schluck Kaffee. „Schmeckt gut, die Plörre", sagt er und klopft mir auf die Schulter. „Und wie läuft's bei dir? Haste am Wochenende Arbeit als Türsteher?"

Ich nicke ihm zu und beiße in mein Brötchen. Mit vollem Mund spricht man nicht, denke ich, und finde es ganz praktisch, nicht antworten zu müssen. Ist mir echt peinlich, dass ich immer noch auf den Scheißjob als Türsteher angewiesen bin. Ich werde zu diesem Vorstellungstermin gehen, auch wenn die Chancen eins zu hundert stehen, wieder eine richtige Anstellung zu finden.

KAPITEL 3

Andreas Brokkoli blättert lustlos in der Bewerbungsmappe herum. Wie er diesen Job hasst! Im Laufe der Jahre hat er eine erfolgreiche Werbeagentur aufgebaut und verdient eine Menge Geld damit – so weit, so gut. Doch die Leute, mit denen er täglich zu tun hat, stehen unter enormem Druck, und sie missbrauchen Alkohol und andere Drogen, um das auszuhalten. Die Kombi macht sie nach einer gewissen Zeit zu Arschlöchern und/oder -kriechern. Ernüchternd muss Brokkoli sich eingestehen, dass ihn das einschließt. Wenn er in den Spiegel schaut, sieht er einen abgefuckten Werber, der alles tun würde, um einen weiteren siebenstelligen Etat zu ergattern.

Vor Kurzem ist ihm das wieder einmal gelungen.

Brokkoli hat einen fetten Auftrag an Land gezogen. Nun braucht er einen Top-Mann, der die neu zu bildende Unit leitet, die den Kunden betreuen wird.

Erneut starrt Brokkoli auf die Bewerbungsmappe. Der Kandidat hat Stationen bei Lintas, Scholz & Friends, TEAM/BBDO und Saatchi & Saatchi vorzuweisen, den ganz großen Agenturen der Branche, und ist ihm von einem international operierenden Headhunter vorgeschlagen worden.

Beste Referenzen, denkt Brokkoli.

Man wird sehen.

In dem gläsernen Konferenzraum befinden sich außer mir fünf weitere Personen – zwei Frauen und drei Männer. Ich frage mich, was die ganzen Leute hier wollen. Sind die etwa alle wegen des Jobs hier? Wie typische Sicherheitsleute sehen sie allerdings nicht aus.

Jetzt erscheint ein Typ in weißem Hemd und Jeans. Er ruft laut „Vamos!", noch bevor die Tür hinter ihm ins Schloss fällt. Er stellt sich als Andreas Brokkoli, Geschäftsführer des

Unternehmens vor. Ich greife nach Brokkolis Hand, drücke sie in angemessener Stärke und halte sie für etwa zwei Sekunden fest. Im Stillen zähle ich: einundzwanzig, zweiundzwanzig, weil ich das in einem Bewerbungs-Ratgeber gelesen habe, dann lasse ich wieder los. Dabei schaue ich meinem Gegenüber direkt in die Augen. Auf meine Hände kann ich mich verlassen. Sie sind immer angenehm warm und trocken, selbst wenn ich mich in einer angespannten Situation wie dieser befinde.

„Wir würden uns gern einen Eindruck von Ihren Fähigkeiten verschaffen, falls Sie nichts dagegen haben", sagt Brokkoli, der Boss.

„Wieso nicht", antworte ich, ohne eine konkrete Vorstellung davon zu haben, was damit gemeint ist, und nehme den mir zugewiesenen Platz an einem langen, schmalen Glastisch ein. Für ein Bewerbungsgespräch sind hier definitiv zu viele Menschen im Raum, finde ich, nachdem mir klar geworden ist, dass es sich bei den anderen nicht um Konkurrenten, sondern um Mitarbeiter der Firma handelt.

„Gut", meint der Boss und wendet sich an einen Typen mit Glatze. „Tümmler, wenn Sie das Briefing übernehmen würden."

Tümmler nickt und rückt seine schwarzrot gemusterte Designerbrille zurecht.

„Mögen Sie etwas trinken?", fragt eine junge Frau mich leise. „Einen Espresso vielleicht oder ein Wasser?" Es ist die mit den kurzen blonden Locken, die mich im Foyer abgeholt und hierhergebracht hat.

Ich schüttele den Kopf. Die machen hier auf super modern. Früher wollten sie ein polizeiliches Führungszeugnis sehen und haben dich gefragt, ob du körperlich fit bist. Manchmal wurde ein Drogentest verlangt. Entweder hast du den Job dann gekriegt oder eben nicht.

„Wahrscheinlich haben Sie schon davon gehört", verkündet Tümmler nun, „hier sind alle total happy, weil wir den Etat einer großen deutschen Bank gewonnen haben. In den Branchendiensten wurden die News bereits gepostet. Dieser Deal bedeutet einen *Bold Move* für die Company und eine ganz große Chance für uns alle." An dieser Stelle schaut er in die Runde. Doch es hat nicht den Anschein, als wenn sich alle Teilnehmer dieses Glücksfalls tatsächlich bewusst sind. Die anderen sehen schlaff und müde aus. Das merkt auch Tümmler. „Anyway, jetzt geht es darum, unsere Performance upzugraden. Kurz gesagt, wir brauchen einen *Hungry Guy*, der unser kleines Team so bald als möglich verstärkt."

Ich unterdrücke ein Grinsen, weil er so komisch redet.

„Ein neuer Kunde, schön für Sie", sage ich, und mehr habe ich von dem, was sie hier offenbar „Briefing" nennen, auch nicht verstanden. Vielleicht bin ich einfach schon zu lange raus aus dem Geschäft. Abgesehen davon mag ich es nicht, wenn Leute schnell sprechen, und dieser Mann spricht entschieden zu schnell. Das erzeugt eine Atmosphäre von Zeitdruck und bringt unnötige Hektik in ein Gespräch.

„Unsere Aufgabe besteht darin, eine brandneue Kampagne, eine völlig neue Kommunikationsstrategie zu entwickeln", sagt Tümmler. „Stellen Sie sich vor, Sie hätten völlig freie Hand. Was fällt Ihnen dazu ein? Wir sind gespannt auf Ihren Input. *It's your turn!*"

Ein Stakkato von Worten, denen die Zwischenräume fehlen. Man muss dem Verstand ein wenig Zeit geben, das Gesagte zu verstehen.

„Sie meinen ein Konzept? Ein Konzept für eine Bank?", frage ich.

Allseitiges Kopfnicken.

„Es geht also um eine Bank, okay.“ Ich massiere mein Kinn und spüre, dass sich dort jede Menge Bartstoppeln befinden. Vielleicht hätte ich mich heute Morgen rasieren sollen. Die Leute hier sehen aus, als seien sie einem Modemagazin entsprungen, und gleich werden sie anfangen, sich zu langweilen, denn große Reden schwingen ist nun wirklich nicht mein Ding.

„Wie viele Mitarbeiter habe ich denn dafür zur Verfügung?“, frage ich und schicke einen Blick in die Runde.

„Gehen Sie mal von einer Unit mit 15 *high motivated* Professionals aus“, hetzt der Kerl mit der polierten Kopfhaut weiter. Ein dünner Bartstreifen ziert sein Kinn. Der rasiert sich bestimmt auch die Eier, denke ich und frage mich, wie jemand so viel Zeit mit dem eigenen Körper verbringen kann.

„Und die stehen rund um die Uhr zur Verfügung?“, erkundige ich mich.

„Sie kennen die Branche, nicht wahr?“, mischt sich ein Typ in violettem Cordanzug ein. Er hat sein Statement mit einem mechanischen Lachen eingeleitet. Jetzt öffnet er eine Flasche Cola light und schenkt sich ein.

„Ist das ein *Ja*?“, will ich wissen, weil ich sichergehen muss, dass ich die Spielregeln verstehe. Ich registriere, dass der Mann für seine Körpergröße etwa zwanzig Kilo zu viel mit sich herumschleppt.

„Definitiv!“, sagt der Cordanzug und beugt sich nach vorn: „Bent Breitmeyer, Junior Partner.“

Ich nicke ihm zu. Sie wollen ein Bewachungskonzept für eine Bankfiliale, Objektschutz bei laufendem Publikumsverkehr, Bargeldautomaten in der Schalterhalle und Schließfächer mit Wertpapieren und Schmuck im Kellerraum, rekapituliere ich in Gedanken. Ein Job im Bereich Veranstaltungssicherheit wäre mir lieber. Da habe ich einige Erfahrungen, weil ich ein paar Sommer lang für die Open-Air-Konzerte im Stadtpark zuständig war.

Also, Security für eine Bankfiliale, vermutlich in der Innenstadt. Das sollte kein Problem sein. Doch die Stimmung im Raum ist irgendwie verspannt, merke ich, und das liegt nicht an mir. Ich bin konzentriert, aber nicht nervös, höchstens ein wenig skeptisch. Es fühlt sich an, als habe man mich in eine Falle gelockt. Als würde es sich um eine unlösbare Aufgabe handeln, und alle warten nur darauf, dass ich einen Fehler mache. Scheiß drauf, denke ich, ist schließlich nur eine Bewerbung, und die Chance, dass ich den Job kriege, steht bestenfalls eins zu hundert.

„Gut. Dann arbeiten wir in drei Schichten", sage ich. „Rund um die Uhr. Sicherheit ist unser Thema, nicht wahr? Also machen wir die Bank sicher. So sicher, dass keiner auf die Idee kommt, Scheiße zu bauen."

Wow, der geht aber ran, denkt Andreas Brokkoli. Er ist es gewohnt, dass Bewerber mit überdurchschnittlicher Einsatzbereitschaft prahlen. Doch von „rund um die Uhr" war in diesem Zusammenhang bisher noch nie die Rede gewesen.

Er redet wie Bruce Willis in einem dieser Stirb-langsam-Filme, bemerkt Brokkoli und beginnt Gefallen an dem seltsamen Auftritt zu finden. Vor allem dieser Händedruck hat ihm imponiert. Der Mann strahlt Zuverlässigkeit und Ruhe aus, fast ein bisschen provokativ, aber nicht unsympathisch.

„Äh, Scheiße bauen?", wirft eine Frau ein, die eine Art schwarze Ganzkörperstrumpfhose trägt. Auf ihrem Kopf erkenne ich so etwas wie ein Plastikreptil – vermutlich eine exotische Haarklammer, die ihre wirren Haare zusammenhält. „Wir dachten eher daran, ein Lebensgefühl zu vermitteln ..."

Ein Lebensgefühl? Die spinnen doch!, denke ich. Außerdem macht der ganze Haufen einen total schlaffen Eindruck. Mitarbeiter von Sicherheitsfirmen müssen nicht unbedingt alle wie Rambo aussehen, aber sie verfügen gewöhnlich über eine erkennbare Körperspannung, über eine gewisse physische Präsenz. Davon ist hier nichts zu spüren. Doch ich beschließe, mich davon nicht aus der Ruhe bringen zu lassen. Die Leute wollen ein Sicherheitskonzept, also präsentiere ich ihnen eines.

„Die Menschen müssen Vertrauen haben. Wenn sie Vertrauen haben, dann glauben sie auch, dass ihr Geld sicher ist", präzisiere ich daher.

„Finden Sie das nicht ein bisschen sehr *basic*?", fragt die Strumpfhose.

Was meint sie damit schon wieder?

„So what, Santana!", sagt dieser Tümmler und hebt die Schultern. „Die Banker sind schließlich Old Economy, da sind nur begrenzte Learnings drin."

Santana? Was ist das denn für ein Name?, frage ich mich und betrachte die Erscheinung genauer. Respekt, der hautenge schwarze Overall wirkt wie aufgesprüht – kein Zweifel, dass sich darunter ein Fahrwerk der Luxusklasse befindet. Mit hervorragender Kurvenlage, was niemandem verborgen bleiben dürfte. Und dann diese wilden schwarzen Locken – ich hab's: Carlos Santana! Der hat auch solche Haare. Daher der Spitzname!

Mir fällt auf, wie Tümmler die Frau anschaut. Was läuft zwischen den beiden? Hat sie ihm das Herz gebrochen, Hörner aufgesetzt oder beides? Keine Ahnung. Aber ich weiß, wie ein Mann aussieht, der aus enttäuschter Liebe oder gekränktem Selbstwertgefühl neben der Spur ist.

„Schon gut", raunt Santana und verdreht die Augen.

„Reich mir mal 'ne Selter rüber", bittet sie Tümmler. Doch als sie sich über den Tisch beugt und danach greifen will, rutscht ihr Stuhl ein Stück weg und ihre zierliche Hand fasst ins Leere. „Ups", ruft sie, aber die Flasche befindet sich bereits in freiem Fall Richtung Designertisch. Das Geräusch zersplitternden Glases – bleibt aus, weil eine blitzartige Bewegung den Sturz der Flasche abgefangen hat. Meine blitzartige Bewegung. Jetzt schraube ich den Deckel ab und gieße Selterwasser in Santanas Glas. Meine Hand ist vollkommen ruhig. Alle schauen darauf, als sei das eine große Sache.

„Wir sind vor allem Dienstleister und unsere Leistung besteht darin, dass sich die Menschen sicher fühlen", fahre ich fort und stelle die Flasche auf dem Glastisch ab. „Vertrauen und Sicherheit. Der Kunde bringt sein mühsam verdientes Geld zur Bank, das ist eine Art Vertrauensvorschuss, klar so weit?"

Auf unerklärliche Weise scheine ich ihre Aufmerksamkeit nun doch erregt zu haben. Alle Augenpaare sind auf mich gerichtet. Der Typ, der mir als Boss der Gurkentruppe vorgestellt worden ist, nickt mir zu.

„Bitte, fahren Sie fort!"

„Okay. Also, unser Kunde ist eine Bank. Daher stelle ich mir einen dezenten Auftritt vor. Das Thema Sicherheit steht zwar im Vordergrund, aber wir sollten nicht auf dicke Hose machen, keine Uniformen, keine sichtbaren Waffen, keine kurzen Ärmel. Niemand soll sich bedroht fühlen. Darin besteht die Herausforderung."

„Wie bitte?", hakt der Cordanzug nach. „Das Ziel Ihrer Kampagne besteht darin, dass sich niemand bedroht fühlt? Hab ich das richtig verstanden?" Offenbar amüsiert er sich bestens, denn sein Lachen klingt spöttisch und sein Blick verrät Schadenfreude.

„Absolut!", bekräftige ich und stelle fest, dass ich nun auch anfange zu schwafeln. „Darum geht es im Grunde bei allem, was wir machen. Es kommt auf das Gleichgewicht an: Leistungsbereitschaft und Konzentration auf der einen Seite – Vertrauen und Gelassenheit auf der anderen Seite. So einfach ist das."

Brokkoli befühlt seine Mundwinkel. So habe ich das noch gar nicht betrachtet, denkt er und lehnt sich zurück. Der Mann ist wirklich gut. Außerdem scheint er ein Kämpfer zu sein, er wirkt körperlich präsent und hellwach. Unglaublich, wie er eben die Flasche aufgefangen hat.

Brokkoli muss wieder an diesen Händedruck denken. Vor allem bedient dieser Fischer sich eines frischen, unverbrauchten Vokabulars. „Keine Uniformen, keine sichtbaren Waffen, keine kurzen Ärmel" – zweifellos als Werbersprache zu identifizieren, aber sehr unique. Inspirierend und vor allem so angenehm unenglisch. Die ganzen Anglizismen, die in der Medienwelt kursieren, gehen Brokkoli schon lange auf die Nerven. Aber dieser Mann hier hat etwas Bodenständiges, er bringt die nötige Street Credibility mit.

Brokkoli erlebt einen der selten gewordenen Momente echter innerer Beteiligung. Er schaut wieder zu dem Bewerber hinüber. Der Typ geht mit dem Pragmatismus eines Handwerkers an die Sache heran. Das gefällt ihm, weil keine Übertreibung darin liegt, keine gespielte Begeisterung. Das ganze Gerede von „Ich brenne für diesen Job" kann er ohnehin nicht mehr ertragen. Was für eine bescheuerte Formulierung! Er schaut in die Runde und fragt sich, was die Kollegen von dem Mann halten. Die Position eines Creative Directors zu besetzen ist natürlich Chefsache, doch er bittet stets ein paar Top-Leute seines Teams dazu, um ihnen das Gefühl zu geben, an wichtigen Entscheidungen beteiligt zu sein. Als sein Blick auf Santana fällt, muss er grinsen. Was für ein hochgezüchtetes Geschöpf. Außer ihm wissen nur die wenigsten in der Agentur, dass sie eigentlich Stine Maria Klopp heißt, was nach doppeltem Rippenbruch klingt und so gar nicht in die hippe Welt der Werbung passt. Ganz im Gegensatz zu ihrer Figur, deren Branchentauglichkeit außer Frage steht.

Jetzt grinst Brokkoli. Unter den Kollegen gilt sie als Killer Application im Bereich horizontale Lösungen.

Ich beginne mich unwohl zu fühlen. Irgendetwas läuft hier vollkommen an mir vorbei, ich begreife nur nicht, was es ist!

„Können Sie daraus einen Claim ableiten?", fragt die wohlproportionierte Strumpfhose namens Santana mich nun. Einen Claim ableiten? Was meint sie damit?

„Keine Ahnung", antworte ich wahrheitsgemäß. „Es muss rüberkommen, dass die Leistung aus aufrichtigem Engagement entspringt, aus echter Leidenschaft." Irgendwie habe ich in diesem Moment die Lust an der Sache verloren. „Leistung aus Leidenschaft", sage ich noch einmal, als würde ich zu mir selbst sprechen. Was für ein Quatsch, denke ich und schüttele den Kopf!

Stille.

Jetzt rede ich schon wie so ein abgehobener Werbefuzzi. Gleich werden sich alle totlachen. Ich hätte echt nicht so viel quatschen sollen.

„Leistung aus Leidenschaft", wiederholt jemand.

Wieder Stille.

„LEISTUNG AUS LEIDENSCHAFT?", trompetet der Typ mit der Glatze plötzlich. „Wow! Wie geil ist das denn? Ein super Claim und ein echter *Heart Opener* noch dazu!"

Leistung aus Leidenschaft: Hab ich das gesagt, frage ich mich und komme zu dem Schluss, dass das totaler Bullshit ist.

„Ein echter Heart Opener", wiederholt Tümmler und schaut in die Runde.

„Und wir haben gleich die Bridge zur Social-Media-Kompetenz", ergänzt eine junge Frau. Es ist die Kleine, die mich vorhin am Empfang abgeholt hat. Ihre Stimme zittert ein wenig – man merkt ihr an, welche Überwindung es sie gekostet hat, etwas beizutragen. Vielleicht eine Praktikantin, denke ich.

Plötzlich sind alle begeistert.

„Er gefällt mir, vor allem, weil er auf das übliche Werbergetue verzichtet", flüstert Breitmeyer. Er hat sich zu Brokkoli herübergelehnt und fasst an den Kragen seines Cordsakkos. Das Talent des Junior Partners besteht im Wesentlichen darin zu durchschauen, was Brokkoli denkt. Und dann damit zu punkten, dass er dies ausspricht, noch bevor der Boss es tut. Auf diese Weise gibt ein Junior Partner dem Boss das Gefühl, ähnlich zu ticken wie er selbst. Brokkoli weiß, dass Breitmeyer den Bewerber weder sympathisch findet noch originell. Er kann förmlich hören, wie Breitmeyer sich fragt, wie es überhaupt zu diesem Vorstellungstermin gekommen ist. Hat er nicht die Vorauswahl auf Basis der Bewerbungsmappen getroffen? Wie auch immer, die Würfel sind gefallen, denn Breitmeyer ist klar, dass Brokkoli Fischer haben will, glasklar. Jetzt kann Breitmeyer nur noch gute Miene zum bösen Spiel machen und versuchen, Fischer bei der nächsten Gelegenheit abzuschießen.

„Sein Outfit ist allerdings etwas seltsam", sagt er. „Er sieht aus wie der Mitarbeiter einer Sicherheitsfirma."

Diese Spitze kann er sich nicht verkneifen. Brokkoli winkt ab.

„Okay, Herr Fischer, ich denke, das sollte fürs Erste genügen", sagt Brokkoli und lehnt sich mit einem Lächeln, das ich nicht deuten kann, zurück. „Können Sie sich vorstellen, ein Team von etwa zehn Topleuten zu führen?"

„Klar!", antworte ich spontan, obwohl ich nicht fassen kann, dass das Bewerbungsgespräch diese Wendung nimmt. Will der Typ mich tatsächlich einstellen? Was auch immer hier läuft, ich nehme mir vor, das Spiel weiterzuspielen. „Und was erwarten Sie von Ihrem Team?", erkundigt sich Brokkoli. Er erhebt sich und macht damit deutlich, dass er das Vorstellungsgespräch beenden will.

Ich muss nicht lange überlegen. „Die Männer müssen vor allem einhundert Prozent fit sein. Und das meine ich nicht nur körperlich – auch mental." Ich hoffe inständig, dass die Sicherheitsleute des Unternehmens eine bessere Figur machen als der lahme Haufen von Sesselfurzern aus der Verwaltung, den ich hier vor mir habe.

„Männer?" Santana hebt eine Augenbraue. Dann nimmt sie die Schultern zurück und drückt ihren Brustkorb in das engmaschige Strickwerk. Ihre Körperspannung signalisiert Angriffsbereitschaft. Geht doch, denke ich.

Laut sage ich: „Ich habe nichts gegen Frauen in meinem Team", und bemühe mich um ein gewinnendes Lächeln. „Aber eins muss klar sein: Sie bekommen keinen Bonus, nur weil sie eine hübsches Fahrwerk haben. Sie müssen genauso fit sein wie die Kerle. Hab ich mich klar genug ausgedrückt?"

Brokkoli lacht dröhnend – ich glaube, er will verhindern, dass Santana mit einer scharfzüngigen Bemerkung kontern kann. „Sieh mal an, Humor hat er auch!"

Santana schaut auf. Ein kalter Laserstrahl fixiert mich, und ich spüre, dass sie sich nicht so leicht geschlagen geben wird.

Brokkoli wendet sich ab und verlässt den Raum, gefolgt von Bent Breitmeyer, der ihn erst kurz vor dessen repräsentativem Chefbüro mit Elbblick einholt.

„Er ist ein reinrassiger Macho, das gefällt mir."

Brokkoli nimmt hinter seinem Designer-Schreibtisch Platz.

„Jedenfalls mangelt es ihm nicht an Selbstbewusstsein", sagt er. „Er wirkt authentisch, entschlossen und damit überzeugend. Ich will den Mann haben. Petersen soll ihm ein Angebot machen, und zwar eines, das er nicht ablehnen kann."

„Und wie Santana ihn angestarrt hat", setzt Breitmeyer nach.

„War nicht zu übersehen", bestätigt Brokkoli.

„Sie hasst ihn!"

„Ich habe überhaupt kein Problem damit, wenn in seinem Team überwiegend Männer arbeiten", sagt Brokkoli und steckt sich einen Kaugummi in den Mund. Dann schaut er seinem Junior Partner direkt in die Augen. „Hast du mal darüber nachgedacht, wie viele Frauen im Vorstand und Aufsichtsrat der Bonusbank sitzen?"

„In beiden Gremien zusammen?"

„Hm", macht Brokkoli und fängt an zu kauen.

„Keine!", sagte Bent. Er lächelt. Offensichtlich hat er verstanden.

Ich sitze in einem schmalen Büro mit schmalen Fenstern. Mein Blick fällt auf eine Reihe von Schränken, die mit Aktenordnern befüllt sind. Herr Petersen hat sich als Buchhalter, Personalmanager und Steuerberater in Personalunion vorgestellt und nestelt seit einer Weile in einem Stapel von Bewerbungsmappen herum.

„Wenn ich Herrn Brokkoli richtig verstanden habe, wurde bisher noch gar nicht über Geld gesprochen, richtig?"

Ich nicke.

„Gut, dann wollen wir mal sehen. Was haben Sie sich denn vorgestellt?"

„Unter Zweifünf läuft nichts", sage ich.

Herr Petersen kräuselt die Lippen, dann nickt auch er

und schaut zur Decke. Er will Zeit gewinnen, denke ich. Habe ich zu hoch gepokert?

„Zweitausendfünfhundert", wiederholt der Buchhalter langsam.

Klar, Alter, sonst kann ich auch gleich als Türsteher weitermachen, denke ich und nicke meinem Verhandlungspartner zu.

„Hören Sie, wir dachten an eine Festanstellung, nicht daran, Tagessätze mit Ihnen abzurechnen. Wir würden Sie gern dauerhaft an uns binden, inklusive Verschwiegenheitserklärung, Sperrfrist und so weiter."

Ich verstehe kein Wort. „Wenn Sie meinen. Soll mir recht sein", sage ich, um Zeit zu gewinnen.

„Gut", meint Petersen und kramt ein Papier hervor. „Herr Brokkoli bat mich, Ihnen folgendes Angebot zu unterbreiten: Jahresgehalt Einhundertachtzigtausend plus fünfzehntausend Euro Weihnachtsgratifikation und ein Dienstwagen der oberen Mittelklasse. Da müssten Sie dann allerdings den geldwerten Vorteil versteuern, aber das kennen Sie sicherlich."

Er schaut hoch und sucht meinen Blick. „Ich vermute, das ist etwas weniger, als Sie sich auf Basis Ihres Tagessatzes als Berater vorgestellt haben. Aber das kann man nicht eins zu eins aufs Jahr umrechnen. Das ist Ihnen doch sicher bewusst, nicht wahr?"

Einhundertachtzigtausend plus Weihnachtsgratifikation und ein Dienstwagen? Ich kann nicht ganz folgen. Irgendetwas läuft hier komplett aus dem Ruder, denke ich und beschließe, einfach die Klappe zu halten. Ich werde schon noch spitzkriegen, was hier los ist.

„Hören Sie", haspelt Petersen, springt auf und eilt zur Tür. „Das soll aber auf gar keinen Fall zum Problem werden. Ich sollte vielleicht noch mal kurz mit Herrn Brokkoli sprechen. Einen Moment bitte, ich guck mal, ob er in seinem Büro ist."

So schnell, wie der Mann verschwunden ist, taucht er auch schon wieder auf.

„Wunderbar, alles in bester Ordnung. Herr Brokkoli erhöht auf zweihundertfünfzigtausend per anno. Da sind dann allerdings alle zusätzlichen Leistungen wie Urlaubs- und Weihnachtsgeld mit abgedeckt, verstehen Sie? Sind Sie einverstanden?"

Ich verstehe noch immer gar nichts, aber ich bin einverstanden, darum nicke ich.

„Geben Sie mir vierundzwanzig Stunden. Ich werde einen Vertragsentwurf ausarbeiten. Den lasse ich Ihnen dann morgen per Kurier zukommen. Und zwar, einen Moment", er blätterte in einem Papierstapel herum, „hier haben wir es, in den Eppendorfer Weg 156, korrekt?"

„Eppendorfer Weg? Nein, das ist nicht korrekt. Ich wohne in Altona. Große Brunnenstraße 28."

Petersen sieht konsterniert aus. „Oh, da hat sich wohl ein Fehler eingeschlichen. Gut, dass wir darüber gesprochen haben." Er korrigiert die Adresse handschriftlich.

Ich nicke zum gefühlt hundertsten Mal und verabschiede mich. Dann verlasse ich das Büro und schlendere zurück zum Foyer.

„Hallo!", ruft es plötzlich und ich drehe mich um. Petersen steht im Flur und wedelt mit irgendwelchen Unterlagen.

„Audi oder BMW?", fragt er, kommt mir nach und drückt mir ein paar Prospekte in die Hand. „Wegen Ihres Dienstwagens. Suchen Sie sich etwas Schönes aus."

Und was mache ich? Ich nicke. Inzwischen wundert mich irgendwie gar nichts mehr.

Als ich schon am Weggehen bin, ruft Petersen hinter mir

her: „Falls Sie der neue TT interessiert, der hat zurzeit leider eine Lieferzeit von etwa drei Monaten, da müssten Sie so lange mit einem Leihwagen vorliebnehmen."

Diesmal unterbreche ich das Nicken im Ansatz. Geht doch.

Nachdem ich die Eingangshalle durchquert habe und sich die automatische Glastür hinter mir schließt, drehe ich mich noch einmal um und registriere ein indirekt beleuchtetes Firmenschild:

„Brokkoli Communication", steht darauf. Und: „Full Service Werbeagentur".

KAPITEL 4

Das gibt's doch nicht, denke ich und starre auf die verdreckten Fliesen vor mir. Die haben mich mit irgendjemandem verwechselt, und ich Vollpfosten hab das nicht mal gemerkt. Auf dem großen Display jenseits der Gleise schaltet die Werbeeinblendung von Absolut Wodka auf Aspirintabletten um, dann kündigt ein fernes Grollen die Einfahrt der nächsten U-Bahn an. Ich muss grinsen. Dieser Brokkoli würde mich tatsächlich einstellen, unglaublich! Gleich morgen werde ich Petersen anrufen und ihm erklären, was Sache ist. Schon heftig, dass diese Werbeleute so viel Kohle verdienen. Was machen die eigentlich konkret? Sie denken sich diese ganzen beknackten Werbespots fürs Fernsehen aus, okay. Und was noch? Anzeigen in Hochglanzmagazinen, Radiowerbung, Plakate, das kann doch nicht so schwer sein, überlege ich und steige ein.

„Du bist der Türsteher und ich, ich bin der Durchdietürgeher!"

Ein Typ mit Dreitagebart versucht, sich an mir vorbeizuschieben. Er findet sich vermutlich supercool für diesen Spruch. Ganz im Gegensatz zu mir. Außerdem müsste ich hier nicht vor Angie's Nightclub rumstehen, wenn sich jeder einfach so an mir vorbeidrängeln könnte.

„Sorry, heute nur mit Einladung", sage ich und verstelle ihm den Weg. Ich habe seit drei Stunden Dienst und in solchen Momenten finde ich den Job zum Kotzen. Ich hätte den Mann ja reingelassen. Aber nicht so. Wenn du dir das Heft aus der Hand nehmen lässt, bist du hier verloren.

„Was 'n los, Alter, nu' zick mal nicht rum hier", sagt der

Möchtegern-Durchdietürgeher und zieht die Schultern hoch.

Rein äußerlich bin ich eine Fehlbesetzung für den Job. Ich gehe weder ins Fitnessstudio, noch bin ich von Natur aus von v-förmiger Gestalt. Mit anderen Worten: Wenn die Leute vor mir stehen, wirkt meine Physis nicht gerade furchteinflößend. Außerdem bin ich nicht mehr der Jüngste. Aber ich gucke meinem Gegenüber direkt in die Augen und kann genau sehen, ob es einer darauf anlegt, Ärger zu machen. Das ist sehr hilfreich, auch wenn es hier draußen selten vorkommt. Denn selbst Menschen mit einem extrem hohen Aggressionspotenzial wollen sich nicht direkt vor einer Eingangstür prügeln. Drinnen schon eher, vor allem, wenn ein paar Drinks die Deiche aufgeweicht haben. Eine Zeit lang hält das, aber irgendwann bricht der Damm. Die Frage ist dann: Was schwappt heraus und in welcher Reihenfolge? Die Palette reicht von Anlehnungsbedürfnis bis Zerstörungswut, dazwischen Streitlust, Verzweiflung und manchmal auch echter Irrsinn.

Der Typ vor mir ist zwar frustriert, aber nicht aggressiv. Er macht kehrt und schlendert davon. Es ist kurz nach Mitternacht. In zwei bis drei Stunden habe ich Feierabend. Ich denke an das Gespräch mit Kuno. Ich habe mich am Nachmittag mit einem guten Freund getroffen. Wir saßen in einem Café in der Nähe des Dammtorbahnhofs und unterhielten uns über diese Werbeagentur.

„Brokkoli Communication ist ein total angesagter Laden", hat Kuno gesagt. „Ich bin da eine Zeit lang häufig als Kurier gewesen. Dort ging es immer zu wie in einem Bienenstock. Tolle Räume, tolle Leute und alle sehr kreativ."

Kuno betrachtet sich als Literat. Aus Gründen, die weitgehend im Dunkeln bleiben, fühlt er sich der Transrationalen Dichtkunst verpflichtet. Diese hat ihren Ursprung zwar in der russischen Provinz, wird jedoch in Kürze weltweite Anerkennung erlangen, sagt er. Eigenen Angaben zufolge ist Kunos Dichtung transakademisch, transgrammatisch, aber vor allem eben transrational. Nur transparent ist sie nicht, jedenfalls nicht für das Publikum, auf dessen profanes Bedürfnis nach Verständlichkeit selbstverständlich keine Rücksicht genommen werden kann.

„Ich scheiß auf die verklebten Kapierschlaufen dieser verblödeten Bieröffner", schimpft Kuno, wenn ihm Kritiker mal wieder die einhundertprozentige Sinnfreiheit seiner Textbildungen attestieren. Leute mit chronisch eingeschränkter Verständnisdynamik sollen seinen Lesungen gefälligst fernbleiben, findet er. Ich finde, dass es angesichts weitgehend ausbleibenden Publikums weniger darum gehen sollte, wer alles fernzubleiben hat, und dass Kuno seine Ansprüche ein kleines bisschen zurückschrauben muss. Neben mangelnder Anerkennung leidet er nämlich unter der für Künstler typischen Transliquidität – sprich: Er ist chronisch pleite. „Mach doch den Job einfach", schlug er mir also in dem Café am Dammtorbahnhof vor. Das war nach seinem dritten Irish Coffee. „Das Schöne an der Werbewirtschaft ist schließlich, dass sie Leute, die nichts Vernünftiges gelernt haben, erstklassig dafür bezahlt, mit illegalen Drogen zu experimentieren, um anschließend möglichst absurde Ideen zu produzieren. Außerdem hast du nichts zu verlieren, oder?"

Ein ziemlich konkreter Vorschlag, fand ich, vor allem aus dem Munde eines Ex-Existenzialisten transrationaler Prägung. Ich dankte für die fachkundige Beratung und übernahm die Rechnung. Auf gar keinen Fall werde ich diesen Job annehmen und vor Brokkoli und seiner Gurkentruppe eine Show abziehen. So was liegt mir nun wirklich nicht.

Ich trete von einem Bein auf das andere. Hier draußen vor Angie's Nightclub in der Kälte zu stehen, für miese zehn Euro pro Stunde, ist allerdings auch nicht gerade ein Traumjob, vermeldet mein Ego und fragt: Wie lange willst du dir das eigentlich noch antun?

KAPITEL 5

„Sag mal, warst du eigentlich gestern bei diesem Bewerbungstermin?", fragt Carla.

„Mmmh", mache ich und überlege, was ich sagen soll.

„Und wie war's?"

„Das war ein bisschen seltsam. Seltsame Leute, seltsamer Laden."

„Wieso seltsam?"

Aus irgendeinem Grund mag ich ihr die Geschichte nicht erzählen. Vielleicht, weil ich befürchte, dass sie so reagiert wie Kuno und mir dazu rät, die Stelle anzunehmen.

„Sie wollten, dass ich ihnen Vorschläge für ein Sicherheitskonzept mache. Es ging um eine Bank und sie haben dazu alle möglichen Fragen gestellt. Also, was ich für Ideen habe und wie man das dem Kunden verkaufen könnte. Aber ich glaub' nicht, dass sie mich nehmen werden."

„Und wann wollen sie sich melden?"

„Keine Ahnung. Nächste Woche vielleicht."

Draußen ist ein tiefes Motorengrollen zu hören, dann das Kreischen von Bremsen. Carla geht zum Fenster und schaut hinunter in den Hof.

„Marco, dieser Idiot", zischt sie und setzt sich die Schirmmütze auf. „Ich seh lieber mal nach. Bis dann, Paps." Sie drückt mir einen Kuss auf die Wange, winkt Amok zu sich heran und läuft die Treppe hinunter. Der Hund folgt ihr schwanzwedelnd.

Als ich wenig später mit dem zweiten Frühstück in der Werkstatt erscheine, ist ein handfester Streit im Gange. Amok hat eine Zange mit blauem Kunststoffgriff in der Schnauze und schaut mich an. Er sieht unglücklich aus.

„Du hättest wenigstens mal fragen können, bevor du scheißteure Teile verbaust“, beschwert sich Marco und schiebt seine Sonnenbrille in das zurückgegelte Haar. Er fährt mit der Hand über den Kotflügel des lindgrünen Opel Corsa, um den es hier gerade zu gehen scheint. Dann lehnt er sich gegen das Fahrzeug und verschränkt die Arme vor der Brust.

„Fragen? Spinner! Wenn die Scheiben runter sind, kommen neue drauf, fertig ist der Lack.“ Carla zieht sich Arbeitshandschuhe über und greift in eine große Holzkiste mit Metallteilen. Sie zieht eine Bremsscheibe heraus, knallt das Teil auf die Werkbank und sagt: „So, du Heini, jetzt guck dir gefälligst mal das Tragbild an. Erstens sind da Riefen drin, tief wie deine Stirnfalten, und zweitens sind die Dinger völlig runter, keine fünf Millimeter sind da übrig.“

Marco kommt näher, geht um die Werkbank herum, beugt sich vor und wirft einen kritischen Blick auf die Scheibe. Seine Hände sind inzwischen in den Hosentaschen verschwunden. Offenbar will er sich an dem verdreckten Teil nicht die Finger schmutzig machen. Amok legt sich auf den Boden, platziert die Zange vor sich und legt seine Schnauze darauf, dann seufzt er tief. Ich gehe zum Büro rüber. Oktan wischt sich die Hände an einem Putzlappen ab und schüttelt den Kopf. „Geht das wieder los“, murmelt er, als er mich sieht.

„Du musst das mal wirtschaftlich betrachten. Damit hätte man mit Sicherheit noch zehntausend Kilometer fahren können“, sagt Marco und richtet sich wieder auf. Als sich unsere Blicke treffen, nickt er mir zu.

„Mit Sicherheit hat das nichts zu tun, wenn einer an den Bremsen sparen will“, kontert Carla.

„Ist die Kiste wenigstens durch den TÜV?“

„Klar ist sie durch den TÜV. Und was glaubst du wohl, warum die Schleuder den Stempel gekriegt hat? Was?"

„Ich wette, den Stempel hätte es auch ohne die neuen Scheiben gegeben. Das wird doch viel zu teuer, kapierst du das nicht? Das geht alles von meinem Gewinn ab."

Marco ist Gebrauchtwagenhändler. Er hat sein Geschäft an der Stresemannstraße und verkauft seine alten Kisten auf Wunsch mit frischer TÜV-Plakette. Gegen einen satten Aufpreis, versteht sich. Das lässt er dann hier machen, bei seinem Onkel Oktan.

„Du zahlst hier doch sowieso nur das Material, richtig?", giftet Carla und greift nach einem Hammer. „Also nerv nicht rum! Lass mich in Ruhe arbeiten, und vor allem: Fahr deine scheiß Ludenschleuder vom Hof."

„Wenn es nach mir ginge, würde ich den Laden lieber heute als morgen übernehmen, Onkel Oktan", sagt Marco und schiebt sich die Sonnenbrille zurück in sein turbogebräuntes Gesicht. „Und dann zeig ich dir mal, was man aus dem Geschäft herausholen kann."

Marco lässt sich in seinen tiefergelegten 3er BMW gleiten und fährt vom Hof. Ein ohrenbetäubendes Grollen begleitet seinen Abgang.

„Blöder Wichser!", faucht Carla und schmeißt den Hammer auf die Werkbank. Ein metallisches Knallen deutet darauf hin, dass sie die Bremsscheibe getroffen hat. „Was gibt's da zu glotzen? Der Typ geht mir auf die Eier!"

Welche Eier?, fragt man sich. Amok reagiert als Erster. Er steht auf, schüttelt sein zotteliges schwarzes Fell und greift vorsichtig nach der Zange. Dann geht er zu Carla.

„Braver", murmelt sie und nimmt ihm das Werkzeug aus dem Maul, dann baut sie sich vor uns auf. „Sag mal, Oktan, was war das für eine Bemerkung eben? Gibt es da etwas, das ich wissen sollte?" Sie schlägt rhythmisch mit der Zange in ihre geöffnete Hand. Ihre Gestik sagt: Ich warte und ich bin geladen.

Oktan wirft mir einen hilfesuchenden Blick zu. Er räuspert sich. Konflikte sind nicht so sein Ding.

„Nun ja, Renate hat ihm den Floh ins Ohr gesetzt", jammert er. „Ihr wisst doch, sie will unbedingt, dass ich mit der Arbeit aufhöre."

„Aber wir hatten doch besprochen, dass du mir den Laden anbietest, oder?"

Oktan seufzt tief. „Ach, Mädchen, willst du dir wirklich diesen Stress antun? Denk mal an den ganzen Papierkram, die laufenden Kosten und die Verantwortung. Außerdem ist da auch ein unternehmerisches Risiko dabei."

Carla lässt die Zange in der Brusttasche ihres Overalls verschwinden. Sie stemmt die Arme in die Hüften. „Äh, hallo, ist da jemand?", ruft sie und fasst sich an den Kopf. „Wer macht das denn hier alles? Wenn ich die Laufzettel nicht eingeführt hätte, würdest du unseren Kunden nicht mal die Hälfte der angefallenen Arbeiten in Rechnung stellen. Und wer hat das Chaos bei der Reifeneinlagerung in den Griff gekriegt? Außerdem kümmere ich mich um die Ersatzteilbestellungen und um den ganzen Computerscheiß."

„Ja ja", sagt Oktan, „das stimmt schon. Wir wissen doch, wie tüchtig du bist. Mal sehen, vielleicht ..." Er ringt nach Worten. „Ich werde noch mal mit Renate sprechen. Das letzte Wort ist in der Sache ja auch noch gar nicht gefallen."

Carla schnaubt. Dann dreht sie sich um. Sie schmeißt sich auf ein Rollbrett und verschwindet Gift und Galle spuckend unter einem Golf III. Ich klopfe Oktan auf die Schulter und sage: „Die wird sich schon wieder beruhigen.

Aber gemeinsam frühstücken, das können wir heute vergessen. Ich geh mal 'ne Runde mit dem Hund."

Amok hechelt, als er seinen Namen hört.

Oktan nickt. Er sieht müde aus.

KAPITEL 6

Heute ist Dienstag, und das heißt Fernsehabend. Wir gucken eine Doppelfolge „Die Simpsons", anschließend „Two and a Half Men" und dann „The Big Bang Theory". Passend dazu gibt es ein Drei-Gänge-Menü aus unserer Grunge-Küche. Küche ist ein bisschen übertrieben, denn wir besitzen nicht einmal eine Kochgelegenheit, geschweige denn eine Geschirrspülmaschine. Aber es gibt einen Kühlschrank, eine Mikrowelle und einen Toaster.

Grunge eben.

Carla kann nämlich nicht kochen. Ich auch nicht. Hätte sie eine Mutter gehabt, würde sie es ihr vielleicht beigebracht haben. Carla wäre glücklich und zufrieden im Schatten einer Einbauküche groß geworden und hätte vorzüglich Kochen gelernt. Hätte, hätte, Hundekette! Schließlich kann man nicht alles können. Außerdem haben wir ein paar Experimente durchgeführt und sind zu brauchbaren, sprich essbaren Ergebnissen gekommen. Erdnussflips zum Beispiel schmecken lecker, wenn man sie mit geriebenem Käse bestreut und für zwei Minuten in die Mikrowelle stellt. Dazu passen in Schmelzkäsescheiben und Senf eingerollte Wiener Würstchen und ein ausgehöhltes und mit Fleischsalat gefülltes Brötchen. Alternativ kann man das Brötchen auch mit im Toaster gegrillten Fischstäbchen, Ketchup und Majo füllen. Oder beides zusammen. Und zum Nachtisch Mohrenköpfe mit injiziertem Eierlikör.

„Wir sollten mal wieder was Frisches essen", schlägt Carla vor und lässt sich neben mir auf das Sofa fallen. Sie schraubt die Deckel zweier Billig-Bierflaschen ab und reicht mir eine davon herüber.

Ich schaue zur Decke und sage: „Wie wäre es mit Tomatensalat aus dem Gefrierbeutel? Tomaten sind glaube ich noch da."

„Au ja", ruft Carla und springt gleich wieder auf. „Mit Anchovis und Tabasco!"

Ich höre sie in der Küche hantieren. Nachdem sie alle Zutaten hineingefüllt hat, verschließt sie den großen Gefrierbeutel und fängt an, mit der flachen Hand darauf herumzuprügeln. Sekunden später ist unser Tomatensalat fertig. Sie schlitzt den Beutel an einer Ecke auf und verteilt den Inhalt auf zwei tiefe Teller. Naja, eigentlich ist es eher eine Soße, aber super lecker.

„Übrigens, wegen mir musst du dir keinen neuen Job suchen. Wir kommen doch ganz gut klar, oder? Außerdem bist du der beste Hausmann, den ich kenne. Ich kann mir gar nicht mehr vorstellen, wie es ohne dich wäre."

„Ich komme aber nur klar, weil ich dir auf der Tasche liege, meine liebe Tochter!", rufe ich ihr in Erinnerung.

„Quatsch! Du zahlst halt keine Miete, ansonsten beteiligst du dich doch an allem. Außerdem, was soll's, du hast lange genug für mich gesorgt. Jetzt bin ich eben mal dran."

„Das ist ja auch okay", sage ich lächelnd und finde die Kleine mal wieder großartig. Ich bin unglaublich stolz auf meine Tochter, hatte ich das schon erwähnt? „Aber das sollte trotzdem kein Dauerzustand werden. Irgendwann muss ich wieder auf eigenen Beinen stehen, eine eigene Wohnung haben und so weiter. Schließlich willst du ja auch mal deine eigene Fa..." Ich klappe eilig den Mund zu.

Vermintes Gelände, denke ich und ärgere mich über mich selbst.

Zwischen Carlas Augenbrauen ist eine steile Falte erschienen. „Familie gründen? Fängst du schon wieder mit dem Scheiß an? Wieso soll ich mich auf etwas einlassen, das nachweislich nicht funktioniert?"

Ich rolle mit den Augen. „Schon gut", stöhne ich und probiere den Tomatensalat – hmm, lecker.

Carla ist etwas empfindlich, was dieses Thema betrifft. Frau und Mutter zu sein, scheint in ihrem Universum als gefährliche Krankheit zu gelten. Zugegeben, ich finde es großartig, dass sie sich einen Männerberuf ausgesucht hat, sich nichts aus hochhackigen Schuhen macht und keine oberflächliche, eitle Tussi geworden ist. Aber ein bisschen weiblicher könnte sie sich schon geben. Zum Beispiel, wenn sie sich für eine Party zurechtmacht. Das dauert bei Carla maximal sechzig Sekunden und ist der GAU für die gesamte Kosmetikindustrie. Zurechtmachen bedeutet: eine saubere Jeans, ein frisches Karohemd und Turnschuhe anziehen, das war's. Falls es kalt ist, kommt noch eine gefütterte Jacke darüber, oder diese uralte Lederkutte. Ich habe ein schlechtes Gewissen deswegen. Ich hätte ihr eine Mutter besorgen müssen, dann wäre das bestimmt anders gelaufen. Sie hätte jemanden gehabt, der ihr gezeigt hätte, wie Frausein funktioniert.

Bam, Bam, Bam! Irgendetwas hämmert gegen die Wand und holt mich aus der Welt von Sheldon Cooper wieder in die Realität. Carla und ich schauen uns an.

„Kommt das aus der Werkstatt?" Ich greife nach der Fernbedienung und drücke den Ton weg.

„Nee, klingt eher, als ob Opa Neunzig austickt", meint Carla und schlürft den restlichen Tomatensalat direkt aus dem Teller.

Bam, Bam, Bam! Da ist es wieder.

„Hm, dann geh ich lieber mal rüber", sage ich, auch weil gerade ein Werbeblock anläuft. Opa Neunzig hat seine kleine Wohnung gleich nebenan. Gelegentlich leidet er unter demenzbedingten Anfällen von Misstrauen und Verfolgungswahn. Außerdem gibt er sich ab und zu mal die Kante. Wenn er dann hacke ist, schießt er mit seiner Signalpistole Leuchtkugeln auf vorbeifahrende Güterzüge. Anschließend kommt die Polizei. Einmal konnten wir gerade noch verhindern, dass sie ihn mitnahmen. Leider hat sich daraufhin ein Sozialarbeiter eingeschaltet und vorgeschlagen, dass wir Opa Neunzig in ein Pflegeheim einweisen lassen. Seither lässt er ihn nicht mehr in seine Bude.

Ich klopfe an die Tür.

„Komm rein!", brüllt Opa Neunzig. „Aber Vorsicht, sie können jeden Moment abschalten." Dann ist wieder das Hämmern zu hören.

Ich trete ein und sehe den alten Mann auf dem Fußboden knien. Er hat einen Hammer in der Hand, mit der anderen hält er ein Stuhlbein fest. Ein paar lange Nägel ragen aus seinem Mund heraus. Es dauert einen Moment, bis ich die Situation erfasst habe: Opa Neunzig ist dabei, seine Möbel an den Holzdielen festzunageln. Auf dem Tisch liegt eine Batterie Schnapsflaschen, festgeschnallt mit einem Ledergürtel.

Erwartet er einen Orkan? Ein Erdbeben?

Wie sich schnell herausstellt, ist er ziemlich betrunken und auf die Idee verfallen, dass die Stadtwerke ihm die Schwerkraft abstellen wollen. Offenbar hat er seine Stromrechnung nicht bezahlt. Er zieht ein Schreiben aus der Brusttasche seines karierten Hemdes, in dem ihm die Zwangsabschaltung angedroht wird, falls er die ausstehenden Beträge nicht umgehend entrichtet. Ich schaue auf das Datum. Die Frist läuft tatsächlich heute um Mitternacht ab. Ich frage ihn, warum er die Rechnungen nicht bezahlt.

„Ganz einfach", schnauzt er mich an, „weil die Qualität beschissen ist. Das Licht flackert dauernd und außerdem ist mir ständig schwindelig."

Ich zucke mit den Achseln, dann geht das Licht aus und Opa Neunzig brüllt: „Siehste, was hab ich gesagt?"

KAPITEL 7

Als wir am nächsten Tag nach einer ausgiebigen Hunderunde in die Toreinfahrt einbiegen, sehe ich das Blaulicht. Im Hinterhof steht ein Rettungswagen. Amok hebt den Kopf und schaut zu mir hoch, als könne ich ihm erklären, was das bedeutet. Kann ich aber nicht. Wir laufen zur Werkstatt. Zwei Sanitäter in weißen Jacken rollen eine Trage heraus. Oktan umklammert irgendein Werkzeug. Es ist eine Blechzange.

„Er will sie nicht loslassen", sagt Carla, die neben ihm hergeht.

„Was ist mit ihm?", frage ich und folge dem Tross ein paar Schritte.

„Er ist plötzlich umgefallen."

Jetzt registriere ich die Schramme an seiner Schläfe. Oktans Blick verrät Panik. Er sieht blass aus.

„Wahrscheinlich ein Schlaganfall", ergänzt meine Tochter. „Ich glaube, er kann nicht sprechen."

Ich sehe die Tränen in ihren Augen und dass sie sich auf die Unterlippe beißt, damit sie nicht losheulen muss. Ihre Hand liegt auf Oktans Schulter.

„Ich fahre mit ins Krankenhaus. Sie bringen ihn ins AK Altona. Rufst du bitte Renate an? Ich melde mich, sobald die Ärzte herausgefunden haben, was mit ihm los ist."

Der Rettungswagen fährt an und rollt Richtung Ausfahrt, dann schaltet der Fahrer das Martinshorn ein. Im Innenhof bricht sich der Schall und es wird irre laut. Amok hebt die Schnauze und stimmt in das Geheul mit ein. Ich bin wieder mal stolz auf Carla. Sie ist stark und behält die Übersicht. Und sie weiß, was in so einer Situation zu tun ist.

Als ich auf die Werkstatt zugehe, sehe ich Opa Neunzig oben am Fenster stehen. Er winkt. Es macht nicht den Eindruck, als ob er etwas mitbekommen hat. Hoffentlich haben ihm die Leute von den Stadtwerken die Schwerkraft inzwischen wieder eingeschaltet. Die beiden sind sich verdammt ähnlich, denke ich, obwohl Opa Neunzig nicht einmal Oktans leiblicher Vater ist. Oktans Mutter ist schwanger gewesen, als der Krieg vorüber war. Von wem, blieb zeitlebens ihr Geheimnis. Opa Neunzig war das egal. Er heiratete sie und behandelte den kleinen Oktan wie seinen eigenen Sohn. Fast dreißig Jahre haben die beiden die Autowerkstatt zusammen geführt. Dann starb Oktans Mutter und der Alte legte den Schraubenschlüssel für immer aus der Hand. Das war vor über zwanzig Jahren. Seither hat er ziemlich abgebaut. Ich rufe Amok zu mir, lasse das Rolltor herunter. Hoffentlich kommt Oktan durch, denke ich und sperre die Tür ab. Dann gehe ich hoch in unsere Wohnung und rufe Renate an.

Kurze Zeit später klingelt es unten an der Werkstatttür. Ich öffne das Fenster und sehe einen Fahrradkurier. „Wohnt hier ein Stefan Fischer?", fragt er und winkt mit einem großen Umschlag. Ich gehe runter und nehme die Sendung in Empfang.

Der Mann hält mir ein Klemmbrett vor die Nase. „Sie müssen hier oben quittieren", erklärt er. Dann wünscht er mir einen guten Tag und ist weg, bevor ich auf die Idee komme, ihm ein Trinkgeld zuzustecken. Blödes Gefühl. Ich reiße den Umschlag auf und blättere in den Unterlagen. Es ist der Anstellungsvertrag von Brokkoli Communication, in doppelter Ausführung. Mist, ich habe vergessen, diesen Petersen von der Agentur anzurufen. Jetzt hat er sich die Arbeit mit dem Vertrag umsonst gemacht. Wahnsinn, denke ich, nachdem ich einen Blick auf das vereinbarte Jahresgehalt geworfen habe, und stecke die Unterlagen zurück in das Kuvert. Dann knicke ich den Umschlag und versenke ihn in dem großen Müllcontainer, der vor der Werkstatt steht.

„Verdammte Scheiße", knurrt Carla. Sie beißt in ihren Hamburger, kaut, schluckt und spült mit Bier nach. Wenigstens hat es ihr nicht den Appetit verdorben. Ich liebe es, meiner Tochter beim Essen zuzusehen. Heute Abend gibt es Fast Food von Ahmeds Grill- und Pizza-Stube an der Ecke, und Carla hat gerade ihren dritten Ahmed-Spezialburger mit doppelt Käse und Chili verputzt.

Oktan hatte tatsächlich einen Schlaganfall. Seine Lage ist zwar nicht lebensgefährlich, aber ernst. Er wird wieder sprechen können, sofern die Therapiemaßnahmen erfolgreich verlaufen und er den nötigen Willen aufbringt. Aber er soll auf gar keinen Fall weiter arbeiten, sagen die Ärzte.

Im Krankenhaus hatte es eine Szene gegeben. Als ich am Nachmittag dort ankam, hörte ich Renate und Carla im Gang vor Oktans Zimmer streiten. Jeder weiß, dass Renate Carla nicht mag. Das war von Anfang an so. Sie kann nicht verstehen, dass Oktan sich ausgerechnet für einen weiblichen Auszubildenden entschieden und Carla anschließend als Gesellin übernommen hat.

„Was willst du mit der Werkstatt?", zischte Renate. „Such dir einen netten Mann und setz ein paar Kinder in die Welt. Dieser Beruf ist nichts für Frauen."

„Oktan hat es mir versprochen", erwiderte Carla. „Er hat gesagt, dass ich die Werkstatt übernehmen kann, wenn er mal aufhört."

Renate schnaubte. „Und ich sage: Nein! Außerdem

kannst du das doch gar nicht bezahlen, Mädchen. Oder glaubst du, wir wollen sie dir schenken. Ist es das? Glaubst du, wir schenken dir unser Lebenswerk, einfach so?"

„Quatsch! Kein Mensch redet von verschenken. Aber faire Konditionen, die hat er mir zugesagt. Ich soll faire Konditionen bekommen, damit ich es aus eigener Kraft schaffen kann."

„Davon weiß ich nichts", sagte Renate und machte eine wegwerfende Handbewegung. „Aber ich will tatsächlich, dass die Werkstatt endlich verkauft wird, und ich weiß auch schon, wer einen angemessenen Preis dafür bezahlen kann."

„Dieser nichtsnutzige Marco, hab ich recht?"

„Immerhin ist er mein Neffe und ein cleverer Geschäftsmann noch dazu."

„Ein Geschäftsmann? Ein kleiner Gauner ist das. Einer, der seinen Kunden überteuerte Gebrauchtwagen andreht. Außerdem nutzt er Oktan seit Jahren aus. Dauernd stellt er uns seine Schrottkarren auf den Hof und will sie TÜV-fertig gemacht bekommen, aber zahlen tut er nur die Ersatzteile, wenn überhaupt."

„Mag sein", hatte Renate gesagt. „Aber im Gegensatz zu dir gehört Marco zur Familie. Und deshalb geht es dich überhaupt nichts an, ob und wie viel er für die Reparaturen zahlt." Dann war sie gegangen.

Mich hatte sie vollkommen ignoriert.

Carla schaut mich an. In ihrem Mundwinkel klebt ein bisschen Ketchup. Ich reiche ihr eine Papierserviette rüber.

„Ich hatte mich schon bei der Bank erkundigt", sagt Carla und nippt an ihrem Bier. „Wegen so einem Existenzgründerkredit. Nächste Woche habe ich einen Termin bei denen. Außerdem wollte ich meinen Meister machen. Das ist besser, wenn man eine eigene Werkstatt hat, wegen der Kunden, und weil ich eine Frau bin, weißt du? Und jetzt will Renate den Laden unbedingt an den blöden Marco verkaufen, Scheiße!" Sie krault Amok an Hals und Ohren. Der Köter liegt zwischen uns auf dem Sofa und pennt. Er hat alle viere in die Luft gestreckt, ab und zu zuckt es in seinem rechten Hinterbein. Im Fernsehen läuft eine Castingshow, aber der Ton ist stumm geschaltet.

„Wie soll es bloß weitergehen?", fragt Carla und wischt sich den Mund ab. Sie schaut mich nicht an, sondern stiert auf die stumme Mattscheibe. Eine brünette Presswurst in rotem Leder versucht gerade, ihr Mikrofon zu erwürgen. Sie sinkt auf die Knie und wirft das Wallehaar nach vorn. Das Publikum ist aus dem Häuschen. Carla sieht besorgt aus und ungewohnt erwachsen. Dass sie mich um Rat bittet, ist die große Ausnahme. Und ich könnte sofort durchdrehen bei dem Gedanken, dass ich ihr nicht helfen kann. Ich lege meine Hand auf ihre Schulter und sage: „Es wird sich schon eine Lösung finden. Irgendwie gibt es immer einen Weg."

Schon während ich es ausspreche, höre ich, wie blöd das klingt. Dein kluges Geschwätz bringt hier nix!, giftet mein Ego prompt. Normale Väter finanzieren ihren Kindern den Start in die Selbstständigkeit aus der Portokasse oder bürgen wenigstens mit ihren abbezahlten Immobilien dafür. Normale Väter verschenken Baugrundstücke zur Hochzeit oder zum Bersten angesparte Bausparverträge.

Blöd nur, dass ich nicht normal bin.

Seit Stunden liege ich in meinem Bett und starre an die Decke. Ich kann nicht einschlafen. Meine Gedanken kreisen in einer Endlosschleife: Ich bin ein verdammter Loser! Meine Tochter braucht dringend Kohle und ich vertrödele meine Zeit als abgewrackter Türsteher vor dubiosen Nachtclubs. Verdammt noch mal, so geht das nicht weiter! Ich bin ein verdammter ...

Irgendwann merke ich, dass ich wütend werde. Sehr wütend, und zwar auf mich selbst. Ich verfluche mich dafür, dass ich kein besserer Vater bin. An Schlaf ist nicht mehr zu denken. Schließlich stehe ich auf, ziehe mir meine Hose an und schleiche durch die Wohnung. Amok liegt auf dem Sofa und schnarcht. Ich taste mich zur Haustür und husche die Treppe hinunter. Eine Stufe knarrt. Oben knurrt der Hund. Ich bleibe stehen. Nach ein paar Minuten schleiche ich weiter. Draußen ist es angenehm kühl. Langsam und vorsichtig schiebe ich den Deckel des Müllcontainers zurück. Ich greife hinein – gähnende Leere! Scheiße, das habe ich ganz vergessen: Gestern Nachmittag war ja die Müllabfuhr da.

Ich lehne mich an die Backsteinmauer. Mir ist schlecht. Ich habe auf einmal das Gefühl, eine Riesenchance vertan zu haben. Ich brauche einen Drink, merke ich und beschließe Kunos Stammkneipe aufzusuchen.

In der BarBara ist noch richtig was los. Es ist kurz nach eins und der Laden ist völlig verqualmt. Nichtraucherschutz interessiert hier nach Mitternacht keine Sau, stelle ich einmal mehr fest und bin unsicher, ob ich mir das antun soll. Doch als ich Kuno in der Menge entdecke, fasse ich den Entschluss, wieder mit dem Passivrauchen anzufangen, und bestelle mir ein Bier. Mit der Flasche in der Hand schlendere ich zu Kunos Tisch rüber, wo Menschen sitzen, die bereits aus der Ferne verdächtig nach einem konspirativen Künstlerzirkel aussehen.

Kuno wirkt erregt, er scheint tief in die Diskussion verstrickt zu sein. Seine Begrüßung fällt entsprechend knapp aus. Er nickt nur kurz und bedeutet mir, dass ich mich dazugesellen soll. Anschließend greift er in sein wirres Haar und setzt seinen wirren Vortrag fort. Ich ziehe mir einen freien Stuhl heran und versuche Kunos Ausführungen zu folgen. Offenbar hat er eine Strategie entwickelt, mit deren Hilfe er seine subversive Dichtkunst unter das Volk bringen kann. Nach etwa einer Stunde und reichlich Flaschenbier habe ich verstanden, dass sein *genialer Einfall* darin besteht, seine Texte auf hauchdünnes Papier zu drucken und dann in Konsumprodukten zu verstecken. Deshalb nennt er diese Kunstform auch „HiddenLit", also versteckte Literatur. Wenn ich das richtig verstehe, ist seine aktuelle Edition auf fünfzig Kopien limitiert. Er hat bereits heute mit der konspirativen Distribution begonnen und die Hälfte davon „zugestellt", wie er sich ausdrückt. Ich erlaube mir den Gedanken, dass diese krude Form der Veröffentlichung eine verzweifelte Notlösung darstellt, da sich kein Verlag findet, der das für ihn tut. Wohlweislich behalte ich diese reaktionäre Mutmaßung jedoch für mich.

„Und wie machst du das?", fragt eine Lady mit systematisch verfilzter Haarpracht. „Also konkret, meine ich."

Kuno zeigt ein siegessicheres Lächeln. „Nun, als trojanische Pferde dienten mir zum Beispiel die Innentaschen zweier exquisiter Herrenanzüge, je eine Hand-, Umhänge- und Aktentasche sowie zwei Rucksäcke. Mein bevorzugtes Revier sind die Kaufhäuser in der Innenstadt." Er lehnt sich zurück und erntet anerkennendes Kopfnicken vonseiten der Fangemeinde. Seht ihr, sagt uns seine Körpersprache, ich bin nicht nur ein intellektueller Schwätzer, sondern auch ein Mann der Tat. Dann zündet er sich eine Zigarette an, nimmt einen tiefen Lungenzug und lässt uns mit dem Ausatmen wissen, dass er sich ab morgen verstärkt der Verbreitung seiner Schriftstücke über die Innentaschen von

Jacken, Sakkos und Mänteln widmen wird. Er, der erste autonome Publizist der Republik, denke bereits über eine Erhöhung der Auflage nach. Sein Plan: Er will mehr und mehr Produkte unserer Konsumwelt mit seinen subversiven Texten quasi infizieren. Theoretisch wäre es sogar denkbar, dass sich andere Vertreter der transrationalen Richtung ihm anschließen und dass so eine ganz große Bewegung entsteht.

Ich erhebe den Einwand, dass einige der potenziellen Rezipienten seine Trittbretttexte ungelesen wegwerfen könnten. Mein Einwand wird jedoch sofort als „Totschlagargument" entlarvt.

„Wenn all die Bücher aufschreien könnten, die ungelesen in tristen Regalen verstauben, würde auf diesem Planeten ein infernalisches Geheule ausbrechen", erklärt Kuno ungerührt. „Stell dir mal vor, du findest einen Text in der Innentasche deines neuen Sakkos", bittet er dann, „einen Text von großer literarischer Kraft, einen Text, der dich tief berührt, ja aufwühlt und dekonstruiert."

Nun ja, eine Bitte kann man auch abschlagen, denke ich und weiche einem Blick aus, dessen Sendungsbewusstsein die verqualmte Luft zu entzünden droht.

Auf dem Tisch befindet sich, eng aneinandergedrängt, eine beträchtliche Anzahl von Bierflaschen. Manchmal zittern sie, als hätten sie Angst herunterzufallen. Verständlich, denn mit jeder neuen Order wird es enger auf dem kleinen Rund. Leere Flaschen abzuräumen scheint unüblich, vielleicht weil sie dringend als Aschenbecher gebraucht werden. Oder es wird am Schluss abgerechnet, indem die Flaschen gezählt werden?

„Du wolltest das echt machen?", lallt Kuno ein paar Stunden später und schenkt mir ein glasiges Lächeln. Ich glaube, die anderen sind inzwischen gegangen. Ich bin mir allerdings nicht sicher, denn dichte Rauchschwaden erschweren die Sicht. Ich nicke und frage mich, ob es klug ist, Kuno weiter in die Geschichte mit der Werbeagentur einzuweihen. Aber nun ist es ohnehin zu spät. Ich habe ihm das meiste ja schon erzählt. Außerdem musste ich einfach mit jemandem darüber reden. Und Kuno ist schließlich mein Freund.

„Cool, Alter! Du wirst sehen, das geht voll ab." Kuno zeigt erste Aussetzer.

Ich erinnere ihn daran, welchen Weg meine Vertragsunterlagen genommen haben.

„Ach so", sagt er, „stimmt ja, ist alles im Müll gelandet. Du hast die Sache also schon vermasselt, bevor es losgegangen ist."

„Meinst du wirklich, ich hätte eine Chance gehabt?"

„Unter transrationalen Gesichtspunkten betrachtet, sieht die Sache super aus", sagt Kuno. Obwohl ich weiß, dass es keinen Sinn macht, frage ich nach, wie er das meint.

„Na ja", erklärt der Dichter und richtet den Blick nach innen. „Werbung funktioniert nicht rational, sondern emotional. Und Emotionen werden am besten durch widersprüchliche, alberne, unsinnige, also quasi bekloppte Botschaften ausgelöst. Hauptsache überraschend, irgendwie dada oder wenigstens gaga, verstehst du?"

Ich schüttele den Kopf.

Es macht wirklich keinen Sinn ...

KAPITEL 8

Ich wache von dem Geräusch auf, das ein großes Rolltor macht, wenn es geöffnet wird. Kurz darauf springt der alte Kompressor an. Ich schaue auf den Wecker: Es ist kurz nach acht und mir wird bewusst, dass ich verschlafen habe. Die Erinnerung an die letzte Nacht kommt zurück. Ich richte mich auf und spüre den Schmerz hinter den Augen. Selber Schuld, denke ich, und dann auch noch verpennen, das ist wirklich das Letzte. Arme Carla! Ich hab ihr nicht einmal Kaffee gemacht. Und mit dem Hund bin ich auch nicht gegangen. Ich stehe auf und begebe mich unter die Dusche. Als ich wenig später in der Küche erscheine, traue ich meinen Augen nicht. Auf dem Küchentisch liegt eine Brötchentüte und direkt daneben dieser Briefumschlag von Brokkoli. Er sieht ein bisschen verdreckt aus, aber die Vertragsunterlagen stecken noch drin.

Ein paar Minuten später kommt Carla die Treppe heraufgesprintet, dicht gefolgt von Amok. Sie wolle nur mal schauen, wie es mir geht, sagt sie und lächelt. Amok kommt auf mich zu und leckt mir die Hand.

„Ich bin heute Nacht ein bisschen abgestürzt", sage ich und registriere, dass meine Stimme total belegt klingt. Ich nehme das Handtuch von meinen Schultern und trockne mir die Haare ab. „Tut mir echt leid, dass ich verpennt habe."

„Macht nix", sagt Carla und greift nach ihrem Kaffeebecher. „Ach ja", meint sie dann und zeigt auf das Kuvert auf dem Tisch, „den hab ich gestern in der Werkstatt liegen lassen."

„Der lag in der Werkstatt?"

„Nee, aber ich hab den ins Büro gepackt und dann vergessen, mit hochzunehmen." Carla schaut in mein verkatertes Gesicht und erkennt, dass ich nichts kapiere. „Also, wenn du es genau wissen willst: Der Deckel von dem blöden Müllcontainer ging nicht zu, als ich den an die Straße schieben wollte. Warum? Weil irgendein Schwachkopf da Metallteile reingestopft hat. Also hab ich die wieder rausgeholt und auf den Haufen mit dem Werkstattschrott geschmissen. Auf einmal lag da dieser Umschlag im Hof rum. Dachte, der hat vielleicht an der Tür gelehnt oder was, keine Ahnung. Ist jedenfalls für dich."

„Hast du reingeschaut", frage ich und sehe sie an.

„Sag mal, spinnst du?" Carla hält meinem Blick stand. Ein breiter Streifen Schmiere ziert ihre hübsche Stirn. Ihre Augen funkeln böse. „Schon mal was von Briefgeheimnis gehört? Sag bloß, du würdest in meiner Post herumschnüffeln, nur weil die hier irgendwo rumliegt?"

„Nein, nein, ist ja schon gut", sage ich und hebe die Hände. Carla ist extrem empfindlich, wenn sie sich ungerecht behandelt fühlt, das war schon immer so.

„Blödmann", brummelt sie und schenkt sich von dem Kaffee nach, den sie sich heute Morgen selber machen musste. Dann fragt sie: „Hast du 'ne Ahnung, was mit Amok los ist?", und ich zucke mit den Schultern. „Der ist heute so unkonzentriert. Statt einem 13er Maul- hat er mir zweimal einen 17er Ringschlüssel gebracht. Und als er mir die Blechzange holen sollte, ist er mit den Arbeitshandschuhen angekommen."

„Vielleicht ist dein Werkstatthelfer gerade ein bisschen überfordert", schlage ich vor.

„Überfordert? Und was soll ich sagen?"

Stimmt, seit Oktan ausgefallen ist, schmeißt sie den Laden ganz allein. Und ich leiste mir den Luxus, in der

BarBara zu versacken, und verpenne am nächsten Morgen auch noch, denke ich und spüre, wie ein superschlechtes Gewissen an mir nagt.

„Ich geh dann mal wieder runter", sagt Carla und zeigt mir ein schiefes Lächeln.

„Ich kümmere mich um das zweite Frühstück", verspreche ich, greife nach dem Brotmesser und fange an, die Brötchen aufzuschneiden.

Carla nickt nur und verschwindet. Amok folgt ihr. Er hat mich die ganze Zeit angeschaut, und ich könnte schwören, dass er dabei leicht den Kopf geschüttelt hat. Während ich das zweite Frühstück zubereite, fasse ich einen Entschluss: Ich muss endlich die Initiative ergreifen. Und als Erstes werde ich diesen verdammten Vertrag unterschreiben. Ich werde diesen Job antreten.

Verdammter Mist!

Irgendein Teil in meinem Bewusstsein weiß, dass Entscheidungen, die ich in dieser Stimmung fälle, unter keinem guten Stern stehen. Aber auf diese Memme kann jetzt keine Rücksicht genommen werden.

KAPITEL 9

Pia Mia macht seit drei Jahren Praktikum in der Agentur. Seit Kurzem darf sie sich sogar an Diskussionen beteiligen, und wenn sie sich ganz viel Mühe gibt, wird sie im nächsten Jahr vielleicht einen Vertrag bekommen, als Volontärin, hat Breitmeyer vor ein paar Wochen gesagt und sie so angeguckt. Heute Morgen ist sie richtig guter Laune. Gestern Nachmittag ist nämlich ein kleines Wunder geschehen: Sie darf nun doch im Team von Stefan Fischer, dem Neuen, mitmachen. Erst sah es nicht so aus, als würde das klappen. „Kommt überhaupt nicht in Frage", hatte Bent Breitmeyer geblafft. „Wir sind hier nicht bei ‚Wünsch dir was'!" Und Praktikantinnen hätten erst recht keine Ansprüche zu stellen. Aber sie sei doch inzwischen Senior-Praktikantin und dürfe sogar bei Diskussionen und Brainstormings mitmachen, hatte sie gerade einwenden wollen. In dem Moment war Brokkoli ins Büro gekommen und hatte gefragt, ob sie probeweise in der Unit von dem Neuen mitarbeiten will. Als seine persönliche Assistentin. Da hatte der Breitmeyer natürlich blöd geguckt und Pia Mia musste sich ein Lachen verkneifen. War aber nicht schwer, weil sie eh nicht der Typ ist, der einfach so losprustet. Und nun sitzt sie tatsächlich im Vorzimmer von diesem Stephen, wie sie ihn heimlich nennt. Stephen klingt nämlich viel cooler als Stefan, klare Sache, findet Pia Mia.

Mein Büro ist groß, hell und steril. Ich stehe vor dem bodentiefen Fenster und schaue hinunter. Auf der Rothenbaumchaussee staut sich der Verkehr an einer Tagesbaustelle, doch von dem Straßenlärm ist hier oben nichts zu hören. Genauso hat es heute Morgen in meinem Kopf ausgesehen, denke ich. Gedankenstau. Für einen Moment ist es weder vor noch zurück gegangen. Ich habe mich gefragt, was das alles soll, ob ich den Verstand verloren habe, diesen

Job anzutreten, und ob mir nicht klar ist, dass das niemals funktionieren kann. Doch dann bin ich innerlich ganz ruhig geworden. Cool bleiben, habe ich mir gesagt und gespürt, dass da ein starkes Selbstvertrauen war. Eine Kraft, die sich beweisen wollte, die das Ganze als Herausforderung betrachtete. Zugegeben, ein bisschen Trotz war auch dabei. Letztlich habe ich nichts zu verlieren, habe ich gedacht. Eine krasse Fehleinschätzung, wie sich herausstellen sollte.

Ich drehe mich um. Mitten im Raum steht ein großer, weißer Schreibtisch. In der Ecke befindet sich eine kleine Sitzgruppe aus Leder, davor ein flacher Glastisch. Jemand hat frische Blumen darauf gestellt. Es riecht nach Teppichboden.

„Welcome on Board, Stefan Fischer", ruft Brokkoli beim Hereinkommen und drückt mir einen orangefarbenen Flaschenkarton in die Hand.

„Stefan Fischer", wiederholt er und fährt sich mit dem Daumen über die Lippen. „Guter Name, solide, eingängig, gefällt mir. Gesoffen wird hier übrigens erst ab 16 Uhr." Er grinst und schreitet das Zimmer ab. „Veuve Clicquot", lese ich und stelle die Packung auf dem Glastisch ab.

„Du musst erst mal mit den Möbeln hier vorliebnehmen. Sobald wir dazu kommen, bestellen wir dir was Neues. Aber du weißt ja, dieser ganze Designerschrott hat endlos Lieferzeit." Seine Finger trommeln auf der Lehne des weißen Ledersofas herum. „Apropos Lieferzeit, das gilt auch für deinen Dienstwagen. Bis der TT kommt, wirst du Bents Porsche fahren." Er wendet sich mir zu. „Ich werde ihm das schonend beibringen, geht ja nicht, dass du mit dem Taxi bei unseren Kunden vorfährst. Sonst denken die noch, wir stehen kurz vor der Pleite, hahaha!"

Meine Assistentin erscheint in der Tür, hält sich am Türrahmen fest und wippt mit dem Oberkörper vor und zurück. „Willst du ein Team-Meeting?“ Sie sieht aus, als könne sie sich nicht entscheiden, ob sie hereinkommen oder draußen bleiben soll. Pia Mia ist etwa zwei, vielleicht auch drei Jahre älter als Carla. Jetzt registriere ich ein unsicheres Lächeln in ihrem hübschen Gesicht. Vielleicht traut sie sich nicht rein, weil der Chef im Raum ist.

„Team-Meeting“, wiederhole ich, leicht verunsichert über diesen Vorschlag. Vermutlich wird das von dem Neuen erwartet. Außerdem befindet sich Brokkoli noch immer in meinem Büro. Ich sollte also nicht herumeiern, sondern Entschlossenheit demonstrieren. Ich nicke und antworte: „In zehn Minuten.“

„Hier bei dir?“ Endlich lässt Pia Mia den Türrahmen los.

„Warum nicht? Ja, hier bei mir“, bestätige ich.

„Prima, dann schicke ich gleich ein *Meeting Request* rum“, sagt Pia Mia und macht eine Art Knicks, bevor sie verschwindet.

„Team-Meeting, sehr gut“, sagt Brokkoli. „Tritt der Horde gleich mal kräftig in den Hintern. Die Bank hat derzeit *Prio Uno,* ist unser absolutes Key Business. Wenn wir die nicht begeistern können, dann haben wir ein Problem, verstehst du?“

Ich nicke. „Leistung aus Leidenschaft“, sage ich, um auch etwas zu diesem eher einseitigen Gespräch beizutragen, und gehe ein paar Schritte auf Brokkoli zu. Ich schaue ihm in die Augen und meine eine Mischung aus Anerkennung und Spott darin zu erkennen. Das irritiert mich.

„Ja, Leistung aus Leidenschaft – mehr davon, viel mehr!“, fordert Brokkoli. „Ich bin für etwa zwei Stunden unterwegs. Kundentermine. Mal sehen, ob ich uns noch weitere Ressourcen erschließen kann.“

Er verlässt den Raum, dreht sich aber gleich darauf noch mal um und guckt zur Tür rein.

„Übrigens, das Management der Bank will dich möglichst bald kennenlernen. Beim ersten Treffen wäre ich gern dabei. Pia Mia soll einen Termin machen. Am besten noch diese Woche."

Wenig später füllt sich mein Büro mit den Kollegen. Robert Tümmler kommt als Erster rein und beglückwünscht mich zu dem Job. Sein kurzer, betont kräftiger Händedruck soll mir vermutlich sagen: Wir Männer müssen zusammenhalten. Tümmler wird das Team als Art Director verstärken, sagt er. Na gut, denke ich, komme aber nicht dazu, mir lange Gedanken darüber zu machen, was die Aufgabe eines Art Directors ist. Denn jetzt erscheinen weitere Kollegen.

Da ist zuerst mal Santana, die ich bereits von meinem Vorstellungsgespräch kenne und gewiss nicht unterschätzen sollte. Dann eine Frau, die Franziska Petersen heißt.

Franziska ist Grafikerin. Sie ist die Tochter des Buchhalters und kommt frisch von der Akademie für visuelles Gestalten, erklärt sie mir.

„Ich geb's zu", flötet sie, „mein Papa hat ein gutes Wort für mich eingelegt. Aber ich bin natürlich total glücklich und tierisch dankbar, dass ich gleich an einem so wichtigen Etat mitarbeiten darf!" Sie klimpert mit viel zu langen Wimpern, während sie das sagt.

Direkt nach ihr betreten zwei Männer den Raum, die einander wie ein Ei dem anderen gleichen. Das können nur Luuk und Mees van Eek sein, denke ich und muss unwillkürlich lächeln. Pia Mia hat mir schon von den Zwillingen erzählt. Die Brüder sind achtunddreißig Jahre alt. Luuk ist ein erfahrener Grafiker, Mees dagegen arbeitet als Texter in der Agentur. Am besten kann man sie offenbar an der Kleidung unterscheiden. Luuk trägt verwaschene Jeans und ein weißes T-Shirt mit Aufdruck. „Curiosity Killed the Cat“, lese ich und muss grinsen. Mees dagegen tritt im Businessoutfit auf. Sakko, weißes Hemd, Krawatte – cool.

Ich schaue auf den Computerausdruck mit den Namen und Funktionen meiner Teammitglieder, den Pia Mia mir in die Hand gedrückt hat. Fehlt nur noch Cem Yildirim, der Computerfreak und Produktioner. Der kommt allerdings nicht. Stattdessen klatscht Santana in die Hände. „Da Cem auf einer Schulung ist, sind wir dann wohl vollzählig“, ruft sie, und damit ist das allgemeine Geplapper beendet. Santana fixiert mich. Klarer Fall: Sie will hier die Regie übernehmen. Alle gucken mich gespannt an. Es scheint, als würde das Team auf eine kleine Ansprache warten, und ich zweifle für einen Moment an meinem Entschluss, diese Show abzuziehen. Doch Santanas provozierender Blick bringt mich zurück in die Spur.

Wie begierig die anderen darauf sind, mit dem Neuen zusammenzuarbeiten! Santana muss sich zusammenreißen, um nicht die Augen zu verdrehen. Gestern erst hat sie Brokkoli über ihren Entschluss informiert, selbst in dem Team des Neuen mitzumischen. Sie hat sich vorgenommen, den Stier bei den Hörnern zu packen. Sie mag diesen Stefan Fischer nicht besonders: Zu gelassen ist er, zu selbstbewusst, ein Macho durch und durch. Sie hat daher beschlossen, mit ihm ins Bett zu gehen. Und das möglichst bald. Am besten ein Quickie direkt hier, in der Agentur. Sie wird ein bisschen Schweinkram mit ihm machen, danach frisst er ihr aus der Hand. Hat sie erst einmal die Kontrolle, wird er ihr keine Schwierigkeiten machen, da ist sie sich ganz sicher.

Sie lehnt sich zurück und hört zu, was der Kerl zu sagen hat.

„Nun gut“, sage ich und räuspere mich. „Ich freue mich darauf, mit euch allen zusammenzuarbeiten. Das wird bestimmt eine spannende Zeit." Vor allen Dingen für mich, denke ich und räuspere mich erneut. Verdammt, was mache ich hier? Erwartungsvolle Blicke ruhen auf mir. Vermutlich warten sie auf inhaltliche Aussagen, eine Strategie oder so etwas. Mir fällt ein, was Kuno neulich im Vollsuff von sich gegeben hat. Ich schaue in die Runde und sage: „Werbung funktioniert nicht rational, sondern vor allem emotional. Und Emotionen werden am besten durch widersprüchliche, alberne, unsinnige, also quasi bekloppte Botschaften ausgelöst. Hauptsache überraschend, irgendwie dada oder wenigstens gaga, versteht ihr? Wir müssen transrational an die Sache herangehen – klar so weit?"

Unsicheres Nicken vonseiten des Teams. Nur Santana zeigt ein spöttisches Grinsen. Jetzt traut sich Pia Mia etwas zu sagen: „Transrational? Meinst du damit jenseits von verstandesmäßig?"

„Genau. So ist es", bestätige ich, nur um etwas gesagt zu haben. Gleich wird der Meute klar werden, was für einen Schwachsinn ich hier rede. Und mir wird klar, dass ich Aufgaben verteilen muss. Ich darf mich nicht in die Defensive begeben, im Gegenteil, ich muss handeln, bestimmen, wo es langgeht. Das hat mir jedenfalls Kuno geraten. Und deshalb habe ich mir in den letzten Tagen auch ein paar Gedanken gemacht. Ich habe mir sogar eine Art Plan ausgedacht.

„So, Leute, wir wollen keine Zeit verlieren", verkünde ich nun. „Also noch ein paar Worte zu unserer gemeinsamen Aufgabe. Ich will als Erstes genau wissen, wer die Kunden unseres Kunden sind. Denn die Kunden unseres Kunden sind der Schlüssel zum Erfolg."

Auf einmal wirkt der Haufen überrascht. Gut so, denke ich und fahre fort: „Wie alt sind sie, welche Interessen haben sie, aus welchen Verhältnissen kommen sie? Nutzen sie das

Internet oder rufen sie ihren Bankberater an, wenn sie Hilfe brauchen? Mees, du nimmst Kontakt zu den Bankern auf und besorgst die entsprechenden Informationen. Santana, ich möchte, dass du eine Analyse der Mitbewerber erstellst. Wer sind die direkten Konkurrenten unseres Bankhauses? Welche Kommunikationsmedien nutzen sie und mit welchem Erfolg? Was planen sie in näherer Zukunft, wie viel Geld geben sie für Werbung aus?"

Ich erwarte, dass jetzt alle aufspringen und an die Arbeit eilen, aber keiner rührt sich. „Ab die Post! Worauf wartet ihr noch?", rufe ich und klatsche in die Hände. Als sich alle in Bewegung setzen, schickt mir Santana einen Blick rüber. Ich weiß, was sie gerade denkt, und antworte innerlich: Du hast vorhin auch in die Hände geklatscht – na und?

Dann fällt mir noch was ein: „Ach so, heute Nachmittag gibt es hier einen Schluck Schampus zum Einstand."

Ich deute auf den orangen Karton auf dem Glastisch.

„Wer Lust hat, ist herzlich willkommen."

Leck mich, murmelt Santana leise genug, dass ich es gerade noch hören kann, während sie den Raum verlässt. Tümmler schaut sich im Weggehen nach mir um. Er hat das auch gehört und scheint unangenehm berührt. Mir ist klar, was sich gleich draußen im Flur abspielen wird: Sie werden sich das Maul über den Neuen zerreißen.

„Robert, du bleibst bitte noch einen Moment", rufe ich Tümmler zu.

Mein Art Director lächelt. Mir ist klar geworden, dass ich hier einen Verbündeten brauche, einen, der sich aufgewertet fühlt, wenn der Chef ihn unter vier Augen sprechen möchte. Tümmler scheint mir die richtige Wahl zu sein. Ich vermute, dass sich hinter der glatten Fassade ein eher unsicherer Charakter verbirgt. Es dürfte nicht so schwer sein, ihn für mich einzunehmen. Außerdem habe ich einen Auftrag für ihn.

„Ich möchte, dass du einen Werbespot entwickelst", sage ich mit einer einladenden Handbewegung. „Einen Spot, der sich an den Bedürfnissen der Kunden orientiert."

Tümmler setzt sich auf das weiße Sofa. Er fährt sich mit der Hand über seinen kahlen Schädel und wirkt äußerst interessiert. „Aber vorher machst du Folgendes: Ich will, dass ihr O-Töne einsammelt. Schnapp dir Franziska und diesen Mees, ach nee, nicht den Mees, seinen Bruder, wie heißt der noch?"

„Luuk", sagt Tümmler.

„Genau, also diesen Luuk, und dann geht ihr in die Innenstadt und fragt Leute, was sie von ihrer Bank erwarten. Das filmt ihr mit 'ner Kamera, scheiß auf die Qualität, von mir aus mit dem Handy. Es geht nur um die Dokumentation. Anschließend schneiden wir das zusammen. Klar so weit?"

Tümmlers Augen leuchten. Offenbar gefällt ihm meine Idee, die ich natürlich geklaut habe. Im TV laufen ständig Reportagen, in denen mit Wackelkameras irgendwelche Passanten zu belanglosen Themen befragt werden.

„Okay, du willst O-Töne von Urban Natives, richtig?"

Urban Natives – scheiß Werber-Slang! „Genau, O-Töne von echten Leuten, es soll ganz authentisch rüberkommen."

„Spannender Ansatz, gefällt mir." Wieder fährt seine Hand über die blank polierte Glatze. „Dem ganzen Bankenbusiness fehlt die nötige Street Credibility. Yep, und so bringen wir die Communication Down to Earth! Ist es das, was du erreichen willst?"

Was auch immer dem Bankenbusiness fehlt, mir fehlt jemand, der dieses Gefasel in Klartext übersetzt. Tümmler ist jedenfalls begeistert. Der Mann macht einen loyalen Eindruck.

„That's it", rutscht es mir heraus – Himmel! Jetzt fange ich auch schon so an.

Nachdem alle gegangen sind, lasse ich mich in meinen Chefsessel sinken. Wenn ich mich nach hinten lehne, gibt das Ding nach, immer weiter, bis ich mich fast in Liegeposition befinde. Ich gucke an die Decke. Unglaublich, denke ich, gerade mal ein Tag vergangen und es fängt bereits an, mir zu gefallen. Natürlich ist das komplette Team am Nachmittag zum Schampustrinken erschienen. Kurz zuvor hatte ich Pia Mia mit dem Auftrag losgeschickt, zwei weitere Flaschen von dem Stoff zu besorgen, und festgestellt, dass ich für den Preis der beiden Buddeln einen ganzen Abend als Türsteher arbeiten müsste. Brokkoli hat auch kurz reingeschaut und der Unit viel Erfolg gewünscht. Und dann diese Santana. Sie hat mich dauernd angestarrt. Zum Schluss ist sie mir sogar ziemlich auf die Pelle gerückt. Was hat sie vor?, überlege ich.

Ich jedenfalls habe vor, das Ganze als Spiel zu betrachten, wie so ein Jump 'n' Run Game am Computer. Man gibt sich zwar alle Mühe, die nächste Stufe zu erreichen, aber am Ende ist es doch nur ein Spiel. Ich werde jeden einzelnen Tag, an dem ich nicht auffliege, als Erfolg verbuchen. Kuno hat völlig recht: Ich habe nichts zu verlieren, überhaupt nichts. Mal sehen, bis zu welchem Level ich es schaffe, bevor ich rausgeschmissen werde.

Als ich gegen 22 Uhr mein Büro verlasse, sitzt Pia Mia noch im Vorzimmer und starrt auf ihren Bildschirm. Sie schaut hoch und lächelt.

„Was machst du denn noch hier?", frage ich.

„Ach, ich arbeite noch an einer Aufstellung über die Kommunikationsstrategien der zehn größten Bankhäuser", sagt sie und wickelt eine Locke um ihren Zeigefinger.

„Spricht etwas dagegen, diese Aufstellung morgen früh weiterzuführen?", will ich wissen. Sie sieht müde aus, und es bereitet mir ein schlechtes Gewissen, vor meiner Praktikantin Feierabend zu machen.

Pia Mia schüttelt den Kopf und ich sage: „Na, dann pack deine Sachen und verschwinde – das ist ein Befehl!"

Sie schaut mir nach. Als ich mich im Flur noch einmal umdrehe, winkt sie. Ihre Hand bewegt sich dabei nur ein ganz kleines bisschen. Ich bleibe stehen und deute auf die Stelle an meinem Handgelenk, an der bei erfolgreichen Männern eine teure Uhr baumelt. Dann warte ich, bis sie tatsächlich ihren Computer herunterfährt und anfängt, ihre Sachen zu packen. Mein männliches Selbstbewusstsein schlägt mir auf die Schulter und sagt: Schau mal, sie freut sich schon auf morgen. Und wenn sich die Kleine besser mit sich auskennen würde, wüsste sie, dass sie sich in dich verliebt hat! Arrogantes Arschloch, antworte ich, obwohl ich ahne, dass es recht hat, und steige in den Fahrstuhl.

KAPITEL 10

Es ist Samstag und das Mittagessen ist fertig. Ich gehe in die Werkstatt runter, um Carla Bescheid zu sagen. Seit Oktan ausgefallen ist, schiebt sie jede Menge Überstunden. Trotzdem stauen sich die Reparaturaufträge. Marco ist vor ein paar Minuten aufgekreuzt. Ich habe das Röhren seines tiefergelegten BMW gehört, als ich die Nudeln in das Sieb geschüttet habe.

„Was ist mit dem dunkelgrünen Polo?", fragt Marco, als ich dazukomme. Er deutet mit seiner Zigarette auf ein Fahrzeug, das mit einem Platten am rechten Vorderreifen im Hof steht.

„Was soll damit sein?", fragt Carla zurück. Sie greift in den Motorraum, zieht den Ölpeilstab heraus und schaut auf die Markierung. Dann schiebt sie ihn wieder zurück. Anschließend entriegelt sie die Motorhaube und lässt sie krachend zufallen.

Marco schaut zu mir herüber. Wir nicken uns zu. Marco ist ein wenig älter als Carla, ich glaube, er ist sechsundzwanzig. Er gibt gern den coolen Macker. Doch eigentlich ist er eher unsicher und ein Vollspießer. Eine Tatsache, die für alle sichtbar an seinem Handgelenk baumelt, in Form eines Herrenhandtäschchens aus schwarzem Leder.

„Der muss diese Woche noch durch den TÜV, weißt du doch genau", mault er. Er öffnet einen der Reißverschlüsse seines Täschchens und lässt ein silberfarbenes Feuerzeug darin verschwinden. Dann zieht er einmal an seiner Zigarette und bläst den Rauch genau in Carlas Richtung.

„Tja, dein Problem", mauert Carla. „Du siehst ja, was

hier los ist. Und zahlende Kunden gehen nun mal vor. So einfach ist das."

„Hör mal, der Wagen ist bereits angezahlt und ich hab dem Kunden zugesagt, dass er die Kiste am Dienstag abholen kann. Und zwar mit TÜV-Stempel. Ist mir ganz egal, wie du das auf die Reihe kriegst. Ich kann schließlich nichts dafür, dass Onkel Oktan ausgefallen ist."

Carla schmeißt den Schmutzlappen auf die Motorhaube. „Aber ich, oder was?", schnauzt sie. „Wenn das mit dem Polo so wichtig ist, dann mach es dir selber. Bei dem Reifen ist nur das Ventil kaputt. Außerdem sind die Bremsklötze vorn fällig und die Querlenkerbuchsen müssen ersetzt werden. Die zweite Hebebühne ist frei. Worauf wartest du noch, Kfz-Profi? Hau rein!"

Amok öffnet das Maul und lässt den Ringschlüssel fallen, den er ihr gerade bringen wollte.

Marco lässt die Kippe auf den Betonboden fallen und tritt sie mit seinen Cowboystiefeln aus. Seine Bewegungen sind betont langsam. „So läuft das nicht, Baby", sagt er und guckt grimmig.

Carla beeindruckt seine Vorstellung nicht im Geringsten. „Ich mach dann mal Mittag", sagt sie, „und anschließend Feierabend. Ist nämlich Samstag, falls du das noch nicht mitgekriegt haben solltest." Dann folgt sie Amok und mir in die Wohnung.

Es gibt Spaghetti mit Fertigsoße aus der Mikrowelle. Marco scheint unten in der Werkstatt tatsächlich irgendwas zu machen, denn es dauert eine Weile, bis wir hören, wie ein Auto gestartet wird und mit quietschenden Reifen den Hof verlässt.

„Karussellbremser", stöhnt Carla und wickelt sich eine

Fuhre Nudeln auf die Gabel. „Und wie ist der neue Job?", fragt sie mit vollem Mund.

Ich schaue auf meinen Teller. Verwickelte Angelegenheit, denke ich, wie eine Gabel voll Spaghetti.

Ich habe Carla nämlich in dem Glauben gelassen, dass ich den Job beim Sicherheitsdienst bekommen habe. Ich musste kaum lügen, sie ist einfach davon ausgegangen. Zugegeben, ich hätte ihr auch die Wahrheit sagen können. Doch ich fürchte, sie hätte mich für verrückt erklärt. Nur Kuno weiß Bescheid. Und den habe ich zur Verschwiegenheit verdonnert.

„Anstrengend", antworte ich schließlich wahrheitsgemäß. Ich habe die erste Woche tatsächlich überstanden, aber es hat mich einige Nerven gekostet.

Carla lächelt mich an. „Hauptsache, du hast wieder Arbeit. Und dann noch in deinem Bereich. Ich bin stolz auf dich!"

Ich habe ihr erzählt, dass es darum geht, mit einem kleinen Team den Objektschutz für eine Bank zu organisieren. Im Grunde genau das, was ich selber glaubte, als ich mich bei Brokkoli vorgestellt habe. Wenn ich an diesen Bewerbungstermin denke, muss ich schmunzeln.

„Gib zu, es macht dir Spaß, wieder einen richtigen Job zu haben, oder?", fragt Carla.

Ich kaue und nicke. Im Grunde genommen hat sie recht. Wenn ich nicht jeden Tag damit rechnen müsste aufzufliegen, könnte es ganz lustig sein. Vorsichtshalber habe ich Carla gesagt, dass ich nicht weiß, ob ich den Anforderungen überhaupt gewachsen bin. Der Punkt entspricht ja nun mehr als der Wahrheit, aber sie meinte nur: „Du schaffst das schon, Papa." Tatsächlich besteht mein Plan darin, wenigstens ein Monatsgehalt einzufahren. Dann könnte ich Carla nämlich schon ein paar Tausend Euro zur

Verfügung stellen, zum Beispiel um die Werkstatt anzuzahlen. Sollte es unerwartet länger gut gehen, kann ich entsprechend mehr Kohle lockermachen und bei den Bankern vielleicht ein größere Summe als Kredit aufnehmen. Ich glaube, in der Finanzwelt nennt man das „Hebelwirkung“.

Amok legt seine Schnauze auf mein Knie. Er erinnert mich daran, dass ich ihm etwas von dem gekochten Schinken versprochen hatte, den ich gewürfelt und über die Nudelsauce gestreut habe. Ich rolle eine übrig gebliebene Scheibe auf und halte sie ihm hin.

Er macht brav „Sitz“ und nimmt sie mir vorsichtig aus der Hand.

Am Nachmittag besuchen wir Oktan im Krankenhaus. Leider hat sich sein Zustand dramatisch verschlechtert. Er ist nicht bei Bewusstsein, als wir an seinem Bett stehen. Er verträgt die blutverdünnenden Medikamente nicht gut, erklärt uns die Schwester, und dass er sich eine Infektion eingefangen hat. „Das passiert leider häufiger bei älteren Patienten, deren Organismus geschwächt ist“, meint sie. Ich finde, sie sieht ziemlich besorgt aus.

„Krankenhaus ist überhaupt nichts für Oktan“, sagt Carla. „Der ist doch sonst immer in Bewegung.“ Sie streichelt seine Hand.

Ich wundere mich darüber, wie filigran Oktans Finger aussehen, gar nicht wie die eines Handwerkers.

Auf dem Weg nach draußen kommen wir an der Cafeteria vorbei. Die Patienten darin erkennt man sofort. Sie tragen Bademäntel oder Jogginganzüge zu ihren Adiletten und sind froh über die Abwechslung. Ihre Besucher hingegen tragen festes Schuhwerk und sind froh, dass sie bald wieder abhauen können.

Am Haupteingang treffen wir Renate. Sie erklärt uns ohne Umschweife, dass sie Marco vorübergehend als Geschäftsführer eingesetzt hat.

Carla ist total geschockt. Ihr Mund steht offen. Sie bringt nicht einmal ein „*Aber* ..." heraus.

„Hör mir mal gut zu, Mädchen", flüstert Renate, „das hast du dir im Grunde selber zuzuschreiben. Du hörst ja sonst nicht auf Marco. Für die nächste Zeit übernimmt er Oktans Stellvertretung und hat damit das Sagen. Eins ist im Geschäftlichen immer wichtig, und das sind klare Verhältnisse. Das wirst du auch noch lernen, Carla. Und später bist du mir vielleicht sogar dankbar."

Dann verabschiedet sich Renate und verschwindet in Richtung Innere, Station C.

Carla kocht vor Wut. Wir schweigen. Da kann man nichts machen, denke ich. Solange Oktan derartig hinfällig ist, kann Renate die Entscheidungen treffen, muss sie sogar. Und was sie sagt, klingt nicht einmal so ganz unvernünftig. Wahrscheinlich hat Carla Marco gegenüber einfach zu hoch gepokert. Und der sitzt zurzeit am längeren Hebel. Nur dass Marco als Chef eine komplette Fehlbesetzung ist.

Aber das kann man von mir ja auch sagen.

KAPITEL 11

Auf dem Heimweg frage ich Carla, was sie jetzt machen will.

„Nachdenken", sagt sie. Mehr sagt sie nicht, und mir ist klar, dass es keinen Sinn macht, das zu kommentieren.

Später gehen wir zu Fuß zu dem kleinen Asia-Imbiss in der Bartelsstraße. Nach dem Essen wollen wir uns mit Kuno und seinen schrägen Künstlerfreunden in der BarBara treffen. Es ist Mitte Mai und die Straßen sind voller Menschen, die es an diesem ersten sommerlichen Abend nicht in ihren Wohnungen hält. Amok bleibt an jedem Laternenmast, jedem Straßenschild und jedem Mauervorsprung stehen. Er schnüffelt ausgiebig und hebt dann umständlich das Bein, um Graffitis für seine Artgenossen zu hinterlassen. Keine Ahnung, welche Botschaften er da hinsprayt, aber er nimmt die Sache sehr ernst.

Die Abzugsanlage in der gut besuchten Imbissbude verbreitet einen Lärm wie ein Düsentriebwerk. Dabei entfaltet sie einen derartigen Sog, dass man die Tür kaum aufkriegt. Wir bestellen zwei Mal M4, ein Mal M7 mit Shrimps und ein Mal M12b. Dann nehmen wir uns zwei Astra aus der Kühlung und verziehen uns in ein kleines Hinterzimmer mit Stehtischen. An den Wänden türmen sich leere Getränkekisten. Ein paar Minuten später brüllt jemand eine unverständliche Zahlenfolge, hinter der sich nach Carlas Ansicht unsere Bestellung verbirgt. Sie geht nach vorn und kommt tatsächlich mit unserem Essen zurück.

„Prost", sagt sie, als unsere Flaschen zusammenknallen, und macht sich über ihr Gericht her. Ich beobachte sie eine Weile, denn ich liebe es, ihr beim Essen zuzuschauen.

„Also, ich hab mir das überlegt", meint Carla, nachdem sie ihre Portion M4 verputzt hat. „Ich könnte Marco in Batteriesäure auflösen und anschließend im Klo runterspülen."

„Zugegeben, eine verlockende Vorstellung", werfe ich ein.

„Oder ich könnte fristlos kündigen. Aber das wäre beides ziemlich dämlich. Meine Chance auf die Werkstatt hätte ich damit jedenfalls verspielt. Also werde ich cleverer vorgehen, wesentlich cleverer. Ob du es glaubst oder nicht: Ich werde mich mit dem Blödmann arrangieren."

„Klingt vernünftig", sage ich und greife nach der Sojasauce. Wenn ich nicht einhundert Prozent sicher wäre, dass Carla die Sache im Griff hat, würde ich mir diesen Marco vorknöpfen. Doch so, wie ich das sehe, hat er nicht die geringste Chance gegen sie. Er steht auf verlorenem Posten und tut mir jetzt schon leid.

Amok hockt auf dem Betonboden und macht ein unglückliches Gesicht. Er mag den Laden nicht. Vermutlich, weil ihm hier mal ein besoffener Punker ein paar grüne Chilischoten zu fressen gegeben hat. Hunde merken sich so etwas.

„Hoffen wir, dass Oktan wieder richtig fit wird", sage ich. Darauf stoßen wir erneut an. Dann setzen wir unser Mahl fort.

„Hadde Meck?", fragt die freundliche Asiatin, als sie mir das Wechselgeld herausgibt.

Ich nicke und antworte: „Ja, war lecker."

Dann stemme ich mich gegen die Tür und befördere uns mit einem Ruck ins Freie.

„Die Transrationale Dichtkunst hat endlich ein Gesicht und einen Namen bekommen ...", liest Kuno und legt eine für Dramatiker typische Kunstpause ein. Vor ihm, auf dem

Kneipentisch, liegt aufgeschlagen eine Zeitung, darum herum stehen eine Menge Bierflaschen.

Ja, ein beklopptes Gesicht und einen bekloppten Namen, will ich einwerfen, halte mich aber gekonnt zurück. Carla, Amok und ich setzen uns dazu. In der BarBara herrscht trinkfreudiges Gewusel. Das Stadtteilblättchen hat heute tatsächlich einen Artikel über Kuno und seine transrationalen Kunstaktivitäten gebracht, sogar mit Portraitfoto.

„Der Mann heißt Kuno Schmeckpulver", fährt Kuno fort, „und ist ein Meister des Grotesk-Komischen, ja des Absurd-Irrealen. Größte Aufmerksamkeit verdient aber vor allem die Art und Weise, wie er seine Werke präsentiert."

Dann wird der Begriff „HiddenLit" eingeführt und erläutert, dass findige Kunstsammler sich bereits einige Blätter der in äußerst knapper Erstauflage produzierten Unikate gesichert hätten. Angeblich würden im Internet fünfstellige Beträge dafür geboten.

Und wenn das Schicksal es will, kommt der Meister der irrealen Prosa nun zu Geld und einer real existierenden Leberzirrhose, denke ich und fange langsam an, mir Sorgen um meinen alten Freund zu machen. Carla ist total begeistert. Ich verstehe nicht, was an der verschwurbelten Kritik so toll sein soll. Dann dämmert es mir. Wahrscheinlich hat er den Schrott selber verfasst. Ja, das wird es sein! Er kennt doch den Typen, der bei diesem Wochenblattverlag arbeitet.

„Geiler Artikel", resümiert Kuno. „Das müssen wir feiern. Eine Runde Tequila auf meine Rechnung."

Die Bedienung erkennt, dass jetzt doch mal der Tisch abgeräumt werden muss. Sie kommt mit einer leeren Bierkiste und sammelt die Flaschen ein. Anschließend erscheint sie mit einem Tablett. Darauf befinden sich diverse gefüllte Schnapsgläser, ein Teller mit Zitronenvierteln und zwei

Salzstreuer. Kuno macht vor, wie es geht. Er befeuchtet seinen Handrücken mit der Zunge, streut Salz drauf und leckt es ab. Dann kippt er den Tequila hinterher, greift sich ein Zitronenviertel und beißt hinein. Carla hat gleich mitgemacht, natürlich kennt sie das Ritual bereits. Wir anderen werkeln noch mit den Zutaten herum, kriegen es dann aber auch auf die Reihe. Ich muss zugeben, dass das Zeug ganz gut schmeckt, und beschließe, bei der nächsten Runde die Reihenfolge zu ändern. Also fange ich mit der Zitrone an. Am Schluss kommt das Salz. Eine Lady mit Dreadlocks beobachtet das. Ich glaube, sie gehört zu Kunos Fanclub. Vorhin habe ich mitbekommen, wie sie von ihren Freunden „Ashanti" genannt wurde.

„Und?", fragt sie. „Ist das besser?"

Ich schüttele den Kopf und beiße noch mal in die Zitrone.

„Nee, is' besser, wenn das Saure zum Schluss kommt."

Im Laufe der nächsten Stunden werden weitere Kombinationen ausprobiert. Man kann den Schnaps natürlich auch am Anfang oder am Ende trinken. Das ergibt insgesamt sechs Möglichkeiten und eine Bombenstimmung am Tisch. Kurz darauf wird die Studienreihe erweitert. Nun kommen goldener Tequila, Kaffeebohnen und Orangenscheiben ins Spiel. Den Kombinationsmöglichkeiten sind keine Grenzen gesetzt, dem Körper allerdings schon, denn wie man es auch dreht, am Ende hat man einen weiteren Schnaps intus. Ein Glück, dass wir vor der Tortur wenigstens gut gegessen haben.

Als am nächsten Morgen mein Wecker klingelt, kann ich mich kaum daran erinnern, wie wir nach Hause gekommen sind. Ich weiß aber noch, dass der blöde Taxifahrer einen mordsmäßigen Aufstand wegen Amok gemacht hat. Ich glaube, wir mussten ein zweites Taxi bestellen, und das hat dann ewig gedauert, weil es schon nach zwei war. Diese Ashanti hat neben mir gesessen, und ich habe ihre Dreadlocks bewundert. Die haben sich nämlich ganz toll angefühlt, ganz seidig, und so speziell gerochen, ich glaube nach Kokos. Kann sein, dass sie mich geküsst hat.

Oder war das Amok?

Nee, wohl nicht, denn an was ich mich deutlich erinnere, ist dieses Zungenpiercing. Das hat sich echt seltsam angefühlt.

Unter der Dusche werde ich langsam wach und frage mich erstens, ob Carla unser Geknutsche mitgekriegt hat, und zweitens, ob mir das dann peinlich wäre.

Leider antwortet niemand.

KAPITEL 12

„Heavy Weather", brüllt Brokkoli, noch bevor die Tür ins Schloss gefallen ist. „Einer unserer wichtigsten Kunden hat ein dramatisches Imageproblem. Morgen früh erscheint dieses Foto in der BLITZ-Zeitung." Er knallt eine Farbkopie auf den Glastisch. Sie zeigt einige Mitarbeiter des besagten Unternehmens in weiblicher Begleitung. Die jungen Damen müssen ihre Anziehsachen verlegt haben, ich sehe, dass einige nicht einmal einen BH anhaben. Ich versuche Brokkolis Ladung einzuschätzen. So aggressiv habe ich ihn bisher noch nicht erlebt.

„Das Problem sind aber nicht die Nutten", schnauzt der Chef. „Wie ihr seht, ziehen sich die Jungs gerade 'ne gepflegte *Line* Koks rein, und Drogen sind ein absolutes No-Go, kapiert?"

Betroffenes Nicken vonseiten meiner Kollegen. Der Chef hat die gesamte Mannschaft zum spontanen *All Hands Meeting* zusammengerufen. Es ist zehn Uhr morgens, und alle starren auf das Foto, mich eingeschlossen.

Es scheint sich um ein ausschweifendes Gelage in einem exklusiven Nachtclub zu handeln. Im Hintergrund ist ein Typ in schwarzem Anzug zu erkennen. Er steht breitbeinig dort und hat die Hände vor dem Bauch gefaltet. Eindeutig ein Security-Mann, registriere ich, müssen Top-Manager sein, wenn sie mit professionellem Begleitschutz in dem Puff aufkreuzen.

„Wir haben genau eine Stunde, um eine Presseerklärung zu entwickeln. Wir müssen unseren Kunden da rausboxen. Also, Leute, *Rocket Performance*! Jetzt kann hier mal jeder unter Beweis stellen, dass er sein Geld auch wert ist."

Ich muss mich erst mal hinsetzen. So scheiße hab ich mich schon lange nicht mehr gefühlt.

Ich greife nach einer Flasche Wasser und schenke mir ein Glas ein.

„Fast Movement, Leute! Let's get the Cow from Ice!", verkündet Breitmeyer jetzt und klatscht in die Hände. Der Mann scheint sichtlich bemüht, seiner Rolle als Junior Partner gerecht zu werden. Mal sehen, was er außer dem Verbreiten hohler Anglizismen noch draufhat.

„Also, Brainstorming! Was liegt auf dem Tisch?", will Brokkoli wissen.

Alle glotzen weiter auf das Foto. Auf dem Tisch liegen mehrere Linien Koks, startbereit zum Absaugen. Zwei der fünf abgebildeten Manager halten sich eingerollte Geldscheine vor die Nase und ziehen sich den weißen Stoff rein.

Okay, Brainstorming, darunter kann ich mir etwas vorstellen. Es geht darum, Ideen zu sammeln. Jeder darf etwas einwerfen und frei assoziieren, was ihm zu einem Thema einfällt. Kommentare und jede Form von Kritik sind verboten – ich bin gespannt, wie das hier weitergeht.

„Weißes Pulver", sagt Santana.

„Fuck!", brüllt Brokkoli.

Pia Mia zuckt zusammen.

„Weißes Pulver? Das sehen wir auch", kommentiert Breitmeyer genervt.

„Schnee?" Der Vorschlag kommt von Robert Tümmler.

„Fuck!", brüllt Brokkoli.

„Der wäre doch sofort geschmolzen", ergänzt Breitmeyer und schüttelt den Kopf.

„Mehl!", ruft Luuk van Eek und wirft einen erwartungsvollen Blick in die Runde. „Harmloses Weizenmehl, das feine, Type 405."

„Fuck", brüllt Brokkoli. „Und die backen da Plätzchen, oder was?"

„Okay, dann entfällt also auch Backpulver", sagt Santana. „Wie wäre es mit Kreide oder Waschpulver?"

„Doppel-Fuck", brüllt Brokkoli und stampft mit dem Fuß auf. Rumpelstilzchen, denke ich und kann mir ein Lächeln nicht verkneifen.

Langsam macht sich Ratlosigkeit unter meinen Kollegen breit.

„Salz", sage ich nach einer Pause. Ich denke an das Tequila-Besäufnis letzte Nacht. Kein Wunder – die Innenwand meines Schädels fühlt sich immer noch rau an, und ein leichtes Schwindelgefühl erinnert mich daran, dass ich viel zu wenig geschlafen habe. Ich habe mir heute Morgen ein Taxi genommen, wegen dem Restalkohol.

„Salz", wiederholt Brokkoli und fängt an, sich den Unterkiefer zu massieren.

„Salz, Tequila und Zitrone", konkretisiere ich, meine Stimme klingt schleppend und belegt. „Sie besaufen sich damit. Anstatt das Salz zu lecken, schnupfen sie es. Klingt bescheuert. Aber auf solche Ideen kommen Leute, wenn sie total besoffen sind."

Brokkolis Miene hellt sich auf. Er haut mit der Faust auf den Tisch. „Hammer!", brüllt er und kommt auf mich zu. „GimMe Five."

Er hält seine Hand hoch. Ich überlege, ob ich das alberne Ritual mitmachen soll. Dann gerät Breitmeyer in mein Blickfeld. Der Junior Partner fixiert mich mit hasserfülltem Blick, als ich Brokkoli schließlich doch abklatsche.

„Die Fotos zeigen ein Trinkspiel", frohlockt der Chef. „Ein Trinkspiel mit Salz, Tequila und Zitronensaft, that's it!"

„Aber man sieht weder Schnapsgläser noch Zitronen?", wirft Santana mit einem Seitenblick auf mich ein.

„So what!", bellt Brokkoli. „Salz ist die Solution, yes, we've got it!"

Ein halbe Stunde später werden wir noch einmal zusammengetrommelt. Brokkoli hatte sich mit Santana in sein Büro zurückgezogen. Jetzt verliest er die kurzfristig erstellte Pressemitteilung:

Stellungnahme zu Kokain-Vorwürfen in der BLITZ

Zur Darstellung in der heutigen BLITZ-Zeitung mit dem Titel „Hier kokst der Kollege von Herrn König":

Die Berichterstattung in der heutigen Ausgabe der BLITZ-Zeitung, wonach Handelsvertreter der Hamburg-Waldheimer auf sogenannten „Top 7"-Reisen Kokain konsumiert hätten, ist unwahr. Die von der BLITZ-Zeitung veröffentlichten Fotos zeigen ein Trinkspiel mit Salz, Tequila und Zitronensaft. Dazu gehört das Einschnupfen von Salz durch die Nase.

Brokkoli steht neben dem gläsernen Konferenztisch und trommelt mit den Fingern auf dessen Oberfläche herum. Die Zusammenkunft hat sich bereits aufgelöst, als er seinen Junior Partner zur Seite nimmt. „Sag mal, Breitmeyer, du fährst doch im Sommer Motorrad, oder?"

Breitmeyer ist sichtlich verunsichert. Er nickt misstrauisch.

„Ich möchte, dass du dem Stefan deinen Porsche leihst, bis er seinen TT kriegt. Der kann unmöglich mit öffentlichen Verkehrsmitteln zu unserem neuen Kunden fahren, verstehst du?"

Konkurrenz belebt das Geschäft, denkt Brokkoli und genießt das gequälte Lächeln seines Junior Partners. Breitmeyer soll sich mal wieder richtig ins Zeug legen, seine Selbstgefälligkeit geht ihm schon länger auf die Nerven. Und der Neue wird umso schneller merken, dass er hier nicht nur Freunde hat. Es amüsiert Brokkoli, mit welchen Augen die weibliche Belegschaft Stefan anschaut. Überhaupt ist er sehr zufrieden mit seiner jüngsten Personalentscheidung, vor allem, weil es Leben in den Haufen bringen wird. Das zeichnet sich schon ganz deutlich ab.

Brokkoli hält die Hand auf. „Den Schlüssel", sagt er. „Bitte."

Breitmeyer stutzt. Er greift in seine Hosentasche. „Liegt in meinem Büro", bringt er mit Mühe heraus. Er versucht, souverän zu wirken, aber er kann seinen Unwillen nicht verbergen.

„Dann hole ihn, geh zu Stefan und gib ihn dort ab", erklärt Brokkoli und freut sich darüber, wie Breitmeyer in sich zusammensackt.

Jemand kommt in mein Büro gestürmt. Bent Breitmeyer hat die Tür aufgerissen und baut sich nun vor meinem Schreibtisch auf. „Ich sage es dir nur einmal: Komm mir nicht in die Quere, Fischer!"

Das „Fischer" hat er wie ein Schimpfwort ausgesprochen. Danach knallt er einen Schlüssel auf meinen Schreibtisch und verschwindet.

Ich schaue ihm verwundert nach. Dann entdecke ich das Porsche-Logo auf dem Schlüsselanhänger – bingo!

KAPITEL 13

„Heute Nachmittag hat es einen kleinen Betriebsunfall gegeben", sagt Carla und rückt das Sofakissen zurecht. Wir sitzen vor dem Fernseher, der stumm geschaltet ist, weil gerade ein Werbeblock läuft. „Ist aber nicht weiter schlimm."

„Und was ist passiert?"

„Marco hat sich die Schulter ausgekugelt."

„Oha, das soll sehr schmerzhaft sein. Vor allem das Einrenken beim Orthopäden. Und wie kam es dazu?"

Carla grinst breit. „Tja, eine Verkettung unglücklicher Umstände, würde ich sagen."

Ich kneife die Augen zusammen. Dann drehe ich den Kopf ein wenig und schaue sie von der Seite an. So geht ein fragendes Gesicht.

„Ach, Marcos schwules Handtäschchen hat sich verklemmt." Carlas Grinsen verwandelt sich in ein boshaftes Strahlen.

„Verklemmt?"

„Also, wenn du es genau wissen willst: Der Blödmann hat sich in der Werkstatt an mich gedrängt. Dann hat er sich das Teil eingeklemmt und ich hab den Wagen hochgefahren, an dem er dranhing."

Klingt interessant. Das will ich nun tatsächlich genau wissen und bitte um die Langfassung des Unfallhergangs.

„Na ja, ganz einfach. Ich hatte den grünen Polo auf der Bühne und war an der geöffneten Fahrertür zugange. Dann war er plötzlich hinter mir. ‚Braves Mädchen', hat er gesagt und sich so an mich gedrängt. Ich hab gesagt: ‚Lass den Scheiß.' Hat er aber nicht. Tja und dann ging auf einmal das Fenster hoch."

„Also die Tasche war drin und außen hing sein Arm in der Schlaufe?"

Carla lächelt. „Genau, und dann ging das ziemlich schnell. Ich habe die Tür zugeknallt und die Hebebühne hochgefahren."

„Bis er mit gestrecktem Arm an dem Auto baumelte?"

„Bis er mit gestrecktem Arm und laut um Hilfe schreiend an dem grünen Polo baumelte", ergänzt Carla und nickt bedächtig.

Amok legt zur Bestätigung eine Pfote auf das Sofa. Er war schließlich dabei und kann alles bezeugen, will er wohl damit sagen. Oder er will einfach nur aufs Sofa. Dann springt das zottelige Ungetüm hoch und macht sich zwischen uns breit.

„Ganz schön gemein. Sagtest du nicht neulich, du willst clever vorgehen?"

„Immerhin hab ich ihn wieder runtergelassen", sagt Carla und es sieht nicht danach aus, als würde sie den Vorfall bereuen. Sie hebt die Schultern und lässt sie gleich wieder fallen: „Er wollte mich angrapschen, verstehst du? Und da hört der Spaß auf. Oder etwa nicht?"

„Gar keine Frage", sage ich und registriere, dass Carla mich auf einmal so komisch anguckt.

„Wieso bist du gestern Nacht eigentlich zu Ashanti ins Taxi gestiegen?", fragt sie.

„Keine Ahnung", sage ich, „und du? Wie bist du überhaupt nach Hause gekommen?"

„Ich? Ich war gar nicht zu Hause", nuschelt sie und schnappt sich die Fernbedienung. Der Werbeblock geht noch zwanzig Sekunden. Die werden am unteren Bildschirmrand heruntergezählt, als ginge es darum, das neue Jahr einzuläuten.

„Ach so", sage ich, während Carla den Ton wieder einschaltet. Damit ist die Fragestunde fürs Erste beendet und Sheldon Cooper erscheint auf dem Bildschirm. Er steht vor einer Wohnungstür und ruft: „PENNY", klopf klopf, „PENNY", klopf klopf, „PENNY", klopf klopf, worauf eine genervte junge Frau öffnet ...

Plötzlich mache ich mir Sorgen um meine Tochter. Sie steht den ganzen Tag allein in der Werkstatt und macht jede Menge Überstunden. Letzten Freitag hat sie erst nach 22 Uhr Feierabend gemacht und wegen meines irrwitzigen Agenturjobs kann ich ihr nicht einmal zur Hand gehen. Oktans Zustand ist unverändert kritisch. Als Carla ihn heute Morgen besucht hat, war er kurz bei Bewusstsein. Aber er hat sie nur angeschaut, gesagt hat er nichts. Für eine Reha ist es noch zu früh, haben ihr die Ärzte gesagt. Zu allem Überfluss steht sie auch noch mit diesem Möchtegern-Geschäftsführer auf Kriegsfuß. Ich frage mich, wie lange sie das durchhalten kann.

„Hast du mal in den Briefkasten geguckt?", fragt Carla, als nach gefühlten zehn Minuten der nächste Werbeblock anbricht. Es ist sowieso Zeit für einen kleinen Abendspaziergang mit Amok, also gebe ich mir einen Ruck und erkläre mich bereit, eine Runde um den Block zu gehen und anschließend nach Opa Neunzig zu schauen. Dann kann ich auch gleich die Post mitbringen.

Eigentlich ist Carla abends dran. Aber sie hat noch ein bisschen nasse Haare vom Duschen und sieht außerdem ziemlich erschöpft aus.

Amok ist begeistert und folgt mir mit einem Gesichtsausdruck, als wollte er sagen: Machen wir was richtig Cooles?

Im Flur registriere ich, dass bei Opa Neunzig der Fernseher läuft. Er guckt eine Dauerwerbesendung, das hört man durch die geschlossene Tür. Carla und ich sind uns nicht sicher, ob er überhaupt kapiert hat, dass Oktan im Krankenhaus liegt. Als wir ihm von dem Schlaganfall seines Ziehsohnes erzählt haben, nickte er nur und meinte, wir sollen Bescheid geben, wenn Not am Mann ist. „Not am Mann" ist eine seltsame Redensart, denke ich, als wir die Treppe hinuntergehen, und beschließe, den alten Herrn in Ruhe zu lassen. Wenn die Glotze läuft, ist er ohnehin nicht besonders gesprächig. Außerdem bin ich müde und froh, einen Grund zu haben, mich um den Besuch drücken zu können. Ich nehme mir aber fest vor, das in den nächsten Tagen nachzuholen.

Als wir wenig später von unserer Gassirunde zurückkommen – Amok mit dem Stadtteilblättchen im Maul, ich mit einem Arm voll Werbezuschriften –, ist Carla schon eingenickt. Sie ist jedoch gleich wieder munter und guckt den Poststapel durch, in dem sich, oh Wunder, zwei Briefe verbergen. „Für dich", sagt sie und reicht mir den einen herüber. Der andere scheint an sie adressiert zu sein. Wir reißen unsere Kuverts auf, und ich registriere nach wenigen Sekunden, dass ich meine erste Gehaltsabrechnung in den Händen halte. Unten rechts wird eine Nettoauszahlungssumme von sage und schreibe zwölftausendvierhundertachtzehn Euro und einundfünfzig Cent ausgewiesen. Ein ziemlich geiles Gefühl, wenn man mal davon absieht, dass die Abzüge fast achttausendfünfhundert Euro betragen. Allein von den Steuern und Sozialabgaben könnte ich ein halbes Jahr leben, denke ich und spüre den Impuls, Carla das Schreiben in die Hand zu drücken. Einfach so, ohne Worte. Doch als ich zu ihr rüberschaue, blicke ich in eine finstere Miene.

„Scheiße", murmelt sie und lässt ihren eigenen Briefbogen sinken.

„Zeig mal", sage ich, nachdem ich erkannt habe, dass das Schreiben von der Bank kommt. Ein Herr Blankenburg teilt mit, dass er ihrem Kreditwunsch über eine Summe von dreißigtausend Euro leider nicht entsprechen kann. Da Carla keine Sicherheiten bieten kann, ist der Antrag bis auf Weiteres abgelehnt.

„Du hast mir ja gar nichts davon erzählt, dass du versuchst, einen Kredit aufzunehmen", sage ich.

„Na und?", mault Carla, „Hätte das etwas geändert?"

Zwölftausend Euro, denke ich, wenn ich das nur drei Monate durchhalte, hätten wir die dreißigtausend locker zusammen.

„Ist jetzt eh alles egal", sagt Carla und lässt sich in die Polster fallen. „Nach dem Ding mit Marco heute werden sie uns sowieso hier rausschmeißen."

Ich kann sehr gut nachvollziehen, wie sich Carla in diesem Moment fühlt. Sie weiß nicht, ob sie weinen oder fluchen soll.

Und mir geht es ganz genauso.

KAPITEL 14

Pia Mia hört, wie sich die Fahrstuhltüren öffnen und wieder schließen. Von ihrem Schreibtisch aus kann sie ein Stückchen den Flur hinunterschauen. Tatsächlich, es ist Stephen, wie sie ihn heimlich nennt. Er lächelt ihr zu, als er den Raum betritt, und sagt: „Guten Morgen. Sag mal, wem gehören die Gummistiefel da vorn neben dem Fotokopierer?"

Während er das fragt, durchquert er das Vorzimmer. Er lässt die Tür offen stehen. Pia Mia folgt ihm. Sie hält sich am Türrahmen fest und schaukelt ein bisschen hin und her. Stephens Gegenwart macht sie immer ganz schwindelig.

„Die sind von Xulia. Ist ihr erster Tag heute. Sie hatte nämlich Urlaub."

Stephen hat eine Jeans und ein weißes Hemd an, dazu Stiefeletten aus Wildleder. Das Hemd trägt er nicht über der Hose, wie es modern ist, sondern reingesteckt und mit Gürtel. Kein Sakko, keine Krawatte. Das sieht soooo cool aus, findet Pia Mia.

„Xulia, was für ein seltsamer Name", sagt er.

„Na ja, eigentlich heißt sie Julia. Aber das war ihr zu langweilig. Sie sagt, sie hat einen Onkel oder so in Nordspanien, und der hat sie früher immer Xulia genannt."

Gestern Nachmittag hat Pia Mia ihrem neuen Chef die Ergebnisse ihrer Aufstellung präsentiert. Sie hat die Kommunikationsstrategien der zehn größten deutschen Bankhäuser miteinander verglichen. Er hat ihr aufmerksam zugehört und sie kein einziges Mal unterbrochen. Dann hat er gesagt, dass sie das sehr gut gemacht hat, und sie sogar nach ihrer Meinung gefragt. Die wollen alle nur dein Geld, hat sie gesagt, und da hat er gelacht. Welchen Werbeslogan sie gut findet, wollte er wissen. Das hatte sie sich natürlich schon vorher überlegt. In der engeren Auswahl waren „Gemeinsam mehr erreichen", „Unterm Strich zähl ich" und „Ihr Geld kann mehr". Ganz gut fand sie auch „Die Bank und Du", wahrscheinlich wegen Dirk Nowitzki. Aber persönlich angesprochen fühlt sie sich vor allem von „Gemeinsam mehr erreichen“. Warum? Weil sie dabei an Stephen denken muss. Ihr absoluter Favorit ist natürlich „Leistung aus Leidenschaft“, schon weil Stephen den Claim erfunden hat. „Gemeinsam mehr erreichen“ und „Leistung aus Leidenschaft“, das findet sie beides total gut, weil das kann man auch auf eine Beziehung anwenden. Zum Beispiel auf ihre Beziehung zu Stephen. Pia Mia ist nämlich sehr stolz auf ihren neuen Chef. Unglaublich, wie er das neulich mit der Presseerklärung gemacht hat. Woher nimmt er nur diese tollen Ideen?

„Wie bitte?“, fragt sie verwirrt. Mist, jetzt hat sie schon wieder angefangen zu träumen! Das passiert ihr in letzter Zeit öfter, vor allem, wenn sie an Stephen denkt.

„Diese Xulia, in welchem Bereich arbeitet sie?“, wiederholt er geduldig.

„Sie ist unsere zweite Texterin, neben Mees van Eek“, erklärt Pia Mia. „Aber sie arbeitet in der Unit von Bent Breitmeyer. Sie war vorhin schon mal kurz bei mir im Büro. Ich glaube, sie ist neugierig. Wahrscheinlich taucht sie sowieso gleich wieder auf.“

„Aha“, sagt Stephen. „Dann mache ich mal die Tür zu. Ich will im Moment nicht gestört werden.“

Ich ziehe den Stuhl heran und lasse mich in das ledergepolsterte Chefgefühl sinken. Ich habe ein Angeber-Büro, einen Angeber-Dienstwagen und eine sehr junge Vorzimmerdame, die mich anhimmelt – wie geil ist das denn? Fehlt nur noch die original Angeber-Uhr, denke ich und mustere meine Handgelenke. Ich muss grinsen, eine Armbanduhr habe ich schon seit Jahren nicht mehr getragen und ich habe auch nicht vor, wieder damit anzufangen. Dann atme ich einmal tief durch. Ganz eindeutig, genau wie im Porsche: Das Chefgefühl riecht nach Leder. Ich habe noch nie ein Auto mit Ledersitzen besessen. Leider hängt in dem Wagen noch ein anderer Geruch. Es ist das penetrante Aftershave von Breitmeyer. Ich ertappe mich bei dem Gedanken, dass mein Audi TT in Gletscherweiß Metallic in knapp acht Wochen ausgeliefert wird und dass kein anderer Kerl seine Marke darin hinterlassen hat. Petersen hat mir gestern eine E-Mail der Audi AG mit der Bestellbestätigung und dem avisierten Übergabetermin weitergeleitet. Die Frage ist allerdings, ob ich in acht Wochen überhaupt noch hier sitze! Kann ich den Schwindel wirklich über Monate durchhalten? Irgendwann muss die Gurkentruppe doch merken, dass ich keine Ahnung von dem Job habe!

Ich lehne mich nach hinten und starre an die Decke. Ich tue das für meine Tochter, denke ich. Ich werde ihr ermöglichen, dass sie die Werkstatt bekommt, denn sie hat das echt verdient. Ich atme ruhig und gleichmäßig. Dann lächele ich. Da ist es wieder, dieses männliche Selbstbewusstsein. Es strotzt nur so vor Tatendrang, und das hat noch einen anderen Grund. Mein Selbstbewusstsein fährt total auf dieses geile Chefgefühl ab, und die Sache mit Carla kommt ihm sehr entgegen.

Als ich mich wieder nach vorn beuge, sind die Selbstzweifel verschwunden, vom Tisch gefegt wie Kekskrümel. Ich sollte keine Zeit verlieren, denke ich, es gibt viel zu tun. Letzte Woche habe ich Aufgaben verteilt. Heute werde ich mein Team zusammenrufen, um mir die Ergebnisse präsentieren zu lassen. Oder soll ich jeden einzeln zu mir bitten? Kuno meint, ich muss für Konkurrenzdruck sorgen und gleich am Anfang jemanden runtermachen, damit richtig Leben in die Bude kommt. Solche reaktionären Sprüche habe ich ihm gar nicht zugetraut, er redet fast wie Brokkoli. Aber Kuno fühlt sich offensichtlich zum Coach berufen, und ich bin ganz froh, dass ich mich mit diesem schrägen Künstler beratschlagen kann. Ich mache mich gern über Kuno lustig, aber im Grunde schätze ich seine Menschenkenntnis und bewundere die subversiven Aktivitäten meines Freundes.

Ich greife nach dem Telefonhörer. „Hallo, Pia Mia, es geht um ein kleines Meeting. Das Team soll in genau dreißig Minuten zusammenkommen, hier in meinem Büro. Alles klar?"

„Geht klar, Stephen, ich schick gleich ein Mail raus und setze dich cc."

„Hast du mich gerade ‚Stephen' genannt?" Ich fass es nicht! Offenbar klingt Stefan zu deutsch in ihren Ohren.

„Oh ... äh sorry! Das ist mir so rausgerutscht. Tut mir leid, Stefan. Bitte nicht böse sein!" Pia Mia klingt völlig aufgelöst.

„Nee, bin ich nicht, und jetzt beruhig dich wieder. Wäre einfach schön, wenn du bei Stefan bleiben würdest, okay?" Ich schüttele den Kopf. Sind die echt alle verrückt hier?

Ich will gerade auflegen, als ich wahrnehme, dass im Hintergrund lebhaft geplaudert wird. Seltsam, die Verbindung ist noch da – ich kann jedes Wort mithören. Pia Mia muss vor Aufregung vergessen haben, das Gespräch zu unterbrechen. Ich höre eine zweite Frauenstimme. Vermutlich diese Xulia, denke ich, denn es scheint um Urlaub zu gehen. Dann erkenne ich Santana. Ich werde neugierig und bleibe dran. „Na, Schätzchen, wie war dein Miami-Trip?", höre ich Santana fragen. „Crazy relaxed People da unten, right? Du hast dich bestimmt bestens amüsiert ..."

Ich höre das Klackern einer Tastatur. Pia Mia scheint das Rundmail zu schreiben.

„Vergiss es!", zischt die Frau, die ich für Xulia halte.

„Nicht mal ein kleiner Urlaubsflirt? Ach herrje! Na, dann konntest du wenigstens richtig relaxen." Das war wieder Santana. Ich weiß gar nicht, welcher Teufel mich reitet, und ich fühle mich auch nicht ganz wohl dabei, doch aus irgendeinem Grund kann ich nicht auflegen. Es reizt mich, den Dialog der beiden Frauen zu belauschen. Pia Mia ist daran offenbar nicht beteiligt. Von ihr ist nur das Klackern der Tastatur zu hören.

„Erholen? Vergiss es! Ich habe Miami gecancelt."

„Was? Aber du siehst total erholt aus."

„Selbstbräuner."

„Echt? Welche Marke?"

Pause. Ich höre ein verächtliches Schnauben, das ich Xulia zuordne: „Ich habe zwei Wochen lang darüber gebrütet, ob ich abtreiben lassen soll. Es war furchtbar, ein Desaster."

„Wie bitte? Meine Güte!" Santanas Stimme klingt ehrlich erstaunt. Vielleicht schwingt sogar etwas Mitleid darin. Pia Mia hat aufgehört zu schreiben. Wird richtig spannend, denke ich und spitze die Ohren.

„Und?", fragt Santana nach einer weiteren Pause.

„Was und?", fragt Xulia zurück.

„Wie hast du dich entschieden, du Ärmste?"

„Ich habe mich dagegen entschieden."

„Oh! Und wer ist der Vater?", will Santana wissen.

„Der Vater?"

Pause.

„Du weißt es nicht?" Ich kann mir das Entsetzen in Santanas Augen lebhaft vorstellen.

„Natürlich weiß ich es, ich war schließlich dabei." Xulias Stimme klingt jetzt aggressiv. Offenbar hat sie gerade mit dem Fuß aufgestampft. „Und das Schlimme ist, ich konnte überhaupt nichts machen!"

Santana ist verstummt. Ihre Verwirrung ist offenkundig, meine ebenfalls.

„Es war ein verdammter Bastard!", ruft Xulia. Ihre Stimme klingt auf einmal brüchig, offenbar ist sie den Tränen nahe.

„Brokkoli wird nicht gerade begeistert sein", meldet sich Santana wieder zu Wort. Eine ziemlich unterkühlte Bemerkung, finde ich. Wo bleibt das Mitgefühl, der berühmte Zusammenhalt unter Frauen?

„Brokkoli? Was hat der denn damit zu tun?", höre ich Xulia nun rufen.

„Äh, ich dachte nur, wegen der Babypause und so ..." Santana klingt bereits ein wenig zickig.

Ich kann hören, wie Xulia tief durchatmet. Dann sagt sie: „Ich glaube nicht, dass er mich in den Mutterschutz gehen lässt, weil meine Hündin trächtig ist."

Scheiße, denke ich und lege vorsichtig den Hörer auf.

KAPITEL 15

Nachdem Pia Mia ein Tablett mit Getränken auf dem Tisch abgestellt und Platz genommen hat, ergreife ich das Wort: „Ich hatte euch gebeten, ein paar Informationen zu sammeln. Unser Thema sind die Kunden unseres Kunden. Wir beginnen mit Robert, Franziska und Luuk, die mit der Kamera in der Innenstadt unterwegs waren. Bitte schön!"

Robert Tümmler hat dafür gesorgt, dass das Meeting im gläsernen Konferenzraum stattfindet, wegen der Technik. Jetzt bedient er einen Schalter, woraufhin eine Leinwand von der Decke herabfährt. Tümmler erklärt, dass er mit Franziska und Luuk O-Töne eingesammelt hat. Einen Nachmittag lang haben sie sich in der City rumgetrieben und einer willkürlichen Auswahl von *Urban Natives* die Frage gestellt, was sie von ihrer Bank erwarten. Anschließend haben sie das Footage dann zusammengeschnitten („grob, vorläufig, mehr ein Scribble", wie Luuk sagt), um die *Atmo* rüberzubringen. Für einen TV-Spot würde man natürlich mit Models arbeiten, mit professioneller Beleuchtung, Kamerateam, Regie und so weiter. Komm auf den Punkt, denke ich und habe keine Ahnung, was mit „Footage" gemeint sein könnte. Tümmler rückt seine Designerbrille zurecht, wirkt engagiert. Dann gibt er ein Zeichen, worauf Luuk das Licht abdimmt und den Film startet.

Als Erstes kommt eine stark geschminkte Dame mit faltigem Mund ins Bild. Sie wünscht sich von ihrer Bank hohe Zinsen. Außerdem, sagt sie, hat sie Probleme mit diesen zickigen Automaten, die ihre Überweisungsträger immer wieder ausspucken, und dann wäre niemand da, der ihr damit helfen könne. Ihr Statement ist leider schwer zu verstehen, weil ihr glubschäugiger Schoßhund ständig ins Mikrofon bellt. Schnitt. Ein Typ, der eine Sackkarre mit Paketen vor sich herschiebt, findet die unbürokratische Vergabe von Krediten wichtig. Er hat ein Tattoo auf dem Oberarm. Außerdem beschwert er sich über die hohen Gebühren. Schnitt. Ein Herr mit Hut schimpft über Verluste, die er mit angeblich sicheren Geldanlagen gemacht hat. Da er nicht stehen bleibt, folgt ihm die Kamera mit einem wackeligen Schwenk ins Gegenlicht. Entscheidend wäre eine kompetente und neutrale Beratung, sagt er im Vorbeigehen, aber darauf bräuchte man vonseiten der Geldhäuser nicht zu hoffen. Schnitt. Zwei Schulfreundinnen regen sich darüber auf, dass ihnen kein Überziehungskredit eingeräumt wird, bloß weil sie noch kein regelmäßiges Einkommen haben. Voll bescheuert, sagt die eine und guckt böse in die Kamera, jetzt ist mir das iPhone wieder gekündigt worden, weil ich die Anzahlung nicht überweisen konnte, ist doch scheiße so was. Schnitt. Ihrem muckschen Blick zufolge macht sie den Interviewer für die vermeintliche Inkompetenz ihres Bankhauses verantwortlich. Eine junge Frau mit Dreadlocks verlangt Fairness im globalen Handel, Abschaffung des Spekulantentums, Einstellung pervers hoher Bonuszahlungen, Verbot der Spekulation mit Nahrungsmitteln wie Mais, Reis und Weizen und ... Schnitt. Ich habe sie sofort erkannt. Es ist Ashanti. Man könnte glauben, dass sie sich auf die Frage vorbereitet hat, denke ich, so politisch habe ich sie gar nicht eingeschätzt. Dann kommt ein bärtiger Herr mit Wollmütze ins Bild. Von seiner Bank erwartet er, dass keine Taubenscheiße darauf klebt, sagt er und droht, jedem verdammten Penner in den Arsch zu treten, der es wagt, sich darauf breitzumachen. Schnitt. Alle lachen. Der Film ist zu Ende.

„Finde ich klasse", sage ich, nachdem es im gläsernen

Konferenzraum wieder hell geworden ist. „Vor allem, weil es glaubwürdig und emotional rüberkommt."

„Das ist doch fast nur Kritik", gibt Santana zu bedenken.

„Aber es bringt die nötige Street Credibility mit", verteidigt Tümmler seine Präsentation.

„Korrekt." Ich habe eine vage Vorstellung davon, was „Street Credibility" bedeuten könnte. „Außerdem handelt es sich um berechtigte Kritik."

„War denn niemand dabei, der sein Gesangstalent unter Beweis stellen wollte?", fragt Cem Yildirim, der Produktioner, und grinst. Er ist heute das erste Mal dabei. „Voice of Rathausmarkt, hihihi oder so."

„Doch doch, es war grauenvoll, aber das haben wir natürlich alles rausgeschnitten", verkündet Luuk und fasst sich an den Kopf. „Un-fucking-fassbar diese Deutschen. Wenn sie eine Kamera oder ein Mikrofon sehen, wird sofort wie geistesgestört losperformt."

„Wir hatten eine ganz passable Version von diesem einen ABBA-Song", ergänzt Franziska. Sie wirkt erschrocken darüber, dass sie etwas gesagt hat. Die anderen auch. Auf einmal wird sie von allen angeschaut. Sie klimpert mit ihren XXL-Wimpern und errötet prompt.

„Money, Money, Money ...", singt Santana und grinst sarkastisch.

„Nee, Waterloo", kontert Tümmler. „Wir wär's, wenn wir zum Thema zurückkommen?"

„Abartig war der Typ, der unbedingt was von Nena singen wollte", flüstert Luuk in Richtung Cem und fängt sich einen bösen Blick von Tümmler.

„Okay, wir haben festgestellt, dass die Leute überwiegend Kritik an den Banken äußern", sage ich, um den Faden wieder aufzunehmen.

„Jetzt müssen wir nur noch den Dreh finden, daraus

einen Benefit für unseren Kunden zu generieren", sagt Mees van Eek. Er greift in die Innentasche seines Sakkos und legt seinen Organizer auf den Tisch.

„That's it!", ruft Tümmler, der eine Dreh-Idee zu haben scheint. „Ich hab die ganze Zeit überlegt, welche Learnings wir aus diesen Urban Statements ziehen können. Sehr einfach, wir lassen das so stehen, und am Ende sagt eine Stimme aus dem Off: ‚Leistung aus Leidenschaft, wir bieten selbst anspruchsvollen Kunden ein neues Zuhause'."

„Genau, im ersten Schritt sorgen wir für eine Identifikation mit ganz normalen Leuten von der Straße, dann kommt unser Claim, und den koppeln wir an ein konkretes Versprechen", ergänzt Mees van Eek.

„Du denkst an eine Claim Extension?", fragt Tümmler und fährt sich mit der Hand über die Glatze. Jetzt schauen alle zu mir rüber, und wieder habe ich keine Ahnung, wovon die zum Teufel hier sprechen.

„Was ist mit den Kundenprofilen?", frage ich daher und schaue zu Mees van Eek rüber. „Mit was für Leuten haben wir es zu tun?"

Mees hat bereits auf sein Stichwort gewartet. Er schaut auf seinen Organizer, dann in die Runde: „Im Verhältnis zum Bevölkerungsdurchschnitt sind die Kunden unseres Kunden deutlich älter, haben ein höheres Einkommen und ein höheres Bildungsniveau. Sie nutzen das Internet, um sich in Finanzangelegenheiten zu informieren, und betreiben häufiger Online-Banking als der Durchschnitt. Ihre Anlagestrategie ist eher konservativ. Man könnte sagen, dass die Kunden unserer Bank eine Elite darstellen, die nicht wünscht, dass mit ihrem Geld riskante Geschäfte gemacht werden."

„Man könnte auch sagen, dass es sich um alte Säcke handelt, die auf ihrer Kohle sitzen und verhindern, dass kreative Köpfe ihre Ideen umsetzen können", sage ich und spüre, dass meine Emotionen gerade etwas aus dem Ruder laufen. Ich bin sauer, dass diese Erbsenzähler meiner Tochter den Kredit verwehren. Komm wieder runter, sage ich mir, als ich feststelle, dass alle Blicke auf mich gerichtet sind.

„Genau da müssen wir ansetzen", füge ich hinzu.

KAPITEL 16

„Hast du ein Problem mit der Kreditwirtschaft?", fragt Santana, als wir den Konferenzraum verlassen. „Falls ja, sitzt du auf dem falschen Etat, mein Lieber."

Ich blitze sie an, doch sie hält meinem Blick stand.

„Hast du einem Moment Zeit?", fragt sie dann. „Ich würde gern etwas mit dir besprechen. Und zwar unter vier Augen, wenn es dir nichts ausmacht."

„Kein Problem", sage ich, obwohl ich ein ungutes Gefühl bei der Sache habe. Der Türsteher in mir ist in Alarmbereitschaft. Ich spüre, dass von dieser Person Gefahr ausgeht. Santana macht einen emotional labilen und gleichzeitig aggressiven Eindruck. Ich bin mein Team schon mehrfach durchgegangen, im Spaß habe ich mir überlegt, wer das Potenzial zu einer Schlägerei mitbringt. Keine Frage, Santana rangiert definitiv an oberster Stelle.

Ein paar Minuten später erscheint sie in meinem Büro. Sie schließt die Tür hinter sich und atmet tief durch. Doch ich komme ihr zuvor: „Wir sind vorhin gar nicht dazu gekommen, uns deine Arbeitsergebnisse anzuschauen. Ich hoffe, du bist mir nicht böse. Das holen wir in den nächsten Tagen nach."

Santana schüttelt ihre langen schwarzen Locken, sie winkt ab. „Ich hab Pia Mia damit beauftragt, eine Analyse der Wettbewerber zu erstellen. Die sitzt ja sonst nur rum. Außerdem war sie ganz scharf darauf, die kleine Ausarbeitung zu übernehmen. Wahrscheinlich hat sie stundenlang daran gefeilt."

Mir wird klar, welchen Hintergrund Pia Mias Präsentation neulich hatte.

„Verstehe ich das richtig, du hast dich entschlossen, die Aufgabe zu delegieren?", frage ich und begreife augenblicklich, dass Santana dabei ist, einen Angriff zu starten. Sie wird noch weitere Pfeile im Köcher haben. Arbeit bei meiner persönlichen Assistentin abzuladen, war vermutlich nur der Anfang. Und sie scheint sich ihrer Sache verdammt sicher zu sein. Sie übergeht meine Frage einfach.

„Es wird Zeit, dass wir ein ernstes Wort miteinander reden", sagt sie und kommt ein paar Schritte auf meinen Schreibtisch zu. Dann lehnt sie sich über die dicke Glasplatte, drückt eine Taste an meinem Telefon und sagt: „Wir haben hier etwas Wichtiges zu besprechen und wollen nicht ..."

„... gestört werden", vollendet Pia Mia draußen im Vorzimmer den Satz. „Alles klar, ich lasse niemanden rein."

Ich bin beeindruckt. So viel Selbstvertrauen habe ich Santana nun doch nicht zugetraut.

„Nicht schlecht, wie du deine Rolle spielst", sagt sie und kommt langsam um den Tisch herum. „Nur bist du leider nicht der, der du vorgibst zu sein." Sie macht eine Pause. Sie will ihre Worte wirken lassen, was auch gelingt. Sie steht direkt vor mir und studiert mein Gesicht.

„Dein Name ist Stefan Fischer, aber alles andere ist gelogen", stellt sie fest und stützt ihre Hüfte an der Tischkante ab. „Und du hast niemals in deinem Leben in einer Werbeagentur gearbeitet."

Obwohl ich ziemlich lange auf diesen Moment gewartet habe, bin ich sprachlos. Es stimmt, was sie sagt, aber gelogen habe ich nicht. Kein einziges Mal. Mir ist längst klar geworden, dass es einen zweiten Stefan Fischer geben muss, einen, der sich bestens mit Werbung auskennt und dessen Bewerbungsunterlagen hier vorgelegen haben. In der Personalvermittlungsagentur wird es dann zu einer Verwechslung gekommen sein und man hat mich hierhergeschickt. Mein Vergehen besteht also lediglich darin, dass ich die Sache nicht aufgeklärt habe, aber gelogen habe ich nicht. Santana fixiert mich weiter. Sie genießt diesen Augenblick sichtlich.

„Und schon gar nicht in einer Führungsposition. Ich weiß das. Und ich habe vor, Profit aus dieser Information schlagen."

Was soll ich tun?, frage ich mich und beginne, die Situation zu analysieren. Wie hat sie das überhaupt herausgefunden? Doch dann beruhige ich mich wieder. Santana ist nicht zu Brokkoli gegangen. Sie will etwas von mir. Sie hat einen Plan. Nun steht sie direkt vor mir. Ich kann ihr Parfüm riechen, als sie sich nach vorn beugt.

„Sind wir uns einig?", flüstert sie. „Dann sollten wir uns zunächst einmal besser kennenlernen – viel besser."

Auf eine seltsame Art fühle ich mich durch die Situation angezogen. Außerdem finde ich die Aussicht verführerisch, eine Mitwisserin zu haben, eine, die hier in der Agentur arbeitet und sich mit allem auskennt. Sie versucht mich zu küssen, doch ich erwidere den Kuss nicht.

„Hör mir mal gut zu", faucht Santana und greift in das Haar hinter meinem Ohr. „Wenn du glaubst, du könntest dich dumm stellen, dann ziehe ich meinen Slip wieder an und gehe direkt zu Abe rüber ..."

Wer ist Abe, frage ich mich allen Ernstes, während ein wohliger Schauer über meinen Rücken läuft. Jetzt wird mir klar, dass der Chef gemeint ist: A. B. für Andreas Brokkoli. Als Santana sich enger an mich drängt, setzt eine Art Umkehrschub in meiner Wirbelsäule ein. Santana klappt die Armlehnen hoch und lässt sich auf meinen Schoß gleiten. Letzte Chance, den roten Griff zu ziehen, denke ich, während sie die Arme hebt, um ihren Pullover abzustreifen. Dann hat sie beide Hände frei ...

Als sich mein Gehirn wieder einschaltet, stelle ich fest, dass es kein Zurück mehr gibt. Wenig später geht die Tür auf. Eine Frau streckt den Kopf herein. Das Lächeln gefriert in ihrem Gesicht. Dann tut sie das Unvermeidliche: Sie bringt ein „Oh!" hervor und schließt die Tür wieder. Ich bin irritiert. Ich kenne dieses Gefühl. Ich habe es immer, wenn mir jemand bekannt vorkommt und ich weiß, dass der Kontext nicht stimmt. Ich muss die Frau in einem ganz anderen Zusammenhang erlebt haben. Dann fällt der Groschen: Xulia!

„Xulia", flüstert Santana, nachdem sie sich mir wieder zugewandt hat. „Kein Problem, sie wird es für sich behalten."

Besenkammer, denke ich, als wir die Bewegung wieder aufnehmen. In einer Besenkammer wäre das nicht passiert.

„Was führst du im Schilde?", frage ich, nachdem Santana ihr Kleid glatt gezogen und auf der richtigen Seite des Schreibtischs Platz genommen hat. Ärgerlich, gerade habe ich angefangen, mich in meiner Rolle wohlzufühlen. Auf einmal ist klar, dass ich Santana zu meiner Komplizin machen muss, wenn ich das Spielchen noch ein bisschen weiterspielen will. Doch sie wird dafür eine Gegenleistung verlangen, da bin ich sicher. Und die wird sich nicht auf sexuelle Gefälligkeiten beschränken.

„Interessiert dich gar nicht, warum ich mir so sicher bin?", erkundigt sie sich.

„Nein", antworte ich wahrheitsgemäß.

„Ich kenne Stefan Fischer, den Werbeprofi. Hab mal mit ihm zusammengearbeitet. Damals war er ein Genie, heute ist er ziemlich ausgebrannt."

Ich nicke, lehne mich nach hinten. Dann wiederhole ich meine Frage danach, was sie im Schilde führt.

„Ich kann dir helfen", sagt sie. „Werbung ist ein Scheiß-Business. Hier gibt es nichts umsonst, verstehst du? Und mich schon gar nicht. Es geht um Breitmeyer. Der Typ will sich als Senior-Partner etablieren, und das geht gar nicht. Ich werde das zu verhindern wissen – mit deiner Unterstützung."

Aha, denke ich. Darum geht es also. Sie will Breitmeyer absägen, den Mann, dessen Porsche ich gerade fahre. Der Mann, der mir erst kürzlich gedroht hat.

„Und wenn ich nicht mitmache?", frage ich.

„Dazu steckst du schon zu tief drin, mein Lieber. Apropos, bist du verheiratet?"

Ich schüttele den Kopf.

„Schade. Dann hat das hier nicht allzu viel Wert."

Sie tippt auf den Touchscreen ihres Smartphones, worauf ein Film startet. Den Geräuschen nach zu urteilen zeigt er, was wir beide gerade auf dem Chefsessel getrieben haben. Sie guckt eine Weile zu und lächelt. Dann dreht sie den Bildschirm in meine Richtung und schaut mir in die Augen. Mein Mund steht offen. Peinlich, denke ich und meine damit nicht den pikanten Inhalt, sondern dass mir, dem Ex-Sicherheitsmann, so was passiert ist.

„Gefällt er dir nicht?" Santana grinst. Mit dem noch laufenden Smartphone in der Hand wendet sie sich zum Gehen. „Tzzz, ich dachte, du stehst auf Amateurfilmchen." Sie schaltet das Ding ab und verschwindet.

Wenig später erscheint Pia Mia in der offen stehenden

Tür. „Bist du wieder frei? Der Tümmler will dich dringend sprechen. Soll ich ihm Bescheid sagen, dass er kommen kann?"

Nach ein paar Minuten klopft es. Tümmler erscheint. Er schließt die Tür und fängt an herumzudrucksen.

Ich unterdrücke ein Seufzen. Eigentlich habe ich jetzt andere Dinge im Kopf, aber was soll's? Ich stehe auf, gehe um meinen Schreibtisch herum und dirigiere Tümmler auf das weiße Ledersofa. Dann setze ich mich in den Sessel gegenüber. „Nur raus damit", ermutige ich Tümmler.

„Ich wollte nur ... also wenn ... wenn ich dir einen Rat geben darf", stottert Tümmler und sein Blick schweift im Raum umher. „Lass dich nicht mit Santana ein. Sie ist vollkommen narzisstisch, sprunghaft, extrovertiert und chaotisch. Die weiß überhaupt nicht, was sie will. Mit anderen Worten: Die Frau ist durch und durch neurotisch!"

Es ist Tümmler anzumerken, wie erleichtert er ist, das losgeworden zu sein. Zumal er damit preisgibt, aus eigener schmerzvoller Erfahrung zu sprechen. Augenscheinlich hat er sich noch nicht davon erholt.

„Vielen Dank", sage ich. „Ich weiß deinen Rat zu schätzen."

„Schön. Ich bin froh, dass du mir das nicht krummnimmst. Ich kenne sie, und ich habe gesehen, wie sie dich anschaut. Ich glaube, du bist ihr Typ. Früher oder später wird sie dir Avancen machen, da bin ich mir ganz sicher."

Früher oder später, denke ich. Da hast du deine Exfreundin mal wieder unterschätzt.

KAPITEL 17

Heute gibt es Fischstäbchen-Burger aus dem Toaster und Erdnussflips mit geriebenem Käse aus der Mikrowelle. Die ausgehöhlten Brötchen liegen schon bereit, als Carla aus dem Badezimmer kommt. Sie rubbelt sich die kurzen Haare trocken, schüttelt den Kopf und wirft ihn in den Nacken. Als sie am Toaster vorbeigeht, angelt sie sich ein Fischstäbchen.

„Die sind ja innen noch ganz kalt", sagt sie und drückt die Taste wieder runter. Sie greift nacheinander zur Ketchup- und Majoflasche, spritzt je eine Portion in ihr Brötchen. Dann deutet sie auf meins. „Soll ich?", fragt sie und wiederholt die Prozedur bei mir, als ich nicke.

Es ist Freitag. Breitmeyers Porsche habe ich ein paar Straßen weiter geparkt. Mir ist keine plausible Erklärung für das Auto eingefallen. Carla und Amok haben bis kurz vor acht Uhr in der Werkstatt zugebracht. Amok hat gerade eine extragroße Portion Dosenfutter verdrückt und macht ein paar Streck- und Wälzübungen auf dem einzigen Teppich in unserer Wohnung, dann schüttelt er sein zotteliges schwarzes Fell. Es riecht ein bisschen angebrannt.

„Haben wir noch Gurkenscheiben?", fragt meine Tochter und steht auf.

„Kann sein", antworte ich etwas zu spät, als sie schon mit einem Glas Gurken und einer Tüte gerösteter Zwiebeln zurückkommt. „Lecker! Wo hast du die denn gefunden?"

„Die Zwiebeln?", fragt sie und schüttet den Inhalt der Tüte in eine Kaffeetasse. Dann streut sie reichlich davon auf ihr halb verkohltes Fischstäbchen und lässt das Ganze in ihrem Brötchen verschwinden. „Lagen in der Ecke hinter den Cornflakes", sagt sie und beißt zu. Ein Klingelton signalisiert, dass die Erdnussflips fertig sind. Dieses Mal bin ich dran mit Aufstehen. Ich hole unsere Sättigungsbeilage und zwei Flaschen Bier.

In der Glotze läuft eine Castingshow. Nach dem Essen fläze ich mich tiefer ins Sofa und erstelle eine kleine Zwischenbilanz:

> ***Erstens:*** Mein Girokonto weist ein Guthaben von knapp zehntausend Euro aus (ich hatte meinen Überziehungskredit mehr als ausgeschöpft). Ich erinnere mich nicht, jemals eine so hohe Summe dort gelagert zu haben.
>
> ***Zweitens:*** In der Agentur läuft es prima (abgesehen von Punkt 3). Ich muss zugeben, dass es Spaß macht, Porsche zu fahren und Erfolg zu haben.
>
> ***Drittens:*** Santana kennt mein Geheimnis. Außerdem hat sie einen Film, der mich beim Sex im Büro zeigt. Sie wird mich erpressen.
>
> ***Viertens:*** Carla weiß von nichts. Ich werde ihr erst die Wahrheit sagen, wenn ich genug Geld zusammenhabe.
>
> ***Fünftens:*** Dann kaufen wir die Werkstatt und alles wird gut.
>
> ***Sechstens:*** Das wird leider noch volle zwei Monate dauern. Sehr unwahrscheinlich, dass ich nicht vorher rausfliege.
>
> ***Siebtens:*** Hoffentlich wird Oktan wieder gesund!

„Hey, wir sollten nicht immer nur von mir reden. Wie läuft es in deinem neuen Job?“ Carla verpasst mir einen liebevoll gemeinten, aber kräftigen Stoß in die Rippen.

„Hey!“, motze ich. „Hier gibt es nichts auszubeulen!“

„Im Ernst“, sagt Carla. „Ist es so langweilig? Erzählst du deshalb nie was?“

„Nie“ ist ein dehnbarer Begriff, finde ich. Ich nicke unentschlossen und mache Amok Platz, der sich gerade anschickt, zu uns aufs Sofa zu springen. „Eigentlich läuft es ganz gut. Das Team ist toll, und es macht Spaß, mit denen zu arbeiten. Vor allem fühlt es sich gut an, wieder einen richtigen Job zu haben.“

Lügen ist nicht meine Stärke. Ich versuche, so weit es geht bei der Wahrheit zu bleiben. Carla guckt mir in die Augen, dann legt sie mir den Arm um die Schulter. Anscheinend hat sie nichts gemerkt.

„Verstehe. Ich find's gut, dass du diesen Türsteherjob los bist. Ich meine, das ist doch nix mehr, in deinem Alter ...“

Jetzt bekommt sie den Rippenstoß zurück und lacht. Amok grunzt ungnädig, er mag es nicht, wenn wir auf seinem Ruheplatz derartige Thermik verbreiten.

„Kommst du nachher noch mit?“, fragt Carla.

„In die BarBara?“

„Hm.“

„Ich denk schon. Immerhin haben wir Wochenende.“

„Ja, lassen wir es mal so richtig krachen, Papa.“

In diesem Moment muss ich an den Porsche denken und wie endgeil es sich anfühlt, mit der Karre durch Hamburg zu brettern, wahrhaft turbomäßig. Ich gestehe mir das ungern ein, aber am ersten Abend bin ich mehrere Male und mit heruntergekurbelten Scheiben durch den Wallringtunnel gebrettert, nur um mir das tiefe Röhren des Sechszylinders zu geben. Anschließend ging es raus auf die Autobahn in Richtung Hannover. Kurz hinter dem Horster Dreieck beginnt das norddeutsche Porsche-Testgebiet, ein zirka vierzig Kilometer langes, sechsspuriges Teilstück ohne

Geschwindigkeitsbeschränkung – bamm! –, Vollgas bis kurz vor Soltau, U-Turn und wieder zurück. Am Ende hatte ich eine halbe Tankfüllung und jede Menge Körperflüssigkeit rausgeblasen, war durchgeschwitzt bis auf die Unterhose und stolz wie Bolle. Zu gern würde ich Carla das Auto vorführen, einfach so. Stattdessen parke ich den Porsche heimlich zwei Straßen weiter und tue so, als würde ich mit der S-Bahn zur Arbeit fahren – das ist echt frustrierend.

KAPITEL 18

„Heimniederlage“, sagt Carla, als ich frage, warum die Stimmung in der BarBara so gedrückt wirkt. „Die fünfte in Folge, verstehst du?“

Sie kennt meinen Gendefekt und erklärt mir Sachverhalte, die das Thema Fußball betreffen, gern betont ausführlich. Dass Heimniederlagen des FC St. Pauli in Schankstuben wie dieser ausgiebig betrauert werden, ist mir natürlich bekannt. Dass heute eine solche stattgefunden hat, sogar die fünfte in Folge, war es hingegen nicht.

„Willkommen in der Abstiegszone“, stöhnt meine Tochter und schaut in die Runde.

Kuno dominiert schon wieder das Geschehen. Auf dem kleinen Tisch, an dem er sitzt, befindet sich die übliche Ansammlung dickbauchiger Astra-Buddeln. Dazwischen ragen ein paar schlankere Flaschen unbekannten Inhalts heraus. Bionade vielleicht, jedenfalls kein Bio-Astra.

Kuno hat heute Vormittag mit einem Referenten der Kultursenatorin gesprochen, sagt er. Angeblich will Frau Kisseler den Kunstschaffenden der Hansestadt zu einem neuen Selbstbewusstsein und einer angemessenen finanziellen Ausstattung verhelfen.

Dass Kunos Selbstbewusstsein keiner Hilfestellung bedarf, ist hier jedem klar (es verhält sich umgekehrt reziprok zu seiner finanziellen Ausstattung), das wird auch der Referent schnell erfasst haben. Es ist bei dem Treffen daher wohl eher um die angemessene finanzielle Ausstattung seines Projektes gegangen.

„Was für ein Projekt?“, will ich wissen, da sonst niemand fragt.

„HiddenLit muss ein geistiges Zentrum bekommen,

und dieses Zentrum braucht einen Ort, einen physischen Ort, an dem die subversive Dichtkunst gedeihen kann", referiert Kuno und führt aus, dass man die ökonomischen Voraussetzungen niemals unterschätzen dürfe, wolle man einen nachhaltigen, gesellschaftlichen Umbruch anstoßen. Als erstem autonomem Publizisten der Republik käme ihm daher die Aufgabe zu, einen transrational geprägten Verlag zu gründen, bla bla ...

Entschwurbelt heißt das: Kuno will sich mithilfe des Kulturetats der Stadt Hamburg eine repräsentative Wirkungsstätte finanzieren lassen. Tatsächlich: Er denkt an ein Loft in der Stadtmitte und hat sich in den Kopf gesetzt, dass sein Blick von dort aus mindestens auf die Elbe, wenn nicht sogar auf die Alster fallen sollte, wegen der Inspiration. Wie sich herausstellt, wird das nötige Venture-Kapital von einem stadtbekannten Kreditinstitut zur Verfügung gestellt. Der Name des Bankhauses weckt mein Interesse, da er mehrfach in einer von mir seit Kurzem bewohnten Parallelwelt gefallen ist.

„Um wie viel Geld geht es?", frage ich unbekümmert.

Kuno mauert, und ich schlussfolgere, dass es um keine ganz unbedeutende Summe gehen wird.

„Und die finanzieren das ohne Sicherheiten?", schiebe ich nach.

„Der Senat übernimmt die Bürgschaft", verrät Kuno jetzt und hebt seine Bierflasche. Wir stoßen auf den Erfolg des Projektes an. Falls es sich am Ende nicht trägt, zahlt der Steuerzahler die Zeche, denke ich.

Ich rauche gerade meine zehnte Zigarette passiv und versuche vergeblich, das einsetzende Kratzen in meinem Hals mit Bier zu behandeln, als Ashanti den Platz neben mir belegt. Ich fühle mich ziemlich hinüber und will mich eigentlich gerade vom Acker machen, doch ihr Lächeln vertreibt den Impuls unwürdiger Schwäche. Sie beugt sich zu Amok hinunter und krault ihm die Ohren. Ich habe mitbekommen, dass Ashanti ebenfalls was mit Kunst macht, und frage, woran sie gerade arbeitet. Gefühlte zwei Stunden später bin ich im Bilde: Früher hat sie fotografiert, ausschließlich abstrakte Motive wie Wasser, Luftspiegelungen, Wolken, Nebel und so was. Kürzlich hat sie sich dem Thema „Bewegtbild" zugewandt. In ihrem ersten Film geht es um einen alten Schuh, der neben einer Baumwurzel im Wald herumliegt.

„Das ist super spannend", sagt sie und zeigt mir einen Ausschnitt auf ihrem Handydisplay. Dann erklärt sie mir, dass sie ein extra schweres Profistativ in den Wald geschleppt hat, damit nichts verwackelt. Der Film hat eine Spieldauer von 11 Stunden und 23 Minuten, was den Begriff „abendfüllend" irgendwie alt aussehen lässt, finde ich. Ich starre auf den winzigen Monitor und sehe ein Standbild, auf dem minutenlang nichts passiert – ein Foto hätte es vielleicht auch getan. Immerhin, man verpasst nichts, wenn man zwischendurch pinkeln oder zur Arbeit geht, denke ich und überlege schon mal, wie ich mich rausrede, falls sie mich zur Premiere einlädt. Dann erklärt sie mir, dass der erste Eindruck täuscht. Wenn man den Film nämlich im Zeitraffer, also ultra-schnell, laufen lässt, erkennt man kleine Veränderungen, zum Beispiel bei Licht und Schatten, hervorgerufen durch den Lauf der Sonne. Ashanti sagt, sie möchte die Begrenztheit unserer Wahrnehmung in das Bewusstsein des Betrachters rücken und verdeutlichen, wie relativ unser Zeitbegriff ist. Bei mir ist ihr das auf Anhieb gelungen. Die Begrenztheit meines Bewusstseins wirft bereits Falten auf meiner Stirn. Zum Glück bleibt das nicht lange unentdeckt.

„Ich kann dir das an einem Beispiel erklären", sagt Ashanti und schaut mir in die Augen. Sie wirkt entwaffnend engagiert. „Stell dir vor, du bist eine Eintagsfliege."

Ich bin nicht sicher, ob ich Lust dazu habe. Aber ich lasse mich trotzdem darauf ein, weil ich Ashanti ziemlich sympathisch finde.

„Die sterben schon ein paar Stunden, nachdem sie geschlüpft sind. Ihr Leben ist so kurz, dass sie keine Nahrung brauchen. Wusstest du, dass sie nicht einmal Verdauungsorgane haben? Sie vermehren sich und dann sterben sie."

Ashanti greift sich eine Bierflasche. Sie wirft ein Bündel Dreadlocks aus ihrem Gesicht und trinkt, während ihre Worte einwirken. Kostbare Zeit vergeht, findet die Eintagsfliege und überlegt, was man machen soll, falls der kleine Hunger kommt.

„Und jetzt stell dir vor, du bist ein uralter Baum. Manche werden mehrere Tausend Jahre alt. Du hast schon ein paar Hundert Jahre gelebt, bevor die christliche Zeitrechnung begann, und hast die gesamte neuere Geschichte miterlebt ..."

Ich bin noch dabei, mich in meinem Dasein als Fliege zurechtzufinden. Schlüpfen, fortpflanzen und sterben, alles innerhalb eines Tages, welch ein elementarer Existenz-Dreisprung, denke ich und kippe mehr Bier in mich hinein.

„Verstehst du, was ich meine?", fragt Ashanti.

„Moment noch", bitte ich, weil mir das alles viel zu schnell geht. Als Nächstes strapaziere ich meine Fantasie, um mich zu verwurzeln, einen mächtigen Stamm und eine ebensolche Baumkrone zu bilden. Dann beobachte ich, wie im Stall gegenüber Leute einziehen. Plötzlich Thermik, Lightshow und jede Menge Besuch, weil der Heiland geboren ist. Keine Ahnung, was in Bethlehem sonst noch los war, merke ich, als Ashanti mich anstupst. Sie ist ganz schön ungeduldig für jemanden, der einem Filme dieser Länge zumutet.

„Ich glaube, ich habe verstanden, was du ausdrücken willst", behaupte ich schließlich.

Ashanti nickt, dann wiegt sie den Kopf. „Und wie gefällt es dir?"

Verdammt direkte Frage, finde ich und suche Halt an meiner Bierflasche.

„Ich mag Filme, in denen nicht viel passiert", sage ich zwischen zwei Schlucken, „man könnte ihn vielleicht als Vorfilm in Programmkinos zeigen."

Ashanti scheint über meinen Vermarktungsvorschlag nachzudenken.

„Höchstens eine Zusammenfassung", sagt sie dann, und ich glaube, sie meint das ernst.

Kuno berichtet seinen Jüngern inzwischen von den investigativen Recherchen eines lokalen TV-Senders. „Die transrationale Dichtkunst hat ihr erstes Opfer gefordert", höre ich ihn proklamieren. Er hält ein zerknittertes Papier in der Hand. Offenbar hat er sich die entsprechende Meldung aus dem Online-Auftritt ausgedruckt. Bei dem Opfer, so Kunos Zusammenfassung, handelt es sich um eine Mittelstandsehe mittlerer Qualität und Lebensdauer. Soviel ich bei dem Lärm hier verstehen kann, hat die Frau eines stadtbekannten Fernsehkochs einen von Kunos Texten gefunden, versteckt im neuen Sakko ihres Gemahls. In dem transrationalen Pamphlet geht es um eine dekonstruktive Abrechnung mit der herrschenden, bürgerlichen Beziehungsform namens Ehe. Es mündet in dem Aufruf zur vollständigen sexuellen Befreiung und endet mit dem Satz: „Nimm mich, du ewig lockende Lust!" Unvorbereitet mit dem vermeintlichen Beweis seiner Untreue konfrontiert, beichtet der Mann – vorschnell – eine Reihe von Fehltritten, worauf ihm seine Ehefrau drei Koffer und ein Terrarium vor die Tür stellt. Von Rachegelüsten getrieben, ruft sie anschließend einen befreundeten Rundfunkreporter an, der den verdächtigen Brief jedoch sofort als HiddenLit identifiziert und den TV-Koch von jedweder Schuld freispricht ...

„Für eine Versöhnung soll es da aber bereits zu spät gewesen sein", meint Kuno abschließend, faltet das Papier zusammen. Dann kippt er seinen Schnaps und zuckt mit den Schultern.

„Hilfreich wäre vielleicht ein Hinweis auf mögliche Nebenwirkungen und Begleiterscheinungen", schlage ich vor.

„Die befreiende Kraft der Dekonstruktion kann keine Rücksicht auf überkommene Beziehungsmuster nehmen", sagt Kuno. „Vor allem nicht auf so repressive Formen wie die Ehe, die nichts als eine ritualisierte Abhängigkeit darstellt."

Andächtiges Lauschen aufseiten der Jünger.

„Radikalen gesellschaftspolitischen Umwälzungen gehen fast immer revolutionäre Entwicklungen in der Kunst voraus", verkündet Kuno nun. Dann werden Dali, Frida Kahlo, Joan Miro, Man Ray und Pablo Picasso ins Feld geführt.

„Die Grenzen der bürgerlichen Moral müssten gesprengt werden, um neuen Entwicklungen Platz zu machen", fordert jetzt ein Mann, dessen Gesichtsbehaarung verblüffend an Frank Zappa erinnert. Die Lustfeindlichkeit des Kapitalismus käme daher, dass er alles in den Strudel der kommerziellen Verwertung hineinreißt.

Mir wird auf einmal bewusst, dass ich mein Geld neuerdings in einer Branche verdiene, die diesen Strudel nährt und antreibt. Aber ich bin schon zu betrunken, um aus dieser Erkenntnis irgendwelche Schlüsse zu ziehen.

„Ich bewundere, mit welcher Leichtigkeit du diese Traktate aus dem Ärmel schüttelst", bringt meine schwere Zunge heraus. „Glaubst du den Mist eigentlich, den du da redest?"

Es ist spät geworden und wir sind bei doppeltem Espresso mit doppeltem Brandy angekommen. Außer mich selbst erkenne ich noch drei weitere Personen am Tisch. Kuno, einen Hund und ein schlafendes Kind, das sich bei näherem Hinsehen als über dem Stuhl hängender Parka entpuppt. Die anderen sind längst weg. Kuno antwortet nicht.

„Du machst das ganz gut, glaube ich", sagt er, mit beginnender Verlallung kämpfend, und klopft mir tapsig auf die Schulter.

„Was mach ich gut?" Ich stiere auf die schwarze Pfütze, die sich unter meiner Espressotasse gebildet hat.

„Na, diesen neuen Job." Kuno atmet schwer, er keucht die Sätze raus wie ein Sportler, der direkt nach einem kräftezehrenden Wettkampf interviewt wird:

„Du biss sselbstbewusst ...
dassis Entscheidene'.
Sssskommt nämich nur aufn Auftritt an ...
zuneunzich Prozent.
Diegansen Top-Manager ...
die machen das aunichanners.
Die bringenihre Ideen vor ...
als hädden sies Rad neueffunn.
Blender, alles Blender.
De Unnerschied besteht nurinne Kohle.

Die verdienen Millionen ...
unanner Spitze halten sie sich nur ...
durchie Seilschaften."
Kuno fixiert mich aus glasigen Augen.
„Wo sinn einlich die annan?"

KAPITEL 19

„Wieso sagt mir kein Mensch Bescheid?"

Carla und ich schauen uns an. Ich reibe mir die Augen, Carla gähnt.

„Wie spät ist es?", frage ich leise.

„Kurz vor sechs", sagt Carla und verschränkt die Arme vor ihrem Nachthemd.

Es ist Montagmorgen. Vor uns steht Opa Neunzig – *im Blaumann*!

Er trägt Sicherheitsschuhe und eine Schiebermütze. In seiner Brusttasche stecken Arbeitshandschuhe. Vor ein paar Minuten hat es angefangen, Sturm zu klingeln, bis wir an der Wohnungstür erschienen sind.

„Komm erst mal rein", entscheidet Carla und zieht Opa Neunzig am Ärmel seines Karohemdes in den Flur. „Ich mach uns Kaffee", sagt sie dann und geht voraus.

Wir folgen ihr.

„Da unten stehen zu viele Autos", sagt Opa Neunzig, nachdem wir ihn an unseren Küchentisch gesetzt haben. Er schüttelt den Kopf. „So geht das nicht." Erst schaut er mir, dann Carla in die Augen. Er spricht langsam: „Am Montagmorgen muss Platz im Hof sein. Die Leute fahren sonst wieder weg. Sie denken, wir kommen nicht hinterher mit den Reparaturen."

Carla verzieht das Gesicht.

„Das hier", erklärt der Alte und deutet in Richtung Werkstatt, „ist seit 1952 ein Meisterbetrieb. Und wenn der Meister krank ist, muss der Geselle ran. Und wenn der das nicht schafft ..."

„Ich schaff das schon", wirft Carla ein, während sie drei Kaffeebecher auf dem Tisch verteilt.

„... dann ist Not am Mann, kapiert? Und wenn Not am

Mann ist, dann muss eben der alte Meister wieder ran. So einfach ist das, Punkt!"

Gestern Nachmittag war ich mit Carla in der Klinik. Es ging mir so schlecht, dass ich mich beinahe in das Bett neben Oktan eingeliefert hätte. Ich brauche inzwischen volle zwei Tage, um einen stinknormalen Kater auszukurieren. Das ist deprimierend – genau wie Oktans Zustand, der unverändert schlecht ist. Die Ärzte sagen, man müsse abwarten, ihm Zeit geben.

Not am Mann, denke ich und frage mich, ob Opa Neunzig tatsächlich noch arbeiten kann. Doch er sieht absolut nicht so aus, als wolle er sich umstimmen lassen.

KAPITEL 20

„Mein Gott, Santana, du siehst ja völlig fertig aus.“ Xulia erkennt sofort, dass es sich um einen Notfall handelt. Sie zieht Santana in ihr Büro, verschließt die Tür und manövriert ihre Kollegin auf den Besucherstuhl. „Bleib schön hier sitzen“, sagt sie. „Ich hole uns erst mal Kaffee.“

Santana seufzt und nickt. Dann schaut sie auf ihre Cartier-Uhr. Das macht sie nur, wenn sie nicht mehr weiterweiß. Meist muntert sie der Anblick der diamantbesetzten Fassung ein bisschen auf. Doch heute klappt das nicht. Sie registriert lediglich, dass das Erbstück die Zeit anzeigt. Es ist Montag, kurz vor zehn, und die Woche ist schon komplett im Eimer.

„Lass mich raten.“ Xulia kommt zurück und stellt zwei Becher auf dem Schreibtisch ab. „Bad Hair Day?“

Santana nickt, dann nimmt sie die Wollmütze ab. Xulias Augen weiten sich beim Anblick dieser Katastrophe aus unförmigen, verfilzten Haaren. Sie braucht einen Moment, bis sie die Sprache wiederfindet.

„Um Himmels willen! Was hast du denn damit angestellt?“

„Gar nichts“, schluchzt Santana und greift mit beiden Händen in das schwarze Ungetüm, das sich auf ihrem Kopf breitgemacht hat.

„Erzähl!“, fordert Xulia und zwingt sich, den Blick von der Katastrophe abzuwenden. Dann nippt sie an ihrem Kaffee und setzt sich. Sie weiß, dass jetzt nur eines hilft: Zuhören!

„Ich habe alles so gemacht wie jeden Morgen: Waschen, Shampoo, Kurpackung, Conditioner, anschließend Spülung mit weichem Regenwasser.“

Xulia nickt.

„Da dachte ich schon, das fühlt sich alles so strapaziert an, so empfindlich und hektisch. Dann hab ich geföhnt, ganz vorsichtig mit etwas Curl Hold Spray, und anschließend ein ganz kleines bisschen Volume Styling Powder reingeknetet."

„Und das Ergebnis?"

„Haare!", kreischt Santana und greift wieder in das wild gelockte Ungetüm. „Trocken, spröde, krisselig, filzig, fransig!"

Xulia beißt sich auf die Unterlippe.

Santana lässt die Hände sinken. „Also hab ich noch einmal ganz von vorn angefangen. Aber das hat überhaupt nichts gebracht. Am Ende wieder keine Frisur, sondern das hier!"

Zeit für die Analyse. Xulia rückt ihre Brille zurecht und schaut ihrer Kollegin tief in die Augen: „Verwendest du einen Diffusor-Aufsatz und Heat Protection Spray?"

„Beim Föhnen?"

Xulia nickt.

„Einen Diffusor ja, aber dieses Heat-Spray nicht", gesteht Santana.

Xulia rollt mit den Augen: „Weiß doch jeder, dass aus einem Föhn viel zu heiße Luft rauskommt. Was glaubst du, warum die diese Produkte entwickeln?"

Santana zuckt mit den Achseln.

„Weil es die Mikro-Struktur schädigt, wenn die Hitze nicht abgeleitet wird. Ich föhne niemals ohne Hitzeschutz-Spray, verstehst du?"

Santana nickt. Eine Spur von Hoffnung huscht über ihr verheultes Gesicht.

„Kennst du dieses neue Hysteric-Hair-Repair 4-Step Ritual Kit mit Cleanser, Conditioner, Treatment und Boosting-Serum?"

Santana schnäuzt in ein Taschentuch, das Xulia ihr rübergereicht hat. Sie schüttelt den Kopf.

„Das musst du unbedingt ausprobieren. Das haben die extra für den BH-Day entwickelt." Xulia nickt zufrieden. Es wird langsam Zeit, die Konsultation zu beenden, findet sie und ist froh, dass Santana sich etwas zu beruhigen scheint. Die Stimmungsschwankungen ihrer Kollegin haben schließlich auch etwas Gutes, sie lenken von den eigenen Problemen ab und bewirken, dass Xulia sich fast normal fühlt.

„Danke", sagt Santana und steht auf. Der Gedanke, eine neue Haarpflegeserie auszuprobieren, hat sie etwas aufgemuntert. Doch plötzlich verfinstert sich ihre Miene wieder. „Und dann bin ich auch noch über diese Verkehrsinsel gebrettert."

„Mit deinem neuen Mini? Echt?" Xulia sieht inzwischen ebenfalls etwas mitgenommen aus.

„Dabei hab ich nur ganz kurz geschaut, ob ich mein Handy eingesteckt habe."

„Während der Fahrt?"

„Klar, die blöde Handtasche lag schließlich auf der Rückbank."

Xulia stützt ihren Kopf auf beide Hände, langsam macht sich Resignation in ihrem Gesicht breit. „Und was ist kaputt?", fragt sie.

„Ach, eigentlich nicht so schlimm. Höchstens 'ne Kleinigkeit am Auspuff."

Xulia guckt ungläubig: „Dann warst du das, was vorhin so geröhrt hat?"

„Kann sein." Santana setzt ihre Mütze wieder auf. „Da ist so ein Teil abgefallen. Aber das musste ich liegen lassen."

„Warum das denn? Vielleicht kann man es wieder anschrauben."

„Das war viel zu heiß. Ich hätte mir fast die Finger daran verbrannt." Santana hält ihre Hände vor das Gesicht. Zehn makellos lackierte Fingernägel glänzen in der Morgensonne.

Jetzt, nachdem sie sich so richtig ausgeheult hat, geht es ihr schon wieder viel besser. Sie wird gleich in ihrem Büro verschwinden, für heute Nachmittag einen Termin bei ihrem Lieblingsfriseur machen und den Rest des Tages einfach unter der doofen Wollmütze absitzen.

„Also, wenn du eine Werkstatt brauchst, sag Bescheid“, ruft Xulia und spürt, dass sie Kopfschmerzen bekommt. Sie nimmt die Brille ab und massiert ihre Schläfen. „Da gibt es so einen kleinen Hinterhofbetrieb in meinem Viertel, den hab ich neulich zufällig entdeckt, als mir Cindy abgehauen ist.“

„Deine Hündin? Wieso ist sie abgehauen?“

„Keine Ahnung, seit sie tragend ist, macht sie seltsame Sachen.“

Es ist offenkundig, dass sich Santana nicht sonderlich für Hunde interessiert. Deshalb macht es auch keinen Sinn, ihr zu erzählen, dass Cindy sie neuerdings ständig in diesen Hinterhof hineinzerren will. Xulia hat deshalb extra die Route ihrer Gassirunde verlegt.

„Und dieser Neue, wie ist der?“, fragt Xulia dann und beginnt auf ihrer Schreibunterlage herumzukritzeln. „Tut mir leid, dass ich da neulich einfach so reingeplatzt bin“, ergänzt sie, und auf einmal ist es ihr peinlich, dass sie diese Frage gestellt hat. Sie muss daran denken, wie sie Santana und den Neuen in flagranti erwischt hat. Santana schien es nicht im Geringsten peinlich zu sein. Unglaublich, wie die das macht, denkt Xulia, die bekommt wirklich jeden rum.

„Wäre gut, wenn du das für dich behalten könntest“, sagt Santana.

„Na klar.“ Xulia nickt, ohne von ihrem Gekritzel aufzublicken.

„Tja, tut mir auch leid, dass du das mit ansehen musstest“, meint Santana und lächelt schief. „Ich sag nur eines, der Typ ist ein Blender.“ Sie greift nach ihrer Kaffeetasse und verlässt das Büro.

„Er kommt mir irgendwie bekannt vor“, sagt Xulia, aber Santana dreht sich nicht einmal um.

Xulia ist enttäuscht. Sie fühlt sich mal wieder als Kummerkasten missbraucht. Ihre kleine Schwester sagt, man könne das als Symbiose bezeichnen. Santana macht die aufregenden Sachen, und wenn sie das mal wieder aus der Bahn wirft, dann heult sie sich bei Xulia aus, die sich solche Eskapaden niemals zutrauen würde. Aber als Coach kann sie an Santanas Abenteuern teilhaben und noch dazu kluge Ratschläge geben. So färbt ein bisschen Glamour auf ihr eigenes Leben ab. Beide profitieren von der Konstellation – Symbiose eben. Xulia weiß, dass da was dran ist, zumal ihre Schwester Psychologie studiert.

„Ich kenne den Typen“, murmelt sie und ärgert sich, dass Santana die Tür offen gelassen hat. „Ich weiß bloß nicht woher.“

Aber das ist ja auch kein Wunder. Sie hat sich den Neuen noch gar nicht richtig anschauen können. Sein Oberkörper war fast vollständig von Santana und ihren schwarzen Haaren bedeckt. Lediglich als er aufblickte, hat sie kurz sein Gesicht gesehen.

Zu blöd ist das! Da hatte sie sich ein Herz gefasst, war zu diesem Stefan Fischer rüber, um sich persönlich vorzustellen, nur ganz kurz, ohne große Umstände, und dann so etwas. Jetzt traut sie sich natürlich erst recht nicht mehr hin. Was soll sie auch sagen? „Äh, ich bin die Xulia, wollte nur mal kurz Hallo sagen, weil neulich, äh, da hat es ja nicht so gut gepasst“, oder was? Das ärgert sie richtig. Verdammt!, denkt Xulia. Nun bin ich schon fast sieben Jahre hier und habe es nicht ein einziges Mal geschafft, mich mit einem Kollegen zu verabreden. Das ist echt frustrierend.

KAPITEL 21

„Ich muss dir eine lustige Geschichte erzählen“, sagt Carla und lächelt mich an.

„Nicht schon wieder“, flehe ich übertrieben grinsend und mache uns zwei Flaschen Bier auf.

„Nein, nein, es geht nicht um Marco. Der hat sich seit Tagen nicht blicken lassen.“

Ich lege einen Arm auf das Sofapolster, proste Carla zu und trinke. „Na dann schieß los.“ Hm, das prickelt angenehm im Abgang und verbreitet eine wohlige Feierabendstimmung.

„Also, heute Mittag, da kommt ein Auto auf den Hof gefahren, kaputter Auspuff, das hat selbst Opa Neunzig gehört. Ich liege gerade draußen unter dem Volvo Kombi und schau mir die Bremsleitungen an. Dann höre ich, wie jemand aussteigt und näher kommt. Sagt eine Frauenstimme: ‚Ich glaube, ich habe meinen Auspuff kaputt gefahren.‘ Sag ich: ‚Das hört man. Um was für einen Wagen geht es denn?‘ ‚Um einen Mini‘, flötet die Lady. ‚Wird das teuer?‘ Ich gucke unter der Karre vor. Und was sehe ich?“ Carla greift nach ihrer Bierflasche. Dann schaut sich mich an. Sie will es spannend machen.

Ich zucke mit den Schultern.

„Einen roten Tangaslip! Hat die Schnalle doch tatsächlich einen Minirock an und steht da so standbein-spielbeinmäßig rum – geht's noch? Freie Sicht bis zum Mittelmeer! ‚Worauf Sie einen lassen können‘, sag ich also und komme unter dem Auto vorgerollt. Da sagt die Alte: ‚Wollen Sie nicht erst mal druntergucken‘, und schiebt ihre Sonnenbrille ins Haar. Sag ich: ‚Hab ich schon‘, und stehe auf. ‚Oh, là, là‘, macht die Schlampe, als sie endlich kapiert, dass ich kein Kerl bin, ‚ist ja reizend, Ihre Berufskleidung.‘

Ich guck sie so von oben bis unten an und sage: ‚Deine auch, Baby!' ‚Unverschämtheit', keift sie zurück, stöckelt zu ihrer Tussenkiste und rauscht ab. Schräger Auftritt, was?"

Ich muss schon die ganze Zeit lachen.

„Nicht zu fassen", pruste ich, während Carla in mein Gekicher einstimmt.

„Und wie läuft es mit dem Altmeister?", frage ich, nachdem wir uns wieder beruhigt haben.

„Er ist unglaublich langsam, vor allem, weil er öfter mal eine Pause braucht. Dafür macht er keine Fehler, jeder Handgriff sitzt."

„Also ist er tatsächlich eine Hilfe?"

„Ja, das ist er." Carla nickt anerkennend. „Mit seinen zweiundneunzig Jahren. Es scheint ihm sogar zu gefallen. Er flucht zwar über jede Schraube, die er nicht losbekommt, aber dann sprüht er sie einfach mit Kriechöl ein und pfeift dazu vor sich hin. Anschließend macht er zehn Minuten Pause und geht wieder ans Werk."

KAPITEL 22

Ich durchquere das Vorzimmer, um mir einen Kaffee zu holen. Ich bringe es einfach nicht fertig, mich von Pia Mia bedienen zu lassen. Im Flur befindet sich eine kleine Nische, in der eine vollautomatische Espressomaschine ihren Platz hat. Eine Frau mit dunklen, halblangen Haaren und Brille steht vor mir. Sie hat sich gerade einen Latte macchiato zubereitet. Sie hält das Glas ganz oben fest, wo es nicht so heiß ist, und prüft, ob der Milchschaum ihren Ansprüchen genügt. Dann schaut sie auf und stutzt. Im Bruchteil einer Sekunde wird mir klar, dass ich aus dieser Nummer nicht mehr rauskomme. Was soll's, denke ich. Dann haben wir das wenigstens hinter uns.

„Sind Sie nicht? ... Aber ja, Sie sind doch ...", stammelt die Lady, „... der Typ mit dem großen schwarzen Köter!"

Ihr Gesichtsausdruck wechselt von überrascht auf wutverzerrt. Vor mir steht Xulia, die Frau, mit deren Hündin sich Amok vor ein paar Wochen vergnügt hat.

„Hallo, Sie sind bestimmt Xulia. Ich bin Stefan Fischer, der Neue."

Sie stemmt die Hände in die Hüften und saugt hörbar die Luft ein. Ich lasse meine Hand wieder sinken. Sie eskaliert, denke ich.

„Wie geht es Ihrer Hündin, ich hoffe, sie ist nicht ..."

„Ob sie tragend ist? Natürlich ist sie das, was denken Sie denn?"

„Oh! Das tut mir leid. Hätten Sie nicht zum Tierarzt gehen können?"

„Und dann? Das ist ja wohl ungeheuerlich! Erst lassen Sie zu, dass Ihr verdammter Köter über meine arme Cindy herfällt, und jetzt ..."

Ich hebe beschwichtigend die Hände. Der Kaffee riecht echt lecker, doch der Geruch passt so gar nicht zu der angespannten Situation.

Xulia weicht einen Schritt zurück. „Fassen Sie mich nicht an!", schreit sie.

Das hatte ich nun wirklich nicht vor, aber ich lasse das mal so stehen. Auf einmal ist Santana da. Sie schiebt sich zwischen uns beiden hindurch, stellt ihren Kaffeebecher auf das Abtropfblech und drückt die Cappuccino-Taste. „Bevor ihr euch die Köpfe einschlagt", sagt sie, „darf ich euch daran erinnern, dass wir uns hier mit ‚Du' anreden? Das ist Bestandteil unserer Corporate Identity, wisst ihr."

Die Maschine beginnt zu rumoren.

„Wir sind nämlich keine verstaubte Behörde, sondern eine angesagte Werbeagentur. Wir sind locker, wir sind kreativ, wir haben Spaß, jedenfalls tun wir so, kapiert?" Santana nimmt ihren Becher und geht zurück in ihr Büro. An der Tür dreht sie sich noch einmal um und lächelt. „So, jetzt könnt ihr euch weiterfetzen." Dann schließt sie die Tür.

„Ich bin Xulia", sagt Xulia. Ihre Stimme klingt mechanisch. Wie ferngesteuert.

„Ich bin Stefan", sage ich. „Und das mit den Hunden tut mir echt leid."

„Ist Ihnen, äh, ist dir eigentlich klar, dass ich wegen dir meinen Miami-Urlaub gecancelt habe?"

Ich weiß das, und ich weiß noch einiges mehr. Doch ich halte es für klüger, mich dumm zu stellen. Stattdessen zeige ich ein zerknirschtes Gesicht.

„Dabei bin ich so was von urlaubsreif. Ich hatte mich so auf diese Reise gefreut."

Xulias Nerven scheinen blank zu liegen, ich kann sehen, wie sie zu zittern beginnt. Winzig kleine Schweißperlen bilden sich auf ihrer Oberlippe. Vielleicht sollte ich mich nicht so defensiv verhalten. Das reizt sie womöglich nur noch mehr.

„Hast du denn keinen Funken Verantwortung im Leib? Wie konntest du nur zulassen, dass dein Hund ..."

Ich ahne, woran sie jetzt denkt. Ich bin schließlich selbst dabei gewesen, als Amok sich mit ihrer Cindy vergnügt beziehungsweise „sich an ihr *vergangen*" hat, wie sie es sieht. Vermutlich nimmt sie mir immer noch krumm, dass ich nicht dazwischengegangen bin. Auf einmal wird mir noch etwas klar: Sie war es, die neulich hereingeplatzt ist, als Santana auf meinem Schoß saß. Oha, denke ich, das hier wird kein gutes Ende nehmen. Während ich noch überlege, was ich tun könnte, um die Situation zu entschärfen, geht im Hintergrund die Fahrstuhltür auf.

„Du und dein triebgesteuerter Köter! Gib wenigstens zu, dass es dir Spaß gemacht hat", ruft Xulia jetzt und kommt einen Schritt auf mich zu. „Du bist ein elender ...", sie scheint nach einer geeigneten Beleidigung zu suchen. Dann erkennt sie, dass meine Aufmerksamkeit gar nicht mehr ihr gilt. Sie folgt meinem Blick und erstarrt. Brokkoli und eine Delegation von drei Bankern stehen im Flur.

Die Besucher lächeln unsicher, während sich die Fahrstuhltür hinter ihnen schließt. Brokkolis Augen haben sich zu Schlitzen verengt.

„... Wichser", beendet Xulia ihre Beschimpfung, dann dreht sie sich um und verschwindet in ihrem Büro. Immerhin, denke ich, wir sind per Du. Dann stelle ich fest, dass alle Augen auf mich gerichtet sind.

KAPITEL 23

Das Licht geht an. Im gläsernen Konferenzraum herrscht angespannte Stille. Ich blicke in die Runde und versuche die Stimmung im Raum zu deuten. Tümmler hat gerade das Rohmaterial für den TV-Spot abgefahren. Er hat die O-Töne etwas aufbereitet, ein bisschen flippig geschnitten und trendige Musik druntergelegt. Doch die Banker wirken nachdenklich. Alle Blicke sind auf Konrad Dollmann gerichtet, der uns als neuer Finanzvorstand und Chef der dreiköpfigen Delegation vorgestellt wurde. Die Szene mit dem Penner am Schluss war vielleicht zu gewagt, überlege ich. Und dann dieser Streit zwischen Xulia und mir – saublöd, dass wir uns ausgerechnet vor den Bankern gefetzt haben! Ich fange mir einen genervten Blick von Brokkoli ein – schon klar, du bist sauer, das verstehe ich. Was mir mehr Sorgen bereitet, ist dieser Dollmann. Ich kann den Kerl noch nicht einschätzen, weiß nicht, ob er Humor mitbringt, und wenn ja, welchen.

„Das gefällt mir“, sagt Dollmann und deutet mit seinem Montblanc-Füller auf die Stelle, wo eben noch die Leinwand hing. „Die Menschen wirken authentisch. Sie sagen, was sie denken. Sie üben berechtigte Kritik. Jetzt müssen wir ihnen nur noch eintrichtern, dass unser Bankhaus all diese Bedürfnisse befriedigt.“

Er verschränkt die Hände hinter dem zurückgegelten Haar. Er ist zufrieden. In den letzten Monaten ist es gut gelaufen. Unter seiner Führung hat sich die Bonusbank von einer schleichenden Vergiftung erholt, die auf den Ankauf toxischer Wertpapiere gefolgt war. Privat läuft es auch wieder halbwegs rund. Im Winter hat er sich einen komplizierten Ehebruch zugezogen. Eine junge Marketingexpertin hat ihn nach St. Anton in ein schnuckeliges Fünf-Sterne-Hotel begleitet. Wenig später ist seine Frau dort aufgetaucht. Sie sei wild entschlossen, seine Hobbys zu teilen, verkündete sie mit leuchtenden Augen und deutete auf den Skipass, der an ihrer Daunenjacke baumelte. Dann kam Gina aus dem Badezimmer. Sie trug ein schwarzes Korsett und wedelte mit diesen blöden Handschellen herum.

Die Scheidung war schmutzig und teuer und sie hat sein lupenreines Image beschädigt. Zum Glück entschieden Männer über seine Kariere, Männer wie er. Und sie hatten ihm den Vorstandsposten angeboten.

„Der Mensch steht im Mittelpunkt, das ist unsere Message ...“, ergänzt ein Typ neben Dollmann, der sich als Marketingchef der Bank vorgestellt hat. „Menschlichkeit als Asset, als Feeling, ein Versprechen ...“

Noch so einer, der mit Anglizismen herumschmeißt, denke ich.

„Werbung eben“, sagt Dollmann. „Nicht mehr und nicht weniger.“

„Werbung“, wiederholt Brokkoli. Er hat ein gewinnendes Lächeln aufgesetzt. „Genau unser Job.“

„Und wessen Idee war das?“, fragt Dollmann.

„Das mit den O-Tönen?“, fragt Brokkoli und lächelt unsicher. Vermutlich weil er nicht einschätzen kann, wie die Präsentation angekommen ist. Er schaut in meine Richtung. Ich zucke mit den Schultern.

„Stefan Fischer hatte die Idee, er ist unser neuer CD“, platzt Pia Mia in die Pause und zieht die Blicke auf sich. Ihr dünnes Stimmchen klingt unsicher, fast ein bisschen zittrig. Sie schickt einen hilfesuchenden Blick in meine Richtung – nun dürfte auch dem Letzten in der Runde klar sein, dass meine Assistentin für mich schwärmt. „Er hat auch den neuen Claim entwickelt. Sie wissen schon, Leistung aus Leidenschaft.“

Wow, denke ich, dafür, dass du eigentlich nur für die Getränke zuständig bist, lehnst du dich ganz schön weit aus dem Fenster.

„Gute Arbeit", sagt Dollmann, während sein Blick von Pia Mia zu mir wechselt. Er schaut mir ganz ruhig in die Augen. „Seit wann machen Sie Werbung?"

„Seit wann sind Sie Bankvorstand?", gebe ich zurück und halte dem Blick stand.

„Ich hab zuerst gefragt", sagt Dollmann.

„Seit ein paar Wochen. Ich bin da nur so reingerutscht."

„Echt? Ist ja witzig, genau wie bei mir." Dollmann lacht ein bisschen zu laut. „Sie kennen doch den Spruch: Kleine Gauner überfallen eine Bank, große Gauner gründen eine. Zu welcher Sorte gehören Sie?"

Ich finde rhetorische Fragen prinzipiell lästig und beschließe, die Klappe zu halten.

„Ich verrate Ihnen mal eine Art Bankgeheimnis", sagt Dollmann und senkt die Stimme. „Wissen Sie, wem man auf gar keinen Fall Geld leihen sollte: Leuten, die es verdammt nötig hätten!"

Dollmann lacht, als habe er einen super Witz erzählt. Ich muss an Carla denken und finde das überhaupt nicht lustig.

Santana schiebt ihren Stuhl zurück und tritt den Beweis an, dass zwölf Zentimeter hohe Absätze besser ankommen als jede Diätkur. „Wir haben die Kundenstruktur Ihres Bankhauses analysiert und sind zu interessanten Ergebnissen gekommen." Sie beugt sich weit über den Glastisch, um nach den Unterlagen zu angeln, die sie zuvor dort platziert hat. Da nun jedem klar ist, welche Farbe ihr BH hat, fährt sie mit ihrer Präsentation fort. „Das Kundenprofil der Bonusbank spiegelt im Wesentlichen die allgemeine demografische Entwicklung wider. Der Anteil der Best Ager, also der Menschen ab Mitte fünfzig, ist bei Ihnen sogar noch etwas größer als im Bevölkerungsdurchschnitt. Wir haben uns die Frage gestellt: Was zeichnet diese Kunden aus? Welche Bedürfnisse haben sie und welche Chancen ergeben sich daraus für Ihr Bankhaus?"

„Ich kann Ihnen genau sagen, was diese Kunden auszeichnet", unterbricht Dollmann. „Diese Leute sind anspruchsvoll, besserwisserisch, und was das Schlimmste ist: Sie haben alle Zeit der Welt, sich über alles und jedes zu beschweren. Und sie zögern nicht, uns zu verklagen, nur weil ihr Investment nicht so viel abwirft, wie sie erhofft haben."

Santana versucht, sich nicht aus dem Konzept bringen zu lassen. „Die Welt ist unpersönlicher geworden. Online-Banking, Hotlines, E-Mail-Support, das ist eine Welt, die den Älteren verschlossen bleibt, und das ist frustrierend ..."

„Und was wollen Sie damit sagen?", fragt der Marketingchef.

„Dass diese Leute an die Hand genommen werden sollten. Die meisten Banken schließen ihre kleinen Filialen und sparen immer mehr Personal ein. Die Folge: Senioren finden kaum noch geduldige Ansprechpartner, zum Beispiel wenn sie Probleme mit diesen Automaten haben."

Gutes Argument, finde ich, doch Dollmann schüttelt den Kopf. „Mir scheint wichtiger, dass mehr junge Menschen Vertrauen in unsere Bank setzen, dass sie mit ihren Ideen zu uns kommen, sich beraten lassen. Da ist eine Schwellenangst, und die muss überwunden werden. Die Kampagne soll helfen, diese Vorurteile, diese Skepsis aufzulösen."

KAPITEL 24

„Was ist das für ein Porsche?“, fragt Carla.

„Welcher Porsche?“

„Papa, ich hab gesehen, wie du ihn vorhin in der Nebenstraße abgestellt hast.“

Echt? Mist!

„Ich dachte, du arbeitest“, versuche ich Zeit zu gewinnen.

Sie verdreht die Augen. „Jetzt lenk nicht ab! Ich war kurz los und hab mir 'ne Cola geholt. Also, woher hast du die Karre?“

Was nun? „Äh, ja, gute Frage ...“

Verdammt, ich hasse es, meine Tochter anzulügen!

„Und wie wäre es mit 'ner Antwort?“

„Das Auto gehört meinem Chef“, sage ich mit dem guten Gefühl, bei der Wahrheit geblieben zu sein.

„Und wer ist die Kleine?“

„Die Kleine?“

Carla stemmt die Arme in die Hüften. Ihre Körpersprache sagt: Was soll das Theater?

„Ach so, die Kleine. Das ist eine Praktikantin.“

„Und dein Chef hat dir beide geliehen, übers Wochenende – alles klar ...“

Mir gefällt nicht, wie sie mich anguckt. Moment mal, unterstellt sie mir, dass ich etwas mit so einem jungen Ding anfangen könnte? Himmel, warum musste sie mich ausgerechnet beobachten, als Pia Mia dabei war? Ob ich sie vielleicht ein Stück mitnehmen kann, hatte sie gefragt, wegen des S-Bahn-Streiks. Klar, hab ich gesagt. Dann hat sie mich die ganze Fahrt über mit großen Augen angeschaut und an ihren blonden Locken herumgespielt. Ich habe gefragt, ob ich sie irgendwo absetzen soll. Aber sie wollte unbedingt bis nach Altona mitfahren, von dort aus käme sie prima mit dem Bus weiter.

„Das ist ein Dienstwagen ..."

„Und wieso versteckst du deinen Dienstwagen in einer Seitenstraße, anstatt hier einfach auf den Hof zu fahren, kannst du mir das mal sagen?"

Kann ich, denke ich. Will ich aber eigentlich gar nicht.

„Das war mir irgendwie peinlich", gebe ich zu.

Carla grinst. „Die Praktilette oder der Porsche?"

„Ich hab nichts mit Pia Mia", protestiere ich. „Sie hat nur gefragt, ob sie ein Stück mitfahren kann, weil die S-Bahn streikt."

„Pia Mia? Heißt die echt so?"

„Na und? Hey, jetzt krieg dich mal wieder ein."

„Und wieso ist dir der Porsche peinlich?"

Ja, wieso eigentlich?, frage ich mich.

„Weiß ich auch nicht. Ist 'n Angeberauto, oder?"

„Definitiv!"

Carla guckt mich an, sie grinst immer noch. Dann streckt sie mir die flache Hand hin.

„Und was heißt das?", frage ich und blicke in die Hand.

„Probefahrt!", verkündet sie.

Ich greife in meine Hosentasche und gebe ihr den Schlüssel.

Sie sieht aus wie eine Katze, die eben den Kanarienvogel verspeist hat. „Ich zieh mir nur schnell den Blaumann aus."

„Hey, wo wollt ihr hin?" Opa Neunzig linst über den Rand seiner uralten Lesebrille. Mit Brille und Blaumann sieht er aus wie Genosse Honecker zu Besuch in einem volkseigenen Produktionsbetrieb. Er bearbeitet irgendein Metallteil mit einer alten Drahtbürste, die ihm Amok gerade gereicht hat.

„Nur 'ne kleine Spritztour mit Papas Porsche." Carla trägt mittlerweile Jeans und ein leuchtend gelbes Sweatshirt mit Kapuze.

„Mit einem Porsche?" Opa Neunzig hebt den Kopf, seine Augen leuchten. „Da fahren wir mit."

Schon nach wenigen Kilometern ist mir klar, warum die Teile „Notsitze" heißen: weil es sich um einen Notfall handelt, wenn man darin sitzt. Die hinteren Plätze in einem Porsche sind dafür gedacht, Sachen wie einen Tennisschläger, einen Pelzmantel oder eine Handtasche zu verstauen. Einen Erwachsenen mit vier normal ausgebildeten Gliedmaßen nebst Hund dort unterzubringen, ist völlig unmöglich.

Carla und Opa Neunzig hingegen haben da vorn ihren Spaß. Sie kleben in den lederbezogenen Schalensitzen und fachsimpeln über die Vorteile von Heckantrieb und Boxermotoren.

„So, jetzt lass mal Luft in die Vergaser", tönt Opa Neunzig, als wir die Stadtgrenze hinter uns lassen, und Carla tritt prompt das entsprechende Pedal durch. Das Brüllen unter meinem Steißbein erinnert mich daran, dass ich praktisch direkt auf dem Motor sitze. An einer Autobahnraststätte tief in Schleswig-Holstein halten wir endlich an, um die Plätze zu tauschen und Amok das Bein heben zu lassen. Blöderweise stellt sich dabei heraus, dass Opa Neunzig unbedingt zurückfahren will.

„Wer sagt, dass man mit zweiundneunzig nicht mehr Porsche fahren darf?", zetert er, als ich es wage, diesen Plan in Frage zu stellen. Dann greift er in die Brusttasche seines Blaumanns und wedelt mit einem zerfetzten Lappen vor meiner Nase herum, der sich bei näherem Hinsehen tatsächlich als Führerschein entpuppt, ausgestellt am

23.09.1946. Carla besteht darauf, neben ihm zu sitzen, um ihm das mit der Schaltwippe am Lenkrad zu erklären.

Nach unserer zweistündigen Probefahrt lasse ich mich direkt bei einem namhaften Orthopäden absetzen. „Haben Sie in einem Koffer übernachtet?", fragt er, während er meine Knochen wieder in die richtige Reihenfolge bringt.

Nach der Behandlung und einem anschließenden Kräuterölbad geht es mir deutlich besser. Carla und ich haben verabredet, später noch ein paar Biere trinken zu gehen.

Im Hausflur begegnen wir Opa Neunzig.

„Wo wollt ihr hin?", fragt er.

„Wir geh'n noch was trinken, in so 'ne Bar, ist gleich in der Nähe."

„Gut. Ich komme mit."

Carla und ich schauen uns an. Selbst Amok guckt blöd aus seiner zotteligen schwarzen Fellwäsche.

„Wer arbeitet, der darf auch feiern!", brabbelt der Alte, während er sich eine Lederjacke über den Arm legt. „Hier", ruft er und hält Carla seine EC-Karte hin. „Nimm mal, dann brauche ich meine Lesebrille nicht zu suchen." Und an mich gewandt: „Wir kommen doch bestimmt an so einem Automaten vorbei, oder?"

Carla wirft einen Blick auf die Karte und nickt. Die Pin-Nummer hat Opa Neunzig mit einem dicken Filzstift direkt auf der Karte notiert. Ich muss daran denken, was Santana neulich über die Best Ager gesagt hat. Opa Neunzig, das ist mir seit heute klar, zählt definitiv dazu.

„Ich fahre", sagt er dann und greift nach dem Schlüssel.

In der BarBara herrscht lebhaftes Gedränge. Neuerdings wird hier bereits weit vor Mitternacht gequalmt, stelle ich fest und ziehe mir meine erste Passivgerauchte rein. Es war nicht ganz einfach, Opa Neunzig davon zu überzeugen, dass wir zu Fuß gehen wollen. Doch nachdem ich drei wohlüberlegte Gründe vorgebracht hatte, herrschte Klarheit. Erstens, wir wollen alle drei etwas trinken. Zweitens, wir finden dort unter Garantie keinen Parkplatz, und drittens, keiner von uns würde freiwillig mit Amok hinten im Porsche sitzen wollen – ich wüsste, wovon ich rede. Das Ergebnis: Amok und ich sind zu Fuß gegangen, während Opa Neunzig Carla mit dem Porsche chauffiert hat. Einen Parkplatz gab es direkt vor dem Lokal. Lästige Fragen nach der Herkunft der *Bonzenkarre* haben wir mit einem Seitenblick auf Opa Neunzig und der Bemerkung abgetan, er habe gerade einen Hit in den Single Charts.

Vor Opa Neunzig liegt ein Bündel Geldscheine auf dem Tisch.

„Dann will ich mal meinen Einstand geben, Kinder", sagt er und legt mir die Hand auf die Schulter.

„Stefan, sei mal so nett und hol uns 'ne Lage Lütt un Lütt."

Lütt un Lütt ist ein kleines Pils mit Kööm, also ein Bier mit Kümmelkorn, das weiß ich, weil ich ein Hamburger Jung bin. Aber weiß das auch der Mann hinter dem Tresen?

„Geht klar", sage ich und bahne mir einen Weg durch das Gedränge. Kuno ist nirgends zu sehen, Ashanti auch nicht. Kein Wunder, viel zu voll hier. Ab Freitag meiden viele Szenegänger ihre Stammlokale, weil am Wochenende das Landvolk aus der Provinz einfällt.

Es dauert eine kleine Ewigkeit, bis ich meine Bestellung absetzen kann. Der Barmann guckt genervt, scheint aber kapiert zu haben, was von ihm verlangt wird. Kurz darauf steht ein kleines, rundes Tablett mit sechs Gläsern und einer Buddel Astra vor mir auf dem Tresen. Die drei kleinen Biergläser sind leer, weil es hier kein Faßbier gibt.

Die drei Schnapsgläser hingegen sind mit Aquavit gefüllt. „Das Bier könnt ihr euch ja wohl selber eingießen", knurrt der schlecht gelaunte Schankwirt und verschwindet wieder aus meinem Blickfeld.

„Trockene Luft hier!", ruft Opa Neunzig, als er mich mit den Getränken kommen sieht. „Denn man tau", sagt er, nachdem ich das Astra auf die drei kleinen Biergläser verteilt habe, und schnappt sich je ein Bier- und ein Kornglas.

„Wie ging das noch?", fragt Carla und fängt an, mit den beiden Gläsern herumzuhantieren. Schon wieder ein Trinkspiel, denke ich mit leicht gemischten Gefühlen.

„Kiek mol her, mien Deern." Opa Neunzig hebt sein Bierglas mit Daumen und kleinem Finger hoch. Dann klemmt er das Schnapsglas zwischen den Mittel- und Ringfinger und setzt zum Trinken an. Tatsächlich: Der Kööm fließt über und kleckert ins Bier, das dann – promillemäßig aufgewertet – in Opa Neunzigs Rachen verschwindet. Wir machen große Augen. Kein Tropfen ist vorbeigegangen!

„Jetzt ihr!", fordert der Alte nun, worauf Carla und ich darum wetteifern, möglichst wenig zu verschütten. Anschließend sitzen wir vor einer Pfütze aus Bier und Aquavit – immerhin, die Gläser sind heil geblieben und ein Teil der Mischung hat den Weg in unsere weit aufgesperrten Münder geschafft.

„Nicht schlecht für den Anfang", sagt Opa Neunzig. „Das üben wir so lange, bis es sitzt."

Ein paar Runden später klappt es tatsächlich schon besser. Man darf nicht zu schnell machen, muss sich Zeit lassen, das lernen wir. Dann deutet Opa Neunzig in Richtung Ausgang, wo er meinen Dienstwagen geparkt hat.

„Ist eigentlich nur 'n weiterentwickelter Käfer", sagt er.

Carla und ich schauen uns an. Synchrones Achselzucken.

„Wegen dem Boxermotor! Den hatte Porsche zunächst

für Volkswagen erfunden, in den 30er Jahren. Flache Bauform, tiefer Schwerpunkt und laufruhig dazu. Alles Vorteile gegenüber dem Reihenvierzylinder. Und natürlich der Heckantrieb. Aber wie gesagt: Ist erst mal für den Käfer entwickelt worden!"

Ich kann mir nicht vorstellen, dass das flache Geschoss da draußen vom Käfer abstammen soll, halte aber den Mund.

„Und wie fühlst du dich?", fragt Carla, die offenbar keine Lust hat, sich am Feierabend auf ein Fachgespräch einzulassen.

„Sehr gut. Macht Freude, wieder mit anzupacken", antwortet Opa Neunzig. Dann betrachtet er seine Hände. „Ist schon erstaunlich. Die haben in all den Jahren nichts verlernt. Kaum haben sie eine Bremstrommel vor sich, wissen die beiden, wie es läuft."

In seine Handflächen haben sich die Spuren eines ganzes Mechanikerlebens eingegraben, so faltig, rau und voller tiefer Furchen sind sie.

„Abgesehen von der zickigen Elektronik, die heute überall reingebaut wird, hat sich ja auch nicht viel verändert. In den Zylindern wird nach wie vor Kraftstoff verbrannt, die Kolben treiben eine Kurbelwelle an, die Räder drehen sich – fertig!"

Einhundertfünfzig Jahre Automobiltechnik in einem Satz zusammengefasst – Respekt!

„Nur schlafen tu ich nicht mehr so gut wie früher."

„Woran liegt das?", will Carla wissen – zweiter Versuch, das Thema zu wechseln.

Opa Neunzig zieht einen Mundwinkel hoch. „Schlafen ist dem Tod zu ähnlich", sagt er mit einem schiefen Grinsen. „Davon bekomme ich später noch genug."

Wir schauen in unsere leeren Gläser.

Dann betritt ein Typ in einer Jacke mit Kapuze und Fellkragen die BarBara. Er hält einen winzigen Hund an einer strassverzierten Leine, den er schnell hochnimmt, als er Amok unter unserem Tisch entdeckt. Amok hebt den Kopf, taxiert das seltsame Geschöpf und rollt sich wieder ein.

Carlas Blick folgt dem Duo. „Pekinese, oder?"

Ich nicke.

„Seltsame Rasse", sage ich.

„Aber uralt", brummt Opa Neunzig. „Stammen aus China. Wurden ursprünglich als Briefbeschwerer gezüchtet."

Carla und ich schauen uns an. Dann können wir uns nicht mehr halten und prusten los.

„Die eignen sich bestimmt auch hervorragend als Staubwedel", meint Carla und trocknet sich die Tränen mit dem Papiertaschentuch, das ich ihr rüberreiche. Dann fällt der Pekinese wieder in mein Blickfeld. Er thront auf dem Arm seines Besitzers und guckt aufmerksam zu uns rüber, während Herrchen versucht, eine Bestellung aufzugeben. Mir ist natürlich klar, dass die kleine Teppichratte nichts dafür kann. Trotzdem kann ich es nicht lassen, mir die aufgeplusterte Töle, befestigt an einem Besenstiel, vorzustellen, und muss wieder lachen.

Seit irgendein Blödmann getwittert hat, dass es sich bei der Kaschemme um den angesagten Treffpunkt einer subversiven Kunstszene handelt, tauchen vermehrt solche merkwürdigen Gestalten hier auf, und am Wochenende ist die Hölle los. Doch statt für mehr Personal zu sorgen, hat der Betreiber lediglich ein Schild aufgestellt:

LEERE BIERFLASCHEN
BITTE AUF DEM
TRESEN ABSTELLEN

KAPITEL 25

Robert und ich sind in bester Stimmung. Vor wenigen Minuten hat Konrad Dollmann angerufen und uns wissen lassen, dass er die Kampagne super geil findet. Vor allem das Material für den TV-Spot hat es ihm angetan. Der Bankchef will das Rohmaterial mit den O-Tönen verwenden, weil er es so *super authentisch* findet. Außerdem macht er Druck. Er will den Spot möglichst schnell im Lokalfernsehen testen.

„Schätze, Dollmann möchte den Aufsichtsrat mit seiner Hands-on-Mentalität beeindrucken. Ist neu auf der Position und will denen zeigen, wie schnell er die Corporate Identity der Bonusbank umkrempeln kann."

Ich mag Tümmler. Aber sein Werbergequatsche geht mir nach wie vor auf den Keks! Außerdem redet er zu schnell.

„Ich hab's dir doch gesagt: Unsere O-Töne flashen ihn wegen der Street Credibility! Die Leute sind voll Down to Earth, und dann die kreative Atmo durch unseren genialen Schnitt. Und der chillige Sound, den wir druntergepackt haben ..."

Ein Wortschwall wie die Salve aus einem Schnellfeuergewehr. Tümmler ist voll in Fahrt.

„Schaffen wir das denn?", frage ich.

„Klar, wenn wir sofort loslegen! Ich werde mir Luuk und Franziska schnappen. Dann gehen wir als Erstes das Footage noch mal durch. Wir haben auch noch einiges Material in der Hinterhand. Auf diese Weise sollten wir auf die nötige Länge für den Test-Spot kommen." Tümmler ist in seinem Element.

„Ihr habt noch mehr O-Töne?"

„Jede Menge!" Tümmler strahlt.

Dann geht die Tür auf. Robert Tümmler und ich schauen

hoch. Pia Mias Gesicht erscheint, dahinter erahne ich die Gestalt einer weiteren jungen Frau.

„Stephen, hier ist eine ..." Pia Mia stockt, als sich Carla ungefragt an ihr vorbeischiebt, im Blaumann, das Gesicht dreckverschmiert. Man sieht, dass sie geweint hat. Ich weiß sofort, dass etwas Schreckliches passiert sein muss, und springe auf.

„Carla, was ist denn los?"

Sie sieht aus wie an dem Tag, als ihr Hamster gestorben ist. Das muss etwa fünfzehn Jahre her sein. Rudi hat morgens tot im Käfig gelegen, als Carla ihn entdeckte. Es war Winter und der Boden war gefroren. Leider hat es mehrere Wochen gedauert, bis er beerdigt werden konnte, und es ist ziemlich schwierig gewesen, Carla davon zu überzeugen, dass Rudi nicht im Haus gelagert werden konnte. Sie ist jeden Tag raus auf die Terrasse und hat geschaut, ob er noch da ist. Der Arme hatte Raureif an den langen Barthaaren.

„Tut mir leid, dass ich störe. Aber ... die Klinik hat angerufen, Oktan ist ... er ist heute Morgen ..." Carlas Stimme zittert, doch sie schafft es, sich zusammenzureißen. „... gestorben. Ich will noch mal hinfahren. Ich kann das nämlich gar nicht glauben, es ist irgendwie so unwirklich ... Shit, ich bin ..." Carla holt tief Luft und schnäuzt in einen Putzlappen. Mein armes Mädchen, denke ich und nehme meine Tochter in beide Arme. Ich drücke sie ganz fest an mich und sauge den Duft von Benzin und Wagenschmiere ein. Es tut mir so furchtbar leid, dass sie ihren geliebten Chef verloren hat. Ich weiß schließlich am besten, was für einen inniges Verhältnis die beiden hatten. Fast alles, was Carla über Autos weiß, hat sie von Oktan gelernt, und noch viel mehr. „Jedenfalls wollte ich fragen, ob du vielleicht mitkommen kannst. Ich hab versucht, dich auf dem Handy zu erreichen, aber da lief nur die Mailbox. Dann hat Kuno mir gesagt, wo ich dich finde." Mit diesen Worten löst Carla sich aus der Umarmung, schiebt mich ein Stück von sich weg und schaut sich in dem Büro um. Jetzt scheint sie zu begreifen, dass sie sich nicht in einem Bankgebäude befindet. „Ich dachte, du arbeitest für die Bonusbank, du und dein Team ..."

Auch das noch, denke ich. Himmel, wie soll ich ihr das erklären?

Tümmler dreht sich zu Carla um.

„Machen wir doch", sagt er und lächelt. Er schaut von Carla zu mir und wieder zurück.

„Hallo, ich bin übrigens Robert", sagt er und geht auf Carla zu. Er schüttelt ihr die Hand.

„Deine Tochter?", fragt er mich dann. Ich nicke.

„Wir arbeiten gerade an dem Konzept", fährt Tümmler fort, und ich könnte ihn gleich als Nächsten in den Arm nehmen, so dankbar bin ich dafür, dass er die Situation rettet. „Das Konzept ist das Entscheidende, und dein Vater und ich versuchen gerade, eine durchschlagende Strategie zu entwickeln ..." Tümmlers Blick wechselt von Carla zu mir. „Kein Problem, Stefan, wir können doch auch später weitermachen", sagt er dann.

Ich nicke ihm zu und greife nach meinem Sakko. Gerade ist mir bewusst geworden, dass es mir eigentlich ganz egal sein kann, ob Carla die Sache durchschaut oder nicht. Überhaupt: Vielleicht sollte ich die Gelegenheit nutzen, es ihr zu sagen. Werbeagentur oder Sicherheitsdienst, was spielt das schon für eine Rolle? Es sind beides Dienstleistungen, weiter nichts.

„Danke, Tümmler. Dringende Familienangelegenheit, ich bin in ein paar Stunden wieder da."

Armer Oktan, denke ich, und mir wird klar, wie gern ich den lieben Kerl gehabt habe.

KAPITEL 26

Oktan hat erst vor ein paar Stunden aufgehört zu atmen. Herzstillstand, hat die Oberschwester gesagt. Wir stehen um das Bett herum. Nur Opa Neunzig ist nicht dabei. Er wollte nicht mit. Einer muss sich um die Werkstatt kümmern, hat er gesagt. Dass sein Sohn gestorben ist, hat er kopfschüttelnd zur Kenntnis genommen. Aber wir waren uns nicht sicher, ob er es überhaupt begriffen hat.

„Er sieht friedlich aus“, findet Carla.

„Er sieht tot aus“, findet Marco. Er trägt den Arm in einer Schlinge und weicht unseren Blicken aus.

„Wenn er nicht so unvernünftig gewesen wäre, könnte er noch leben“, sagt Renate. „Aber er wollte ja nicht aufhören, in der Werkstatt zu schuften.“

Carla hat Tränen in den Augen. „Weil er es geliebt hat“, sagt sie.

„Ich habe es gehasst“, sagt Renate.

„Und weil er Angst davor hatte, in den Ruhestand zu gehen“, sagt Carla leise.

Renate kapiert nicht. „Angst – wovor denn das?“

Carla beißt sich auf die Unterlippe. Sie weicht Renates Blick aus, der jetzt etwas Bohrendes hat.

Renate öffnet den Reißverschluss ihrer Handtasche. „Hier, die Kündigungen“, sagt sie und hält Carla zwei Kuverts hin. „Eine für die Arbeitsstelle, die andere für die Wohnung – und beide fristlos.“

„Kündigungen?“ Carla wirkt erstarrt. Sie macht keine Anstalten, die Briefe anzunehmen. „Und wieso fristlos?“

Ich bin sprachlos. Was geht denn hier ab? „Weil du den Geschäftsführer tätlich angegriffen und verletzt hast.“ Renate deutet mit einem Kopfnicken auf Marco. Der guckt auf den Fußboden. „Kannst froh sein, dass wir nicht auf Schadenersatz klagen. Das könnten wir nämlich, sagt der Anwalt, weil der Marco ja nicht arbeiten kann."

Mir war gar nicht klar, um was für eine herzlose Person es sich bei dieser Renate handelt. Vor wenigen Stunden ist ihr Mann gestorben, und schon fängt sie an, ihre persönlichen Interessen durchzuboxen – als habe sie nur darauf gewartet, dass Oktan abtritt. Plötzlich geht mir ein Licht auf: Das ist gar keine Spontanaktion! Dieser Plan lag schon lange in Renates Schublade. Jetzt will sie ihn endlich in die Tat umsetzen.

„Und die Wohnung?"

„Pah, es gibt ja nicht einmal einen Mietvertrag! Außerdem hast du einfach so untervermietet, ohne Einwilligung, an den da." Sie deutet mit dem Kinn auf mich, ohne den Blick zu heben. Unglaublich! Ich bekomme Lust, ihr den dürren Hals umzudrehen.

„Aber das war doch alles mit Oktan abgesprochen." Carla schaut zu Oktan hinüber, aber der sagt nichts. Ich erkenne, wie eine Träne ihre dreckverschmierte Spur über Carlas Wange zieht. Ich muss mich schwer zusammenreißen. Ruhig Blut, Alter! Wenn dir die Sicherungen rausfliegen, machst du es nur noch schlimmer, sage ich mir.

Scheiße, da brummt was in meiner Hosentasche. Ich werfe einen unauffälligen Blick auf das Display meines Handys und sehe, dass Tümmler mich sprechen will. Ich drücke das Gespräch weg.

„Jedenfalls braucht der neue Geschäftsführer die Wohnung, und zwar dringend, weil es eine Dienstwohnung ist und die wirtschaftliche Existenz dran hängt. Da kann nur wohnen, wer da auch arbeitet, und deshalb ist das ein außerordentlicher Kündigungsgrund, hat der Anwalt gesagt. Aber was rede ich, das steht ja alles drin in den

Schreiben.“ Ich kämpfe den Impuls nieder, dieser Schlange mal richtig die Meinung zu sagen, um sie anschließend zu packen und aus dem Fenster zu werfen. Denn dann hätte sie wenigstens einen richtigen Grund, uns rauszuschmeißen – aber ich bleibe cool, weil ich ihr den nicht liefern will.

Renate drückt Carla die Briefe in die Hand und macht den Reißverschluss ihrer Handtasche wieder zu, dann winkt sie Marco herbei und beide verlassen das Krankenzimmer. Ich nehme Carla in den Arm, damit wir uns aneinander festhalten können.

„Was machen wir denn jetzt?“ Carlas Frage steht verloren im Raum rum.

Wir haben die Bierkiste direkt vor dem Sofa abgestellt. Amok sitzt daneben, sein Blick wandert hin und her, er sagt: Soso, ihr betrinkt euch also. Und was ist mit mir?

Ich stehe noch mal auf und hole einen Knochen aus Rinderhaut. Amok wedelt, dann setzt er sich hin und spitzt die Ohren. Ganz vorsichtig nimmt er mir den Leckerbissen aus der Hand und trollt sich auf den einzigen Teppich in unserer Wohnung.

„Keine Ahnung. Die Werkstatt kann ich jedenfalls vergessen. Also muss ich mir einen neuen Job suchen, einen neuen Job und eine neue Wohnung.“ Carla schaut zu mir rüber, sie winkt träge mit ihrer Bierflasche. „Gut, dass du wenigstens Arbeit hast.“

„Wie sollen wir so schnell eine neue Wohnung finden?“

„Wir?“ Carla schaut mich traurig an. „Weiß nicht, ob das so eine gute Idee ist.“

Ich nicke, obwohl ich einen Stich in der Brust spüre. Carla hat recht. Sie hat mich aufgenommen, mich und Amok, weil wir unsere Bude nicht mehr bezahlen konnten. Aber das kann ja nicht immer so weitergehen. Carla muss einen Partner finden und ihre eigene Familie gründen, auch wenn sie davon noch nichts wissen will. Fest steht, ich habe diesen Entwicklungen lange genug im Wege gestanden. Wer will schon was mit einer jungen Frau anfangen, die ihren Vater bei sich herumhängen hat? Es ist gut so, rede ich mir ein, von allein hätte ich meinen Hintern eh nicht hochgekriegt. Bloß dass meine Tochter die Werkstatt nicht bekommen wird, das nervt mich. Außerdem deprimiert mich die Vorstellung, dass das nun alles vorbei sein soll. Das Bier ist warm und schmeckt entsprechend scheiße, aber es wirkt.

Vorhin habe ich eine SMS von Tümmler bekommen. Mein Team hat den Fernsehspot fertig und sie wollen, dass ich noch einmal draufgucke, bevor er rausgeht. Ich habe zurückgeschrieben, dass ich heute nicht mehr reinkomme, und ihn beauftragt, selber das Okay zu geben. Die Welt der Werbung – in diesem Moment ist sie mir wieder vollkommen fremd.

„Und was wird aus Opa Neunzig?“, frage ich, auch um auf andere Gedanken zu kommen.

„Renate will ihn in dieses Pflegeheim stecken.“

„In welches Heim?“

„Sie hat da wohl schon was eingefädelt. Die Frau vom Pflegedienst hat mich neulich angesprochen, sie fragte, ob Herr Neunzig tatsächlich wieder arbeitet. Ja, hab ich gesagt, er lässt sich nicht davon abhalten.“ Carla beugt sich vor und angelt zwei neue Flaschen aus der Kiste. Eine davon reicht sie an mich weiter. „Außerdem fühlt er sich gut, habe ich der Frau erklärt, weil er merkt, dass er noch gebraucht wird. Nein, das ginge aber auf gar keinen Fall, hat sie da gemeint. Außerdem wäre er im Pflegeheim angemeldet. Sobald ein Platz frei wird, soll er dahin, die Schwiegertochter hätte das bereits alles organisiert.“

Die Aussichten für Opa Neunzig machen mich noch trauriger als der ganze andere Scheiß. Er war so gut drauf in den letzten Tagen, hat gearbeitet, gescherzt und alles mitgemacht. In so einem Pflegeheim wird er eingehen wie eine Primel, das ist völlig klar.

Wir trinken unser Bier und hängen unseren düsteren Gedanken nach. Uns bleiben noch knapp drei Wochen, danach müssen wir hier raus.

Dann hören wir einen Knall.

Bamm!, macht es, gefolgt von einem schrillen Pfeifen. Wir schauen uns an und wissen sofort Bescheid: Opa Neunzig!

Beim Versuch, gleichzeitig aufzustehen, stoßen wir mit den Köpfen zusammen. Wir fluchen und rennen zur Haustür. Amok jault auf, als er mir vor die Füße läuft und mein Knie voll in die Seite kriegt. Im Flur hören wir ein weiteres „Bamm!", dann sind wir an Opa Neunzigs Tür. Zum Glück hat er nicht abgeschlossen. Als wir in sein Zimmer stürzen, feuert er gerade den dritten Schuss ab.

Opa Neunzig steht an dem weit geöffneten Fenster. Unser Blick folgt einem roten Leuchtspurgeschoss, bis es auf einem vorbeifahrenden Güterzug aufschlägt. Es springt einen Moment auf den Containern herum und verglüht.

„Treffer!", krächzt der Alte, dann bemerkt er uns. „Kommt rein, Kinder!", ruft er, schwankt ein wenig und lässt sich auf seinen Sessel fallen. Auf dem Tisch stehen ein paar Flaschen. Es ist kühl im Raum und es riecht nach Schwarzpulver und verschüttetem Bier. Carla schließt das Fenster, dann nimmt sie Opa Neunzig den Revolver weg.

„Zeig mal", sagt sie, „ist das dieses Schreckschussteil?"

Opa Neunzig nickt. Gleich darauf hören wir ein Martinshorn.

„Shit", sagt Carla. „Die Nachbarn haben bestimmt gleich wieder die Bullen gerufen."

„Ich werde mal runtergehen", sage ich und gehe den Schlüssel für die Werkstatt holen. Als ich unten ankomme, wird bereits lebhaft an die Tür geklopft.

„Hier spricht die Polizei, bitte öffnen Sie die Tür!"

„Ist ja gut", rufe ich und mache auf.

Eine halbe Stunde später sind die Polizisten wieder weg und wir sitzen zu dritt auf dem Sofa und trinken Bier. Immerhin ist es mir gelungen, einen Kompromiss auszuhandeln. Er besteht darin, dass die Beamten erstens wegen Gefahr im Verzug nicht das Haus gestürmt und zweitens Opa Neunzig nicht mit auf die Wache genommen haben. Dafür mussten wir die Pistole rausrücken und Herr Neunzig bekommt eine Anzeige wegen gefährlichen Eingriffs in den Bahn-, Schiffs- und Luftverkehr – leider nicht seine erste. Bisher ist er mit einem blauen Auge davongekommen. Dieses Mal könnte das anders aussehen, betonte POM Schröder, eine kühle Blonde mit makellosem Gebiss. Sie war offenbar nicht das erste Mal hier, denn sie erinnerte sich sofort an einen ähnlichen Vorfall vor ein paar Monaten. Ist tatsächlich länger her, dass Opa Neunzig mit seiner Schreckschussknarre auf vorbeifahrende Güterzüge geballert hat.

Aber heute hat er wenigstens einen guten Grund dazu.

„Er war ein guter Sohn", murmelt Opa Neunzig und hält seine frisch geöffnete Bierflasche am gestreckten Arm. Wir prosten ihm von rechts und links zu. Amok hat sich wieder vor dem Sofa postiert und verfolgt unsere kleine Party mit dem sicheren Gespür eines professionellen Abstaubers. Dieses Mal steht Carla auf und holt ihm einen Knochen. Amok bewedelt seinen Erfolg, nimmt den Leckerbissen in

Empfang und trollt sich unter den Küchentisch. Es kommt mir so vor, als seien wir Schiffbrüchige, die sich auf eine verrottete Planke gerettet haben und denen völlig klar ist, dass sie in absehbarer Zeit auseinanderbrechen und sinken wird. Ich versuche mir ein Bild von der Lage zu machen. Meine düstere Bilanz sieht folgendermaßen aus:

Erstens: Oktan, unser Freund, Kollege und Sohn, ist tot.
Zweitens: Carla hat mit einem Schlag ihren Job und die erhoffte Werkstatt verloren.
Drittens: Wir alle sind unsere Wohnung losgeworden.
Viertens: Opa Neunzig wird demnächst wahlweise in ein Pflegeheim oder in den Knast wandern.
Fünftens: Unsere Vater-Tochter-WG ist unwiederbringlich beendet.
Sechstens: Ich mache einen Job, bei dem ich jederzeit als Hochstapler entlarvt werden kann, und werde von einer Kollegin erpresst.
Siebtens: Und Amok? Der wird vermutlich demnächst auf Unterhalt verklagt.
Achtens: Meine letzte Liste hat mir wesentlich besser gefallen.

Vorläufige Erkenntnis: Das Leben ist ein zotteliges Ungetüm!

KAPITEL 27

„Breitmeyer hat ein Problem." Santana zündet sich eine Zigarette an. Sie inhaliert, winkelt ihren Arm an und schaut mir direkt in die Augen. „Er kokst, was eigentlich keine große Sache ist, in unserem Job schon gar nicht. Aber in letzter Zeit hat er das nicht mehr im Griff."

Mir fällt das silberne Döschen ein, das ich neulich im Porsche gefunden habe. Mir war das Handy in den Fußraum gerutscht, und als ich danach tastete, hatte ich auf einmal so ein kleines Behältnis in der Hand. Ich dachte mir schon, dass Breitmeyer seiner Kreativität auf diese Weise ein bisschen nachhilft.

„Wie es der Zufall will, kenne ich seinen Dealer. Der nennt sich Roger, ist ein kleiner Angeber, der die halbe Hafencity mit Stoff versorgt und sich wer weiß was darauf einbildet, dass er sich dort eine Wohnung leisten kann. Jedenfalls wohnt Breitmeyer im Nachbarhaus und ist sein bester Kunde. Neulich hat er sich zwei Edelnutten kommen lassen, hat Roger mir erzählt, und dann hat es wohl Stress mit den Nachbarn gegeben." Santana setzt sich auf den Schreibtisch, schlägt die langen Beine übereinander und ascht in meinen leeren Kaffeebecher. „Stell dir vor, da leben auch Familien mit Kindern. Auf jeden Fall soll der Breitmeyer ziemlich ausgerastet sein, als die Leute sich wegen des Krachs beschwert haben, und Roger ist genervt, weil Breitmeyer so 'ne Welle gemacht hat. Dem ist es nämlich lieber, wenn seine Kunden sich schön unauffällig verhalten – verständlich in der Branche."

Mir ist nicht wohl bei all dem hier. Ich habe längst bereut, dass ich mir ihren Übergriff gefallen lassen habe. Klar fasziniert sie mich. Vor allem weil sie sich einfach nimmt, was sie haben will. Aber sie ist nicht mein Typ, und außerdem fahre ich nicht darauf ab, mich von einer Frau dominieren zu lassen, jedenfalls nicht in dieser Konsequenz. Deshalb habe ich die Sache neulich auch abgebrochen. Ich kam mir benutzt vor, reduziert auf meinen Ständer.

„Am besten, wir lassen ihn auffliegen, wenn er besoffen und zugekokst aus seinem Lieblingspuff kommt, was hältst du davon? Ich weiß, wo er am Wochenende hingeht." Santana steht auf, geht um den Schreibtisch herum. Sie lässt ihre Zigarette in meinen Kaffeebecher fallen, greift sich in ihre hochgesteckten schwarzen Locken und beugt sich zu mir herunter. „Sollen wir mal dort anknüpfen, wo wir kürzlich aufgehört haben?", flüstert sie, während ihre Haarpracht mein Gesicht einrahmt. Ihr schwarzer BH ist mit Spitze verziert, was den wohlgeformten Rundungen darin ziemlich gut steht. Ich nehme den Tabakrauch wahr, dann ein schweres, süßliches Parfüm, und zwinge mich, woanders hinzuschauen, während sich ihre vollen Lippen nähern.

„Hey, dass du neulich schlappgemacht hast, muss dir nicht peinlich sein", haucht sie in mein Ohr und befestigt ihre Haarklammer am Kragen meines weißen Hemdes. „Du hast dich nur erschreckt, weil Xulia plötzlich hier reingeplatzt ist. Komm schon, ich schließe die Tür ab und wir machen ..."

Schlappgemacht? Spinnt die?

Ich löse mich aus meinem Chefsessel. Behutsam schiebe ich Santana vor mir her und drücke sie in den Besucherstuhl.

„So, meine liebe Santana, jetzt hör mir mal gut zu. Wir machen nirgends weiter. Weder werde ich mit dir vögeln, noch werde ich mich an der Demontage deines Kontrahenten beteiligen. Zugegeben, ich mag Breitmeyer auch nicht besonders, aber das ist noch lange kein Grund, ihm ernsthaft zu schaden."

Von wegen schwanzgesteuert, denke ich und bin zufrieden mit mir. War doch gar nicht so schwer.

„Kann es sein, dass ich mich nicht klar genug ausgedrückt habe?", zischt sie gepresst aus nun gefährlich schmalen Lippen, während sie aus dem Sessel hochschnellt. Zwei kalte Laserstrahlen fixieren mich aus bedenklich kurzer Entfernung.

„Ich lasse dich auffliegen, und zwar ..."

„Stopp!", befehle ich und greife in ihr Haar. Der schnelle, unsanfte Übergriff lässt sie erstarren. Ich löse dieses Ungetüm von Haarklammer von meinem Hemd, spanne die Feder und lasse sie um eine Hand voller dicker Locken zusammenschnappen. Ich ziehe sie noch ein Stück zu mir heran und spreche direkt in das freigelegte hübsche, kleine Ohr.

„Nur damit das ganz klar ist:
Ich. Lasse. Mir. Nicht. Drohen.
Weder von dir noch von sonst irgendjemandem.
Und jetzt raus mit dir."

„Meine liebe Santana, für wie blöd haltet ihr mich hier eigentlich. Natürlich weiß ich, was mit Fischer los ist!"

Santana starrt Brokkoli an – sie hat gerade eine Bombe platzen lassen, doch die Detonation bleibt aus. „Wie jetzt? Du weißt, dass er nicht der richtige Stefan Fischer ist, und hast ihn trotzdem eingestellt?"

Shit, damit hatte sie nun wirklich nicht gerechnet!

Brokkoli nickt. „Zugegeben, ich habe es erst am nächsten Tag erfahren. Und zwar von diesem vertrottelten Headhunter. Er hat mich angerufen und sich tausendmal für die Panne entschuldigt. Irgendwie sind die Bewerbungsunterlagen verwechselt worden und er hat uns den anderen Stefan Fischer geschickt. Der berät nicht nur Hochkaräter, sondern auch ganz normale Harz-IV-Loser, wenn sie ihm ihren Vermittlungsgutschein von der Agentur für Arbeit vorlegen.“ Er steht auf, geht ans Fenster und schaut hinunter. „Dann hat er mir den richtigen Stefan Fischer vorbeigeschickt.“

„Und?“, fragt sie, weil sie ihre Neugier einfach nicht unterdrücken kann.

„Katastrophe!“, bellt Brokkoli. „Völlig hinüber der Typ.“

Beim Gedanken an den echten Fischer schüttelt es Brokkoli. Der Typ war ein verkokstes Wrack, das ihn auf unangenehmste Weise an sich selbst erinnerte, an die ausgebrannte Brennstufe einer Mittelstreckenrakete. Brokkoli hat den Headhunter zurückgerufen und sich als Kompensation der Unannehmlichkeiten lediglich eine kleine Bitte erlaubt: Der falsche Fischer sollte nicht über die Verwechslung informiert werden. Er betrachtete die Sache nämlich als eine Art Experiment. Wie würde Stefan Fischer sich behaupten? Wie lange würde es dauern, bis er an seine Grenzen geriete, bis sein Team mitbekäme, dass er keine Ahnung hat. Zuerst hat Brokkoli angenommen, dass Fischer keine Woche überstehen würde, doch er hat sich gründlich getäuscht. Fischer ist bereits über zwei Monate hier und er hat einige Erfolge aufzuweisen. Brokkoli hat die Geschichte von Anfang an Spaß gemacht, sie hat ihm einen Motivationsschub verpasst, der bitter nötig gewesen ist. Dieser Stefan Fischer fasziniert ihn, und zwar vom ersten Handschlag an. Und er ist nicht bereit, sein neues Steckenpferd vorschnell aufzugeben. Allerdings, und das war ein echter Wermutstropfen in all dem, fragte sich Brokkoli in den letzten Wochen zunehmend: Ist Werbung tatsächlich ein so billiges Geschäft, dass jeder x-beliebige Schaumschläger darin mitmischen kann?

„Fischer bleibt“, sagt er nun und dreht sich wieder um. Er schaut Santana in die Augen. Er weiß, was für ein Biest sie sein kann. Aber sie ist eben auch eine verdammt gute Kontakterin. „Ich möchte nicht, dass du ihm irgendwelche Steine in den Weg legst. Und noch eins: Diese Sache muss unter uns bleiben, verstanden?“

Santana zwingt sich zu einem Lächeln und nickt.

Brokkoli grinst. „Kann es sein, meine Liebe, dass er deine Erwartungen enttäuscht hat?“ Er ist vielleicht nicht der beste Chef, aber er weiß genau, was in seinem Laden läuft. Vermutlich hat Stefan Santana abblitzen lassen, denkt er, und jetzt versucht sie ihn abzusägen. Doch Santana ignoriert die Bemerkung. Sie sieht aus, als würde sie gerade abgrundtief schlechte Laune bekommen.

„Wie auch immer“, sagt Brokkoli und fängt an, in einer Unterschriftenmappe zu blättern. „Ich erwarte, dass ihr weiterhin konstruktiv zusammenarbeitet. Alles andere wäre höchst unprofessionell, nicht wahr?“

Er blickt noch einmal auf und schenkt seiner Kontakterin ein Lächeln. Sie ist ihm noch eine Antwort schuldig und er erwartet, dass sie einlenkt. Die kleinen Fältchen auf ihrer Stirn verraten, dass sie ihre Chancen abwägt. Wenn du Fischer hochgehen lässt und mir mein kleines Spielchen kaputt machst, werde ich dich feuern, denkt Brokkoli und lächelt weiter.

Santana strafft sich. „Kein Problem, Chef. Ich wollte dir das nur nicht vorenthalten.“

KAPITEL 28

„Guck mal, da ist ja Ashanti!" Carla schaltet den Ton des Fernsehers wieder ein.

Ich setze mich aufrechter hin. „Tatsächlich, ich wusste gar nicht, dass der neue Spot schon läuft ..."

„Welcher Spot?"

Mist! Habe ich mich etwa gerade verquatscht?

„Dieser Werbespot ...", druckse ich rum. „Für die Bonusbank."

„Äh, wieso macht die da mit, und was hast du damit zu tun?"

Tja, dumm gelaufen. Hätte ich mal schön die Klappe gehalten und genauso überrascht getan wie Carla. Ich räuspere mich. Okay, dann kann ich auch gleich mit der ganzen Wahrheit herausrücken.

„Das mit diesen O-Tönen, das war meine Idee", sage ich und wage einen kurzen Seitenblick. Carla schaut mich an. Sie macht einen ziemlich erstaunten Eindruck. „Wie bitte?"

Ich zucke die Achseln. Dann kratze ich mich am Kopf, fahre mir durch das Haar und betaste meinen Mund. Anschließend trommle ich mit den Fingerkuppen auf der Sessellehne herum. Verdammt, ich weiß plötzlich nicht, was ich mit meinen Händen anstellen soll. „Ich bin da so reingerutscht ..."

„Reingerutscht?"

„Ja, genauso ist es. Aber das ist eine längere Geschichte."

„Macht nichts, ich hab Zeit", sagt Carla. Sie macht den Fernseherton wieder aus, kauert sich in ihre Sofaecke und zieht die Beine an. Auf ihrer Stirn zeichnen sich bedrohliche Falten ab.

Ich seufze. Mir bleibt nichts anderes übrig, ich muss es ihr sagen. Also fange ich bei dem absurden Bewerbungsgespräch an, erzähle erst von dieser Verwechslung, dann wie die Werbeleute auf mich reagiert haben und dass es der Zufall wollte, dass ich nicht gleich wieder rausgeschmissen wurde.

„Verstehe“, sagt Carla. Es sieht jedoch so aus, als würde sie das einige Mühe kosten. „Ich hatte schon so ein komisches Gefühl, neulich bei dir im Büro.“ Sie kaut an einem Fingernagel. Das hat sie schon lange nicht mehr gemacht. Mein Gefühl sagt mir, dass sich da etwas zusammenbraut.

„Ich kann mir nicht vorstellen, dass Ashanti das witzig findet.“

„Ashanti? Wieso Ashanti?“

„Na wegen dem Spot. Das kommt ja rüber, als würden selbst Anarcho-Künstler diese Bonusbank super toll finden. Dabei ist genau das Gegenteil der Fall. Ashanti findet die ganze Finanzwirtschaft total ätzend, dieses Spekulantentum und diese Wahnsinnsprofite. Sie sympathisiert mit der Occupy-Bewegung.“

Ich suche fieberhaft nach einer Rechtfertigung. „Wir haben doch nur gezeigt, was die Leute gesagt haben. Ganz normale Leute von der Straße.“ Und mir ist völlig klar, wie lahm das klingt.

Carla lacht böse. „Ja, aber typisch werbemäßig, alles total geschönt und manipuliert. Irgendwie habt ihr es geschafft, diese Menschen für eure Zwecke zu missbrauchen.“

Und irgendwie schafft Carla es gerade, dass ich mich total beschissen fühle. Obwohl sie wahrscheinlich recht hat, will mein Ego das nicht auf mir sitzen lassen.

„Zu missbrauchen?“, widerspreche ich. „Ich finde, du übertreibst.“

„Ja, zu missbrauchen. Indem ihr freundliche Musik und eine Lieber-Onkel-Stimme druntergelegt habt. Was sagt der Typ? Leistung aus Leidenschaft. Gemeinsam Lösungen finden ... So ein Bullshit!"

„Wieso Bullshit? Die Bank versucht jüngere Zielgruppen anzusprechen, die wollen mit der Kampagne ihre verstaubte Corporate Identity aufpolieren, genau wie ihre Mitbewerber ..."

Amok springt vom Sofa. Er mag es nicht, wenn wir uns streiten.

„Du redest schon wie ein Werbefuzzi", schimpft Carla. „Wach mal auf, Papa! Das ist doch totale Verarschung. Welche beknackte Bank hat denn neulich erst meinen Kreditantrag abgelehnt?"

Ich fühle mich in die Enge getrieben und außerdem ungerecht behandelt. Aber was mich richtig nervt, ist, dass sie recht hat.

„Ich hab's doch vor allem wegen des Geldes gemacht!" Verdammt, jetzt rede ich schon wie eine Hure. „Ich dachte, ich kann dir helfen, das Geld für die Werkstatt zusammenzubekommen."

Carla steht auf. Ein paar Sekunden lang marschiert sie unschlüssig hin und her. Dabei schweift ihr Blick durch den Raum. Dann greift sie nach der Hundeleine. „Scheiße, wieso bist du denn nicht von Anfang an damit rausgerückt?"

„Weil ich dir keine falschen Hoffnungen machen wollte. Ich wusste doch nicht, wie lange das gut geht. Nur dass ich einen Haufen Kohle damit verdienen kann, das wusste ich."

„Sorry, aber das finde ich alles ziemlich daneben!", sagt sie und gibt Amok ein Zeichen.

Amok schüttelt sein zotteliges Fellkleid und rennt zur Tür.

Dann sind die beiden auf einmal verschwunden und ich bleibe allein auf dem Sofa zurück.

Verdammter Mist, ich habe meine Tochter gekränkt. Sie versteht nicht, warum ich sie belogen habe, und eigentlich verstehe ich es selber nicht. Wieso läuft plötzlich alles schief? Erst Oktans Tod, Carlas Ärger mit Renate, die Probleme mit Opa Neunzig und nun auch noch dieser blöde Streit. Das geht echt an die Substanz! Meine Hoffnung, dass das Schicksal uns vielleicht doch noch in eine gemeinsame Wohnung einquartiert, ist jedenfalls gerade gestorben.

KAPITEL 29

Ganz klar, es war ein Fehler herzukommen.

Ashanti hat sich sogar an einen anderen Tisch gesetzt, als Carla und ich die BarBara betreten haben. Man betrachtet mich als Verräter. Erstens, weil ich für die Werbung arbeite. Zweitens, weil ich ausgerechnet an einer Kampagne für eine Bank mitgewirkt habe. Und drittens, weil ich die O-Töne ahnungsloser Passanten in einen sinnentstellenden Kontext, nämlich diesen Werbespot montiert habe. Erschwerend kommt hinzu, dass die Beteiligten nichts davon wussten.

„Es tut mir leid", wiederhole ich, „ich bin davon ausgegangen, dass diese O-Töne als Rohmaterial für einen Werbespot mit Schauspielern dienen sollen. Dann wollte der Auftraggeber unbedingt das Originalmaterial verwenden. Und anschließend ist das Ganze auch noch irgendwie an mir vorbeigelaufen. Auf einmal war der Spot im Fernsehen."

Keine Reaktion, betretenes Schweigen. Kuno hat sich zum Glück zurückgehalten. Schließlich war er ja eingeweiht. Gut, er wusste nichts von dem Spot. Aber er wusste von meinem konspirativen Job.

Carla wirft mir einen Blick zu, der wahrscheinlich sagen soll: Lass mal gut sein, halt einfach die Klappe.

Kann ich aber nicht. Ich kann es nicht aushalten, wenn ich ignoriert werde, und mein Ego schon gar nicht.

„Wisst ihr was, ihr könnt mich mal", sage ich deshalb und greife nach der Hundeleine. Ich gebe Amok ein Zeichen und wir verlassen gemeinsam den zugequalmten Laden. Draußen geht es mir gleich ein bisschen besser. Ich hole ein paar Mal tief Luft und beschließe, zu Fuß nach Hause zu gehen. Dann wird mir wieder bewusst, dass bald alles zu Ende sein wird. Carla, Opa Neunzig, Amok und ich, wir alle zusammen unter einem Dach, damit ist es jetzt endgültig vorbei. Es wird keine lustigen Fernsehabende mehr geben, keine originellen Fast-Food-Kreationen, keine schrägen Auftritte von Opa Neunzig, kein morgendliches Geschepper, wenn das Rolltor hochfährt, keinen rödelnden Pressluftgenerator, kein Hämmern, Schrauben und Fluchen. Stattdessen muss ich mir eine Wohnung suchen und einen neuen Job. Es wird unweigerlich etwas Neues kommen, und ich weiß genau, dass ich null Bock darauf habe.

„Hey, warte mal!"

Ich drehe mich um und sehe Ashanti. Sie wickelt etwas um ihre Dreadlocks und läuft uns hinterher. Amok fängt an zu wedeln – zugegeben, ich freue mich auch.

„Find ich blöd, dass du einfach abhaust."

Ich könnte sie daran erinnern, dass sie sich vorhin extra weit von mir weg gesetzt hat, halte aber die Klappe. Amok geht ein paar Schritte auf die Straße und schnuppert an einem totgefahrenen Arbeitshandschuh. Ashanti scheint mich ein Stück begleiten zu wollen. Wir gehen weiter, bis wir an eine Querstraße kommen.

„Was soll ich jetzt machen?", frage ich und bleibe stehen. Eigentlich ist es sehr lautes Denken.

„Du könntest fragen, ob ich sauer auf dich bin", schlägt sie vor, ohne den Blick zu heben.

„Und, bist du sauer?", frage ich artig, weil ich weiß, wie recht sie hat.

Ashanti schüttelt den Kopf. Eine ihrer Dreadlocks streift meinen Arm.

„Nicht mehr. Es würde ja nichts ändern. Außerdem steh ich nicht so drauf, anderen Leuten Schuldgefühle zu machen. Schuldgefühle sind nämlich für den Arsch!"

Ich bin mir nicht sicher, ob ich das so genau wissen wollte, nehme mir aber vor, darüber nachzudenken.

„Du könntest dir einen alten VW-Bus kaufen und ein paar Monate in den Süden fahren", sagt Ashanti auf einmal.

In diesem Moment ist etwas in mir zusammengezuckt. Die Erinnerung an etwas, das ich ganz tief in mir vergraben habe. Die Erinnerung an einen alten VW-Bus und einen verregneten Sommer, zu der Zeit, als Carlas Mutter noch lebte. Ich schiebe den Gedanken daran ganz schnell wieder zurück an seinen Platz, weil ich ihn kaum aushalten kann.

Ashanti rückt ihren Rucksack zurecht. Sie guckt in den Nachthimmel, als könne sie dort weitere Möglichkeiten entdecken. „Du könntest auch raus aufs Land ziehen, zum Beispiel nach Mümmelmannsberg."

Der Gedanke, in einer Vorstadt von Hamburg zu wohnen, holt mich in die Realität zurück.

„Mümmelmannsberg? Auf gar keinen Fall!"

„Wieso nicht? Da sind die Wohnungen wenigstens billig. Oder du kommst zu uns ins Gängeviertel. Da leben viele Künstler und es entstehen bald ein paar neue WGs. Du müsstest allerdings der Genossenschaft beitreten."

„Ganz schön viele Vorschläge", sage ich und versuche es mit einem Scherz: „Sind die wenigstens stapelbar?"

Ashanti lacht. Es fühlt sich erstaunlich gut an, dass sie sich Gedanken über mich macht. Nur dass es mich gleichzeitig beunruhigt. Gefühle verunsichern mich und ich ahne auch warum: Ich weiß nie, was sie mir sagen wollen, und ärgere mich über die typisch schwammige Ausdrucksweise meines Gehirns.

KAPITEL 30

Es muss doch zu schaffen sein, alles noch ein bisschen schlimmer zu machen. Mit der Freundin meiner Tochter ins Bett zu gehen war schon mal ein respektabler Anfang. Ashanti ist ein paar Jahre älter als Carla, könnte aber trotzdem fast meine Tochter sein. Ich schätze, sie ist Ende zwanzig, vielleicht sogar Anfang dreißig. Es stimmt zwar, dass sie die Initiative ergriffen hat, aber es wäre definitiv gelogen, wenn ich behaupten würde, sie hätte mich zu irgendetwas gezwungen. Theoretisch ist ein Mann in der Lage, nein zu sagen, praktisch eher weniger. Die Wahrheit ist, es hat mir Spaß gemacht. Weniger lustig war die Begegnung, die ich nachts auf dem Klo hatte, als ich pinkeln gegangen bin. An Schlaf war anschließend nicht mehr zu denken.

„Finde ich übrigens nicht witzig, mitten in der Nacht einen fremden Kerl auf unserem Klo anzutreffen, ganz ohne Vorwarnung“, sage ich zu Carla und stelle den Becher wieder ab, weil der Kaffee noch viel zu heiß ist. Amok wirft mir einen unglücklichen Blick zu. Er sagt: Ihr wollt doch nicht schon vor dem Frühstück streiten?

Meine Tochter pustet sich eine Locke aus dem Gesicht. „Von fremd kann ja wohl keine Rede sein.“

Verdammt noch mal, wer hat der Göre beigebracht, sofort zum Gegenangriff überzugehen, wenn man ihr einen Vorwurf macht? Ich muss nicht lange überlegen, bis mir einfällt, dass das wohl ich selbst war. Meine Laune wird noch schlechter, als sie ohnehin schon ist. Und außerdem habe ich keinen Bock, um den heißen Brei herumzureden. „Kannst du mir sagen, wieso du ausgerechnet mit meinem besten Freund vö... äh ... schläfst.“

Carla beugt sich nach vorn, sie hat ihre Hände in die Hüften gestemmt und ihre Augen funkeln böse. „Pah, die Frage kann ich ja wohl originalverpackt an dich zurückgeben!"

„Scheiße", fluche ich. „Kuno könnte locker dein Vater sein!"

„Und Ashanti? Scheiße, die könnte locker deine Tochter sein!"

1:1 – Stille.

Unser jeweiliger Übernachtungsbesuch war vor ein paar Minuten gegangen. Ich glaube, wir hatten Kuno und Ashanti ein bisschen zu stark ignoriert, aber war das ein Wunder? Die Stimmung in unserer Küche glich einem Schnellkochtopf, der kurz vor der Explosion stand, und das passte einfach nicht zu einem gemeinsamen Frühstück unter Frischverliebten.

„Jetzt komm mal wieder runter!", meint Clara endlich. „Wie ich das sehe, haben wir uns absolut nichts vorzuwerfen. Es geht dich einen Scheißdreck an, mit wem ich meine Nächte verbringe!"

Das sehe ich völlig anders und verbrenne mir beim Versuch, einen Schluck Kaffee zu nehmen, die Schnauze. Ich stehe auf, fluche und knalle die Tür hinter mir zu. Ich fühle mich grauenhaft. Genauer gesagt: gekränkt, verarscht, verkannt und mies behandelt. Ein bisschen schlechtes Gewissen ist auch dabei. Aber vor allem habe ich das untrügliche Gespür, dass ich die Sache ohne große Anstrengungen noch viel schlimmer machen werde. In mir brodelt ein Gefühlscocktail, in dem Nitro und Glyzerin zu den eher harmlosen Zutaten gehören.

KAPITEL 31

Ich fühle mich auf einmal unglaublich gut. Extrem selbstbewusst, total kreativ und hellwach. Ich gehe in meinem Büro auf und ab und weiß gar nicht, was ich mit der ganzen Energie anfangen soll. Zugegeben, ich habe ein kleines bisschen nachgeholfen, in der Tiefgarage. Da wäre ich nämlich fast eingeschlafen, so müde und kaputt bin ich gewesen. Dann ist mir das kleine Döschen im Handschuhfach von Breitmeyers Porsche wieder eingefallen und dass das Zeug darin angeblich wach und fit macht. Also habe ich es aus dem Handschuhfach geholt und mir etwas auf den Handrücken geschüttet. Es kribbelte ganz seltsam, nachdem ich das weiße Pulver eingesogen hatte. Erst nur in der Nase, dann in meinem Kopf.

Jetzt kommt Breitmeyer herein. Geiler Stoff, will ich ihm zurufen, doch ich kann mich gerade noch beherrschen, schließlich ist der Junior Partner nicht gerade mein bester Kumpel.

Breitmeyer mustert mich von oben bis unten. „Was ist los mit dir? Wo steckst du denn?"

Ich zucke die Achseln. Dann setze ich mich hin, klopfe mit den Fingern auf der Glasplatte herum, fahre mir durchs Haar und stehe wieder auf. Danach erst schaue ich auf die Uhrzeit, die im Display meines Telefons erscheint. Oh, schon nach 10 Uhr. Die Banker ...

„Die Banker hocken seit zwanzig Minuten im Konfi und warten", informiert mich Breitmeyer. „Brokkoli tobt. Du sollst einen Impulsvortrag über den Workflow und die Kreativtechniken in unserem Laden halten, schon vergessen?" Er grinst und versucht gar nicht erst, seine Schadenfreude zu verbergen.

Scheiße, denke ich, das habe ich tatsächlich total vergessen. Brokkoli wollte unbedingt, dass ich den Bankern erläutere, wie mein Team arbeitet und wie die supergeilen Ideen entstehen. Die Art, wie ich das rüberbringe, hätte ihn schon bei dem Bewerbungsgespräch fasziniert, hat er behauptet und mich seltsam angeschaut.

Jetzt verschränkt Breitmeyer die Arme vor der Brust. „Kann es sein, dass du dich null vorbereitet hast?"

„Kein Problem", sage ich und gehe um meinen Schreibtisch herum. Endlich weiß ich, wo ich mit meiner Energie bleiben soll. Während der paar Schritte zum gläsernen Konferenzraum macht sich eine euphorische Stimmung in meinem Bewusstsein breit. Dann zögere ich, vielleicht sollte ich noch eine kleine Linie nachschieben, sicher ist sicher. Ich entschuldige mich und verschwinde für zwei Minuten auf der Herrentoilette.

Als ich kurz darauf den Konferenzraum betrete und Pia Mia sehe, muss ich an Carla denken. Meine Laune sinkt auf den Gefrierpunkt. Meine Tochter treibt es mit meinem besten Freund, der im Übrigen ein durchgeknallter Künstler und Vertreter der transrationalen Dichtkunst ist. Gerade hat er HiddenLit erfunden, den bekloppttesten Literaturtrend seit dem Dadaismus, und schickt sich an, den Schwachsinn unter Missbrauch von Steuergeldern opulent auszuleben. Aber was beschwere ich mich, denke ich, hier wird doch auch nur Schwachsinn gelabert. Ich habe das Gefühl, dass mir gleich die Sicherungen durchknallen.

„Ah, da ist ja unser Top-Mann", frotzelt Brokkoli und man sieht, dass er sich zu einem Lächeln zwingen muss. „Immer busy, immer unter Strom. Anyway, für das kleine Delay werden wir bestimmt mit einer hammermäßigen Performance entschädigt, da bin ich ganz sicher. It's your turn, Stefan."

Du willst eine hammermäßige Performance? Die kannst du haben, denke ich und halte mich gar nicht erst damit auf, mein Zuspätkommen zu entschuldigen. Stattdessen setze ich mich und schaue in die Runde. Ich registriere, dass Konrad Dollmann heute nicht dabei ist. Schade, der Vorstandsvorsitzende wäre vielleicht eine ernst zu nehmende Herausforderung gewesen, diese Schnarchlappen hier sind es definitiv nicht. Dann wird mir bewusst, dass alle Augen auf mich gerichtet sind.

„It's your turn", wiederholt Brokkoli und seine Stimme verrät unterdrückte Verärgerung.

„Okay, Leute", sage ich, lege einen Trommelwirbel auf die Tischplatte und erhebe mich. „Leistung aus Leidenschaft, so lautet der neue Claim, den wir für Ihr Bankhaus entwickelt haben. Was ist mit unserer Leistung? Woher kommt unsere Performance?"

In meinem Kopf formen sich ein halbes Dutzend Ideen, wie ich fortfahren könnte. Das Problem ist nicht, dass mir nichts einfällt – mir fällt viel zu viel ein! Mein Hirn wird geradezu überflutet von Ideen.

„Unsere Leistungsfähigkeit baut auf Transparenz und Teamwork auf. Insofern ist der gläserne Konferenzraum, in dem wir uns hier befinden, ein treffendes Sinnbild unserer Corporate Identity."

In meinem Nervensystem schäumt gerade die zweite Linie Koks auf, trifft auf jungfräuliche Synapsen und brennt ein Feuerwerk an Entladungen ab, das mich vollkommen fasziniert und zum Beobachter meines eigenen Ausnahmezustands macht. Was jetzt in meinem Gehirn stattfindet, ähnelt einer neuen Kunstform, stelle ich überrascht fest, es ist irgendwie transrational und dekonstruktiv, aber vor allem total enthemmt.

„Unser Meeting Point, unsere Brennstoffzelle. Manchmal

auch unsere Kampfarena, aber vor allem Kristallisationspunkt unserer bahnbrechenden Ideen", doziere ich mit ausgebreiteten Armen.

Die Banker scheinen beeindruckt und Brokkoli lehnt sich in seinem Konferenzstuhl zurück. Sein Lächeln wirkt nun wieder natürlich. Ich glaube, er ist zufrieden mit meinem Auftritt – mal sehen, ob ihm der weitere Verlauf gefällt.

„In diesem hocheffektiven Inkompetenz-Center", improvisiere ich weiter und hebe die Hände zu den Glasflächen, „genitalisieren wir Über-Ideen und verdichten sie mithilfe freier Radikaler zu teilsynchronem Wortsirup. Ein Konzentrat, das im Face-to-Face-Marketing erst nach extremer Rückverdünnung einsetzbar ist."

– Stille. –

„Und mit welchem Ergebnis?", will einer der Finanzverpeiler wissen.

Brokkolis Gesichtszüge sind auf einmal wieder in Auflösung begriffen, er lächelt schief, weil ihm klar ist, dass er die Situation nicht unter Kontrolle hat. Sein Blick sucht ein Gegenüber, doch alle starren mich an.

Koks verleiht Flügel, stelle ich erfreut fest und fühle mich unschlagbar. „Ganz konkret, meinen Sie?" Ich scanne die Zwischenablage meines gigabit-getakteten Bewusstseins. Es macht sicherlich den Eindruck, als überlege ich einen Moment, dabei formatiert mein Kommunikationsprozessor bereits den nächsten Satz: „Bei unserem letzten All Hands Meeting zum Thema vertikale Lösungen haben wir kürzlich eine sophisticated Small Business Solution für dot.com basierte Companies entwickelt. Als Nebenprodukt sozusagen." In meinem Kopf beginnt jemand hysterisch zu lachen.

„Ah, verstehe", sagt ein Banker und ich erkenne, dass

seine Hirnhälften schon vor Jahren zu einer Art Kartoffelbrei fusioniert haben. Die anderen Fuzzis hören eh nicht zu. „Und was leistet diese Business Solution?"

„Es handelt sich um eine Katzensortiermaschine", sage ich und gucke so ernst wie möglich. „Für den chinesischen Markt. Wenn Sie mir dann bitte folgen würden. Ich möchte Ihnen weitere Hot Spots unserer Company zeigen."

Brokkolis Miene ist versteinert. Klarer Fall von Botoxie, denke ich.

„Geh beten", flüstert er mir zu, als er an meinem Stuhl vorbeigeht. Dann setze ich meine kleine Führung fort. Irgendwie fällt mir immer neuer Quatsch ein, ich kann es selber kaum glauben. Aber das Geilste ist: Keiner der Finanzverpeiler blickt, dass er verarscht wird. Und Brokkoli? Der traut sich nicht einzugreifen und ist froh, als der Spuk endlich vorbei ist.

„Ich kündige." Ich lege den Porscheschlüssel auf den Schreibtisch. Auf einmal fühle ich mich müde und ausgelaugt. Ich ziehe in Betracht, mir noch eine Linie zu genehmigen, doch dann greife ich in meine Hosentasche und lege das silberne Döschen dazu – man muss es ja nicht gleich übertreiben. Brokkoli glotzt erst den Schlüssel, dann das Döschen an.

„Hab ich im Wagen gefunden", sage ich, drehe mich um und verlasse Brokkolis Büro.

KAPITEL 32

„Ihr Hund?"

Ich nicke. Amok hebt den Kopf, wedelt ein bisschen und legt sich wieder ins Gras.

„Arbeitslos?"

„Woher wissen Sie das?" Ich drehe den Kopf, mein Rücken schmerzt. Der Typ, der gerade aufgetaucht ist, guckt auf seine Armbanduhr. Sieht schick aus, ist bestimmt was Teures.

„Montags um halb zehn sitzt niemand auf 'ner Parkbank, der einen Job hat", behauptet der Mann.

Ich nicke wieder und hoffe, dass er mir nicht ansieht, dass ich hier übernachtet habe. Obwohl: Eigentlich ist es mir auch egal.

„Und was haben Sie vorher gemacht, beruflich meine ich?"

Der Typ scheint unter manischer Kontaktfreudigkeit zu leiden. Er setzt sich ungefragt neben mich auf die Bank.

„Ich war in der Werbung."

„Was Sie nicht sagen ... und was haben Sie da gemacht?"

„Das nannte sich Creative Director."

„Gibt's ja nicht. Ich war auch mal CD."

Wir schauen uns an. Ich habe auf einmal ein ganz seltsames Gefühl.

„Doch dann ist einiges schiefgelaufen. Erst hatte ich so 'ne Art Burnout, und als ich mich danach auf einen neuen Job beworben habe, ist die Sache total aus dem Ruder gelaufen. War 'ne Top-Position bei einer angesagten kleinen Kreativschmiede."

Mein Herz setzt aus. Das glaube ich nicht.

„Dabei hat mein Headhunter noch gesagt: ‚Entspann dich, Stefan, ist 'ne reine Formsache, die wollen dich unbedingt haben. Der Agenturchef hat schon ein paarmal angerufen und gesagt, du bist sein Mann.'"

Ich spüre hämmernde Schläge in meiner Brust, als mein Herzschlag wieder einsetzt. Stefan? – Der Mann neben mir, das kann nur der andere Stefan Fischer sein.

„Beim Vorstellungstermin haben die mich dann gefragt, was ich tun würde, wenn es zu einem Überfall käme. Erst dachte ich, das ist so ein Kreativ-Test und es geht darum, spontan 'n besonders witziges Konzept zu entwickeln. Hätte mein Headhunter mich ruhig drauf vorbereiten können, finde ich. Dann ist mir aufgefallen, dass die Typen alle total durchtrainiert aussahen, wie Türsteher, und Humor hatten die schon gar nicht. Später hat sich dann rausgestellt, dass mein verblödeter Personalberater die Bewerbungsunterlagen verwechselt hat – stellen Sie sich mal vor, der schickt mich zu so 'nem Sicherheitsdienst. Der hatte doch tatsächlich noch einen zweiten Stefan Fischer in seiner Kartei, nicht zu fassen, oder?" Der andere Stefan Fischer lacht und schaut mir in die Augen, aber ich kann weder mitlachen noch seinem Blick standhalten.

„Ich bin am nächsten Tag natürlich gleich da hin, aber zu spät. Der Job war weg ..."

„Tut mir echt leid", sage ich und halte ihm die Papiertüte mit meinem Frühstück hin.

Er nimmt sie, trinkt einen Schluck und sagt: „Ich hab es einfach nicht fertiggebracht, meiner Frau das zu erzählen. Sie denkt, ich hab den Job gekriegt." Er greift in seine Jackentasche, dann zündet er sich eine Zigarette an. Als sich unsere Blicke treffen, hält er mir die Schachtel hin. Ich zögere einen Moment. Vielleicht sollte ich versuchen, mit dem Nichtrauchen aufzuhören. Selber qualmen soll ja lange nicht so schädlich sein wie passiv rauchen. Aber ich habe einfach keine Lust auf eine Zigarette und lehne dankend ab.

„Wie? Und jetzt gehen Sie morgens aus dem Haus und drücken sich den Tag über im Park herum?"

„Nicht nur im Park", sagt er. „Kommt schließlich aufs Wetter an. Gestern hat es geregnet, da war ich in der Kunsthalle. Kommt man als Arbeitsloser umsonst rein. Hab mir mal die alten Meister angeschaut."

Amok steht auf, geht um die Bank herum und hebt sein Bein an dem Papierkorb, der sich daneben befindet. Dann schüttelt er sein zotteliges schwarzes Fell und versucht, sich mit der linken Hinterpfote am Ohr zu kratzen. Das klappt auch und sieht komisch aus. Ich muss lachen. Aber nicht wegen Amok. Sondern weil ich tatsächlich neben dem Mann sitze, dessen Job ich gerade hingeschmissen habe.

„Das Leben ist ein zotteliges Ungetüm!", sage ich und nehme noch einen kräftigen Schluck aus der Tüte.

KAPITEL 33

Manchmal ist es notwendig, sich auf das Wesentliche zu besinnen. Einfach nur dasitzen und selber atmen zum Beispiel. Wichtigtuer nennen das „Meditation", andere „dösen" oder einfach „Pause machen". Amok nennt es vermutlich „leben", denn er macht selten etwas anderes. Nach der selbst verordneten Nacht auf einer Parkbank sind meine Ansprüche deutlich gesunken. Ein wettergeschützter Schlafplatz wäre schön, vielleicht mit etwas Weichem als Unterlage und ein bisschen Stauraum für ein paar Habseligkeiten – mehr muss es gar nicht sein. Gute Voraussetzungen, sich um eine neue Bleibe zu kümmern, denke ich und fasse einen Entschluss.

Schon bei der dritten *Wohnungsbesichtigung* weiß ich: Der ist es! Nach einer kurzen Probefahrt unterschreibe ich den Kaufvertrag und blättere sechstausend Euro in die schlanke Hand der Vorbesitzerin. Unsere neue Wohnung hat fünf Räder und ein freundliches Gesicht. Ich gehe sogar so weit zu behaupten, dass sie lächelt, als ich mich ihr nähere, und dieses Lächeln kommt mir verdammt bekannt vor.

„Das Ganze haben wir übrigens Ashanti zu verdanken", sage ich und schalte in den nächsthöheren Gang. „Den Wagen und den Vorschlag, für ein paar Monate zu verschwinden."

Amok guckt kurz zu mir herüber, konzentriert sich aber sofort wieder auf den Straßenverkehr. Er sitzt neben mir und genießt die Aussicht durch die große Frontscheibe. Wenn er sich das angewöhnt, muss ich mir was einfallen lassen, wie ich ihn anschnallen kann, überlege ich. Diese alten VW-Busse haben nämlich vorn drei Sitzplätze, und zwei davon scheint Amok für sich beanspruchen zu wollen. Ein sonores Knurren entfährt meinem Kopiloten, als er einen Schäferhund am Straßenrand entdeckt.

„So, jetzt müssen wir uns nur noch überlegen, wo es hingehen soll", sage ich laut und freue mich. Die Aussicht, bald in Richtung Süden unterwegs zu sein, löst ein wohliges Kribbeln in der Magengegend aus. In Kürze werden wir aufbrechen und das Leben einer Schildkröte führen, das schützende Haus immer dabei. Vorher muss ich allerdings noch ein paar Dinge erledigen. Von den knapp fünfzehntausend Euro, die sich noch auf meinem Konto befinden, werde ich die Hälfte an Carla überweisen. Das bin ich ihr schuldig, immerhin hat sie mich monatelang kostenfrei bei sich wohnen lassen. Sechstausend habe ich in einem Anfall von Sentimentalität für den Bus hingeblättert, bleiben noch siebentausendfünfhundert, und die brauchen wir für unsere kleine Spritztour.

Unsere neue Wohnung ist mit einem Doppelbett, einem winzigen Spülbecken und einem Hubdach ausgestattet, das in ausgeklapptem Zustand für Stehhöhe und eine gute Belüftung sorgt. Dieses Auto ist wie die Siebziger: leuchtend orange und laut wie ein Open-Air-Konzert. Außerdem bietet es Platz für ein halbes Dutzend Hippies. Irgendwie komme ich mir in diesem Fahrzeug automatisch jünger vor. Vielleicht sollte ich mir ein buntes Stirnband anschaffen. Dabei gehörte ich in meiner Jugend gar nicht zur Freak-Fraktion, obwohl ich jahrelang genau so ein Fahrzeug besessen habe. In meiner Klasse hatten die meisten Jungs lange Haare, trugen Peace-Zeichen um den Hals und wollten Zivildienst machen. Die meisten Mädchen fanden das klasse und überall klebten diese gelbroten „Atomkraft? Nein danke"-Sticker drauf. Mir ging das ziemlich am Arsch vorbei. Ich bin regelmäßig zum Kung-Fu-Training, weil ich da meine Aggressionen abbauen konnte, später habe ich mich für vier Jahre beim Bund verpflichtet. Keiner konnte das verstehen, ich eigentlich auch nicht. Und das erste Mädchen, in das ich mich so richtig verknallt habe, fand das ebenfalls total ätzend. Trotzdem fühlte es sich richtig an. Vor mir war sie mit einem dieser langhaarigen Freaks zusammen gewesen. Doch der hat sie wegen einer anderen sitzen lassen. Vermutlich glaubte sie, ich sei was Solides. Auf jeden Fall sind wir zusammengekommen, aber es hat nicht lange gehalten. Später, während des Sportstudiums, hab ich Carlas Mutter kennengelernt. In den Semesterferien sind wir nach Dänemark hoch. Frisch verliebt und einen verregneten Sommerurlaub lang liebten wir uns im Schutz des VW-Busses. Als sich herausstellte, dass Nachwuchs kommt, hab ich das Studium abgebrochen und bin zu einem Sicherheitsdienst gegangen. Ein Kumpel aus der Bundeswehrzeit hatte sich mit einer Objekt- und Personenschutzagentur selbstständig gemacht. Und weil sein Onkel ein hohes Tier im Hamburger Senat war, gingen die Geschäfte super. Mein letztes *Objekt* war leider ein korruptes Arschloch. Im Personenschutz muss man seine Klienten nicht unbedingt mögen, aber verachten sollte man sie auch nicht. Irgendwann, genauer gesagt am 28. Mai 1999, ist mir der Kragen geplatzt. Mein Klient hatte sich mal wieder total aufgepustet, hat eine Aktivistin zusammengeschissen und persönlich beleidigt, bloß weil sie ihn zur Rede stellen wollte. Doch die Lady ließ sich nicht einschüchtern, worauf mein Klient sie erst gegen eine Wand gestoßen und ihr anschließend in den Unterleib getreten hat. Statt ihm in dieser kritischen Situation zur Seite zu stehen, habe ich ihm das Nasenbein gebrochen. Das Ganze wurde diskret unter den Teppich gekehrt, da es sich um einen stadtbekannten Politiker handelte und man bei solch einem peinlichen Vorfall verständlicherweise die Öffentlichkeit scheute. Der Kerl hat sogar auf eine Anklage wegen gefährlicher Körperverletzung verzichtet. Ich wurde fristlos gefeuert und mein Auftraggeber hatte dafür zu sorgen, dass ich in der Branche keinen Fuß mehr auf den Boden bekomme. Außerdem beinhaltete der Deal, dass ich psychische Probleme eingestehe, von wegen nervlich nicht belastbar, neigt zu unkontrollierten Wutausbrüchen und so weiter. Zwei Jahre später ist dann das mit Carlas Mutter passiert. Sie saß in ihrem Kleinwagen, als ein Sattelschlepper bei dichtem Nebel in das Stauende raste, und war sofort tot ...

Ein Fahrradkurier kommt aus einer Seitenstraße geschossen und reißt mich abrupt aus meinen Erinnerungen. Ich trete voll in die Eisen und hupe, worauf mir der Typ den Mittelfinger zeigt. Amok, der bei meinem Bremsmanöver vom Sitz geflogen ist, jault auf und wedelt unschlüssig. Als er ganz sicher ist, dass wir zum Stehen gekommen sind, springt er wieder rauf und bellt zwei Mal. Offenbar hat er sich nichts getan.

Mir wird bewusst, dass ich all diese Erinnerungen ziemlich lange ziemlich weit weggepackt habe. Und das ist auch gut so. Aber sie stecken halt drin – in mir. Und dieser alte VW-Bus holt sie hervor. Als ich wieder anfahren will, heult der Motor auf, sonst passiert nichts. Ich versuche es mit weniger Gas. Schließlich setzen wir uns langsam in Bewegung. Irgendetwas stimmt mit der Kupplung nicht. Ein brandiger Gestank macht sich im Wagen breit und bestätigt meine Vermutung. Wahrscheinlich ist sie abgenutzt und schleift. Scheiße, ich hab mir eine Karre mit Kupplungsschaden andrehen lassen!

Das Einfachste wäre, direkt zu Carla in die Werkstatt zu

fahren. Aber das geht nicht. Erstens sind wir im Streit auseinandergegangen und mein männliches Selbstbewusstsein hält absolut nichts davon, jetzt mit einem kaputten Auto auf den Hof zu fahren und sie um Hilfe zu bitten. Zweitens ist es mir verdammt unangenehm, dass ich mich übers Ohr habe hauen lassen. Außerdem wurde Carla ja auch gekündigt, und wahrscheinlich hat sie sich längst vom Acker gemacht. Womöglich ist sie bei Kuno untergekommen – ich spüre einen Stich in der Magengegend bei diesem Gedanken. Wo ist nur die gute Stimmung von vorhin geblieben?, frage ich mich und bekomme richtig schlechte Laune.

KAPITEL 34

Der Hund springt aus dem Auto und führt einen Freudentanz auf. Wir haben Carla wider Erwarten doch noch in der Werkstatt angetroffen. Sie streichelt Amok minutenlang, beklopft und knuddelt ihn. Dann schiebt sie sich mit dem Handrücken eine Locke aus dem Gesicht und fixiert mich. Ich versuche darin zu lesen, was leider misslingt. Sie zieht einen Putzlappen aus der Hosentasche und geht ein paar Schritte auf den Bus zu.

„Was ist das denn für ein Schrotthaufen?"

Okay. Besser als ein neuer Streit. Ich mache mich auf weitere Kratzer gefasst, die mein Besitzerstolz nun verpasst bekommen wird. „Das ist meine neue Wohnung."

Ihr Gesicht bleibt ausdruckslos. „Das nennst du Wohnung?"

„Okay, sagen wir ein Einzimmerappartement."

„Baujahr?", fragt sie und beobachtet mich aus dem Augenwinkel.

„Älter als du. 1972 steht in den Papieren."

Carla bückt sich, wirft einen kritischen Blick in den Radkasten und klopft mit den Fingerknöcheln das Blech ab. „Ausgerechnet einen T2 kauft der sich", grummelt sie. „Hat wohl keine Ahnung, wie reparaturanfällig die Kisten sind."

„Du bist ja noch hier", sage ich, halbherzig bemüht, meine Freude über diesen Umstand zu verbergen. Amok schnuppert an einem Büschel Unkraut, dann hebt er das Bein daran.

„Ich räume nur ein bisschen auf. Muss ein paar Werkzeuge aussortieren, die mir gehören, bevor sich der Spinner hier breitmacht." Sie zieht einen Ringschlüssel aus der Tasche und fängt an, ihn blank zu putzen. Klarer Fall von

Übersprungshandlung, denke ich und fühle mich nicht mehr ganz so unwohl, auch wenn sie noch immer sauer zu sein scheint.

„Und was ist mit der Kiste los?“, erkundigt sie sich. „Die Kupplung?“

Ich bin überrascht. „Woher weißt du ...?“

„Riecht man doch. Stinkt nach verbranntem Belag. Schleift die schon, oder was?“

Ich nicke. „Dabei ist der Wagen gerade erst durch den TÜV.“

Carla zuckt mit den Schultern. „Neuer TÜV sagt gar nichts. Die prüfen weder, ob der Motor was taugt, noch ob die Kupplung fällig ist. Das macht man allerdings, bevor man sich so 'ne alte Karre andrehen lässt.“

Ich habe den Eindruck, dass sie sich entschieden hat, ihren Groll gegen mich an meinem neuen Wagen auszulassen. Wenn das so ist. Soll mir recht sein.

„Und wie geht das?“ Ich bin ziemlich froh darüber, dass wir fast normal miteinander reden.

„Ganz einfach, du legst den dritten Gang ein, lässt die Kupplung kommen und gibst Gas. Wenn sich der Motor abwürgen lässt, ist die Kupplung in Ordnung, schleift sie, ist sie durch.“ Carla geht einmal um den Bus herum, Amok folgt ihr wedelnd.

„Verstehe. Und ist das aufwendig zu reparieren?“

„Bei dem T2 hier? Schon, ja.“

„Hm. Mist.“

„Gibt Schlimmeres.“

„Zum Beispiel?“

Carlas Blick verdüstert sich. „Opa Neunzig. Renate hat ihn ins Heim gesteckt.“

KAPITEL 35

Carla hat sich bereit erklärt, den VW-Bus Probe zu fahren. Nachdem sie bestätigt hat, dass die Kupplung hinüber ist, erklärt sie mir, dass nicht nur die Kupplungsscheibe, sondern auch das Ausrücklager zu ersetzen ist – eine aufwendige und teure Reparatur, weil dazu der komplette Motor ausgebaut werden muss. Ob sie sich der Sache annehmen will, lässt sie leider offen. Stattdessen fragt sie mich: „Sollen wir mal kurz bei ihm vorbeifahren?"

Ich hatte gehofft, dass sie diesen Vorschlag machen würde, und nicke. Wenig später sind wir auf dem Weg zu der Pflegeeinrichtung, in der Opa Neunzig einsitzt. Wir halten auf einem großzügig gestalteten Besucherparkplatz. Das Seniorenpflegeheim besteht aus drei Wohnblöcken und einem Gemeinschaftshaus. Hier ist alles sauber, hell und – bunt. Die Fassaden der Wohnanlagen sind in Zitronengelb, Himmelblau und Lindgrün gestrichen. Wahrscheinlich hofft die Heimleitung, dass sich ihre Gäste so besser orientieren können. Das Gelände scheint erst vor Kurzem bepflanzt worden zu sein. Die sattgrünen Rasenflächen werden von jungen Bäumen gesäumt, die man an stabilen Holzpflöcken festgebunden hat, als würden sie sonst das Weite suchen.

Opa Neunzig ist im gelben Haus untergebracht. Über dem Eingangsportal leuchtet eine Sonne, die reliefartig in den Rauputz eingelassen wurde. Türen und Fenster sind ebenfalls gelb. Kunst am Bau, denke ich.

„Wieso sitzt du im Rollstuhl?" Carla hat die Arme in die Hüften gestemmt und wirkt angriffslustig. Der junge Pfleger, der uns hierhergebracht hat, macht sich wieder aus dem

Staub. Er will vermutlich zurück zu seiner Zigarette, die er auf einem winzigen Balkon gelassen hat, als wir ihn nach Herrn Neunzig fragten.

„Das ist hier so", sagt Opa Neunzig und rollt ein wenig mit dem Stuhl hin und her. Er macht wirklich kein Geheimnis aus seiner Vorliebe für alles, was Räder hat.

„Wie bitte?" Ich kann nicht glauben, was ich höre.

Er zuckt mit den mageren Schultern. „In meinem Alter bekommt man einen Rollstuhl. Sie wollen, dass ich mich rechtzeitig daran gewöhne. Nächste Woche bekomme ich ein Hörgerät."

„Seit wann hörst du schlecht?" Carla schüttelt den Kopf.

Es riecht nach frischer Farbe, Bohnerwachs und Arztpraxis.

„Hat der Doktor gesagt", erklärt Opa Neunzig. „Und dass man damit rechtzeitig anfangen soll, weil man sich sonst nicht mehr daran gewöhnt."

Meine Tochter wirft mir einen hilfesuchenden Blick zu.

„Fühlst du dich denn wohl hier?", frage ich.

Opa Neunzig stellt die Bremse fest und steht auf. „Spielt das eine Rolle?", fragt er zurück und kommt ein paar Schritte auf mich zu. Er wirkt frisch und beweglich. Als er mir auf die Schulter klopft, gehe ich ein bisschen in die Knie. „Habe ich eine Wahl? Wenn ja, dann nenn mir mal die Alternativen."

Wir schauen uns in die Augen.

Die Tür geht auf und eine junge blonde Frau, offenbar eine Pflegekraft, betritt den Aufenthaltsraum. „Wie schön, Sie haben Besuch, Herr Neunzig, das freut mich aber. Freunde von Ihnen?"

„Ja ja, Freunde", sagt Opa Neunzig und guckt etwas unschlüssig von Carla zu mir und dann wieder zu der Frau.

„Dann komme ich später noch mal wieder", flötet die

Blondine, winkt uns zu und verschwindet ebenso schnell, wie sie gekommen ist.

„Schwester Natascha", sagt Opa Neunzig. Er lächelt.

„Und was wollte sie von dir?", will Carla wissen.

„Baden."

Carla stöhnt. „Sie badet dich?"

Opa Neunzig strahlt. „Baden oder duschen, kann ich mir aussuchen."

„Du kannst dich doch selber waschen, oder?"

„Klar", sagt der Alte und grinst, „aber es fühlt sich viel besser an, wenn Schwester Natascha das macht."

Ich muss ebenfalls grinsen. „Verstehe."

Wir setzen uns in eine kleine Besucherecke mit Blick auf den frisch angelegten Garten. Ein Rasenmäher kommt ins Bild, dahinter ein Mann mit grüner Latzhose und Ohrschützern. Hier drinnen hört man erstaunlich wenig von dem Motor, weil der Lärm durch die dicken Scheiben gedämmt wird.

„Nennt sich ‚Betreutes Wohnen'", sagt Opa Neunzig, steht wieder auf und dreht sich einmal im Kreis herum.

„Es macht dich doch total unselbstständig, wie du hier behandelt wirst."

„Ist so ähnlich wie ein Kindergarten, glaube ich", sagt Opa Neunzig und nickt.

„Genau, nur mit umgekehrter Zielsetzung."

„Hä, umgekehrt? Was soll das denn heißen?"

„Sie bringen dir nichts bei und bereiten dich nicht auf ein selbstständiges Leben vor. Sie machen genau das Gegenteil. Sie nehmen dir alles ab, inklusive der Verantwortung für das, was du tust."

Opa Neunzig macht ein nachdenkliches Gesicht.

„Jetzt hör mir mal zu", fordert Carla und beugt sich nach vorn, „du brauchst hier nicht zu bleiben."

„Pah, muss ich wohl", sagt Opa Neunzig und klopft auf die Armlehne des Sessels, in den er sich wieder gesetzt hat. „Heim oder Knast, haben sie gesagt. Ich würde auch lieber Autos reparieren."

Die Staatsanwaltschaft hätte signalisiert, das Verfahren wegen gefährlichen Eingriffs in den Schienenverkehr fallen zu lassen, falls er sich bereit erklärt, in eine betreute Senioreneinrichtung zu gehen, erklärt der Alte uns dann.

„Und das hat wer gesagt?"

„Renate und dieser Typ vom Sozialamt. Sie wollen ein Betreuungsverfahren einleiten. Das ist so ähnlich wie entmündigen, nur dass es das nicht mehr gibt, haben sie gesagt. Ich darf sogar mein Konto behalten. Alles andere regeln die dann."

„Wir müssen ihn hier rausholen!" Carla wirft mir einen durchdringenden Blick zu. Dann wendet sie sich wieder an Opa Neunzig. „Sie können dich nicht einfach hier festhalten. Komm, wir machen 'nen Abgang."

„Wenn ich abhaue, komme ich in den Knast, verstehst du das nicht?" Opa Neunzig wirkt ein wenig unglücklich und unentschlossen, aber nicht verwirrt. Genau genommen macht er sogar einen recht fitten Eindruck auf mich. Ich glaube, die Arbeit in der Werkstatt hat ihm gutgetan.

„Quatsch!", widerspricht Carla. „Die wollen dich doch nur einschüchtern." Sie rollt mit den Augen, dann grinst sie ihr freches Grinsen und verkündet: „Wir machen das so: Du wirst entführt! Das kann man dir schließlich nicht vorwerfen."

Jetzt grinst auch Opa Neunzig, dann fällt sein Blick auf den Rollstuhl. „Und was ist mit dem da?"

„Was soll damit sein?"

„Der muss mit."

„Wieso das denn? Den brauchst du doch gar nicht."

Ein Stuhl auf Rädern, findet Opa Neunzig, ist ein absolutes Muss für einen Kfz-Meister, der sich im Ruhestand befindet. Viel besser wäre natürlich einer mit Motorantrieb, erklärt er, aber den zahlt die Kasse nur, wenn seine Arme das Rollen nicht mehr schaffen oder zu stark schmerzen, zum Beispiel wegen Gicht oder Rheuma. Das hat ihm alles Natascha erklärt, sagt er, und ein Lächeln huscht über sein Gesicht. Immerhin kann man das Teil zusammenklappen, und wir haben ja reichlich Platz, denke ich. – Eine Einschätzung, die sich bald als grob fehlerhaft erweisen soll.

Wir erreichen den Parkplatz völlig unbehelligt. Als Fluchtfahrzeug für unsere kleine Entführung eignet sich der Rollstuhl nämlich ganz hervorragend. Wie wir ihn so durch die Gänge schieben, sieht es aus, als würden wir Opa Neunzig zu einem Ausflug abholen, und genau das haben wir ja auch vor, einen netten kleinen Ausflug zu viert.

Opa Neunzig will mir gerade zeigen, wie man seinen Einsitzer zusammenklappt, als wir eine Stimme hören, die uns auf unangenehme Art bekannt vorkommt.

„Was habt ihr denn vor?"

Ach du Scheiße! Renate! Ganz in Schwarz. Schwarzer Mantel. Schwarzer Rock. Schwarze Schuhe. Selbst das winzige Handtäschchen ist schwarz, nur eine Mappe, die unter ihrem Arm klemmt, leuchtet giftgrün. Es riecht nach frisch gemähtem Gras.

„Ich hab ausgecheckt", sagt Opa Neunzig mit fester Stimme, nachdem er von der Klappmechanik seines Rollstuhls abgelassen und sich aufgerichtet hat. Ein bisschen weniger ehrlich hätte an dieser Stelle auch nicht geschadet, denke ich.

„Ausgecheckt? Was soll das heißen? Das geht doch nicht.

Wo wollt ihr hin?" Mit jeder Frage ist Renate uns ein paar Schritte näher gekommen. Opa Neunzig weicht unwillkürlich zurück.

„Was geht dich das an?" Carla sieht auf einmal ganz blass aus. Wir bauen uns Schulter an Schulter vor Opa Neunzig auf.

„Er hätte längst in ein Seniorenheim gemusst. Unverantwortlich, dass er die ganze Zeit allein über der Werkstatt gehaust hat. Wie konntet ihr das nur zulassen?"

„Unverantwortlich ist, dass du einen Menschen, der vor Tatendrang und Lebensfreude sprüht, in einem Pflegeheim verklappen willst," faucht Carla.

Im Hintergrund versprüht Opa Neunzig eine Mischung aus beidem, indem er grinsend seinen knochigen Mittelfinger emporreckt. Im Vordergrund erscheinen zwei Pfleger, deren vor Muskelpaketen gespannte T-Shirts darauf hindeuteten, dass sie große Teile ihrer Freizeit im Fitness-Studio verbringen.

„Hierher", ruft Renate und hebt den Arm. Sie reckt ihren dürren Hals und zittert vor Aufregung. „Der alte Mann soll entführt werden, und zwar gegen seinen Willen!"

Nun gehört es zu den spezifischen Eigenarten von Entführungen, dass sie gegen den Willen des jeweiligen Opfers durchgeführt werden. Ich könnte Renate auf diesen Sachverhalt hinweisen, unterlasse es jedoch, weil uns blöde Sprüche in dieser Situation auch nicht weiterhelfen. Außerdem sehe ich andere Probleme auf uns zukommen – sie nähern sich im Laufschritt und scheinen wild entschlossen, in das Spiel einzugreifen.

Als Türsteher muss man manchmal auf üble Tricks zurückgreifen. Vor allem, wenn man seinen Gegnern physisch unterlegen ist. Ich bevorzuge das Low-Point Pain-

Kicking. Die kurzen, kräftigen Tritte gegen Kniekehle, Schienbein und Weichteile sind extrem schmerzhaft und wirken Wunder, wenn es darum geht, sich Angreifer vom Hals zu halten. Außerdem hat man die Hände frei und kann parallel Ohrfeigen verteilen oder Arme verdrehen.

Was nun folgt, ist ein ziemliches Durcheinander, in dessen Verlauf einer der Pfleger in meine Fußreflexzone gerät, um anschließend unsanft in Opa Neunzigs Krankenfahrstuhl zu landen. Unmittelbar darauf kollidiert er mit einem Parkscheinautomaten und kippt um. Da er auf seinen verbogenen Händen sitzt, kann er den Sturz nicht abfangen und frisst den Kantstein, eine doppelte Portion mit Ketchup. Vielleicht habe ich auch etwas zu kräftig angeschoben. Der andere hat sich in der Zwischenzeit Carla gegriffen, und für einen Moment sieht es für unsere Mannschaft verdammt schlecht aus. Carla kann sich trotz heftiger Gegenwehr nicht aus seiner Umklammerung lösen.

Renate hat sich auf ein Rasenstück geflüchtet, wo sie den Mann mit Latzhose und Rasenmäher bedrängt, sich in unsere Angelegenheiten einzumischen, was dieser jedoch verweigert. Er nimmt nicht einmal seinen Gehörschutz ab. Stattdessen fordert er sie gestikulierend auf, die neu angelegte Grünanlage zu verlassen.

Das Blatt wendet sich schließlich zu unseren Gunsten, als Amok eingreift, wozu er (in Ermangelung von Händen) sein Gebiss benutzt. Opa Neunzig war so geistesgegenwärtig, ihn aus dem VW-Bus zu lassen, von wo aus er bereits lebhaft bellend die Szenerie verfolgt hat. Endlich auf dem Spielfeld, stürzt er sich umgehend auf Carlas Angreifer, der die Umklammerung auch sofort aufgibt, als er knurrende Zähne in seinem Hinterteil spürt. Die zurückschnellende Autotür gibt ihm den Rest. Dabei habe ich ihr nur mäßigen Schwung mitgegeben, weil zwei gegen einen unfair ist. Trotzdem schießt sein Nasenblut zweistrahlig auf den Asphalt. Eins steht fest: Für das nächste Rugby-Spiel muss die Pflegedienstleitung auf Männer von der Ersatzbank zurückgreifen.

So schnell wir können und unter Missachtung von Renates Gekeife verfrachten wir Opa Neunzig samt Rolli in den Wagen. Und mit schleifender Kupplung verlassen wir im Schritttempo den Parkplatz.

„Und jetzt?", frage ich.

„Ich werde gesucht. Wir müssen weg", sagt Opa Neunzig.

Wir haben es bis zu einer Tankstelle geschafft. Carla geht um das Auto herum, öffnet die Motorklappe und wirft einen Blick hinein. Sieht ziemlich eng aus da hinten drin. Sie zieht den Peilstab heraus, verzieht das Gesicht und steckt den Stab wieder rein. „Ölwechsel wäre auch mal fällig."

Opa Neunzig holt ein Luftdruckprüfgerät, während Carla die Ventilkappen von den Reifen abschraubt. Nachdem sie auf allen vier Reifen Luft aufgefüllt hat, richtet sie sich wieder auf.

„Okay, wir reparieren den Bus und dann hauen wir ab." Opa Neunzig schiebt die Mütze aus der Stirn, seine Augen leuchten. Der Alte sieht aus wie ein kleiner Junge, den die Abenteuerlust gepackt hat. Das berührt mich. Ich spüre ein Kribbeln in der Magengegend. Amok wedelt unschlüssig mit seinem Schweif.

„Wir alle?", frage ich. Opa Neunzig und Carla nicken, Amok geht einmal um Carla herum und setzt sich auf sein Hinterteil. Die drei schauen mich an. Die Sonne im Rücken, sehe ich etwas unglaublich Kitschiges: In der Ferne leuchtet die Köhlbrandbrücke vor einem schwarzen Wolkenmeer im Abendlicht, zwei Möwen kreischen und fliegen davon. Die Szene macht mich verlegen, ich hüstele und fingere an meinem Nacken herum.

Macht es Sinn zu verschwinden, wenn das meiste von dem, wovor ich abhauen wollte, mitkommt? Andererseits, nimmt man nicht ohnehin immer mit, wovor man weglaufen möchte – nämlich sich selbst? Ich muss grinsen. Spielt doch gar keine Rolle, denke ich, es fühlt sich einfach gut an, sehr gut sogar. Die Aussicht, zusammen mit meiner Tochter, Opa Neunzig und Amok wegzufahren, ist das Beste, was ich mir derzeit vorstellen kann.

KAPITEL 36

„Ich muss da kurz rein. Am besten, ihr wartet hier. Und schön den Motor laufen lassen. Wer weiß, ob die alte Karre wieder anspringt." Opa Neunzig schlägt die Tür zu. Dann dreht er sich noch einmal um, kommt zurück zum Wagen und klopft an die Scheibe. „Gib mir mal deinen neuen Hut", verlangt er und grinst, als er sich Carlas Schlapphut auf den kahlen Kopf setzt. Dann verschwindet er in einer Drehtür, die in die Schalterhalle der Hamburger Sparkasse führt. Carla und ich schauen uns an – synchrones Schulterzucken. Wir haben gestern eine Nachtschicht eingelegt und entsprechend wenig geschlafen. Nach der Befreiungsaktion haben wir uns nicht getraut, tagsüber in die Werkstatt zu fahren. Wir haben den Bus in einer Seitenstraße geparkt und sind hingeschlichen. Marco hat eine Weile an seinem neuen Firmenschild herumgewerkelt (MARCO-CARS – lächerlich) und ist anschließend reingegangen. Also haben wir erst mal ein paar Einkäufe erledigt. Auf unserer Liste standen drei Schlafsäcke nebst Isomatten, ein Wassertank und ein Campinggasherd sowie eine Grundausstattung Kochgeschirr. Carla hat ein Kabel gekauft, das man in die Buchse des Zigarettenanzünders stecken kann, um sein Handy aufzuladen. Außerdem mussten ein paar Klamotten für Opa Neunzig her, der ja seine Anziehsachen im Seniorenwohnheim gelassen hat. Carla ist mit ihm zu H&M gegangen, wo er sich innerhalb von dreißig Minuten komplett neu eingekleidet hat. Er sieht jetzt aus wie einer dieser kubanischen Musiker vom Buena Vista Social Club. Nur mit den Boxershorts konnte er sich nicht anfreunden. Carla hat sich einen pinkfarbenen Schlapphut gekauft. Aber den hat ja im Moment Opa Neunzig auf dem Kopf.

Nach ein paar Minuten spuckt die Drehtür Opa Neunzig wieder aus. Er drückt sich eine Plastiktüte an die Brust und schaut hektisch in alle Richtungen.

„Los, gib Gas", ruft er und springt in den Wagen. Der Bus macht einen Satz, als ich anfahre. Ich muss mich erst daran gewöhnen, dass die Kupplung wieder greift. Eine rote Ampel springt genau im richtigen Moment auf grün, ich schalte zurück und überhole ein Straßenreinigungsfahrzeug, das sich im Schritttempo bewegt und dabei den Rinnstein säubert.

Carla stiert Opa Neunzig an. „Du hast doch nicht ...?"

„Dreiundzwanzigtausend Euro in kleinen Scheinen", knurrt Opa Neunzig. Er wirft einen Blick in die Tüte. „Urlaubsgeld", krächzt er. „Hab mein Sparkonto abgeräumt, bevor Renate das macht." Dann nimmt er den Hut ab.

„Und warum sollten wir den Motor laufen lassen? Ich meine, Geld abheben ist doch völlig legal", frage ich, nachdem meine Nerven sich wieder etwas beruhigt haben.

Opa Neunzig feixt. Das alles hier scheint ihm diebischen Spaß zu machen. „Hätte trotzdem sein können, dass es schnell gehen muss, oder?"

„Wieso das denn?"

„Schließlich habt ihr mich geklaut. Und Renate hat mich vielleicht schon als gestohlen gemeldet. Sie wollte übrigens unbedingt, dass ich ihr verrate, wo ich das Sparbuch versteckt habe – hab ich aber nicht."

Ich muss lachen, und Carla und Opa Neunzig lachen mit. Wir lachen so laut, dass Amok aus seinem Schläfchen aufwacht und zwei Mal bellt.

KAPITEL 37

Opa Neunzig fährt, Carla studiert das Kartenmaterial und Amok sitzt, angeschnallt und stolz wie Bolle, in der Mitte. Ich habe es mir hinten auf einem schmalen Klappsitz bequem gemacht, der sich gegenüber der Schiebetür befindet. Auch nicht viel komfortabler als der Notsitz in Breitmeyers Porsche, denke ich. Doch ich fühle mich großartig und beobachte die Wassertropfen, die der Fahrtwind in immer neuen Formationen über die Seitenscheibe treibt. Es regnet nämlich in Strömen. Der Boxermotor schickt ein beruhigendes Brummen und stickige Heizungsluft in den Fahrgastraum. Wir sind unterwegs nach Frankreich, wollen in die Normandie, dann an der Atlantikküste entlang weiter nach Süden, bis wir irgendwann Portugal erreichen.

Die Entscheidungsfindung ist etwas holperig verlaufen, was unter anderem daran liegt, dass wir ein sehr unterschiedliches Demokratieverständnis haben. Opa Neunzig äußerte den Wunsch, endlich einmal das Fahren im Linksverkehr kennenzulernen.

„Und wo ist der nächste Linksverkehr?", fragte Carla.

„Bei den Tommis."

„Welche Tommis?"

„Na in Großbritannien, auf deren Insel."

Carla, Amok und mich hingegen zieht es eher in den Süden. Drei zu eins und überstimmt, könnte man jetzt sagen. Doch Opa Neunzig sieht das anders. Er rechnet uns vor, dass er älter ist als wir drei zusammen (8 + 25 + 48 < 92) und dass er daher die Entscheidungsgewalt hat. Erst als das Europawetter im Radio kommt und zwei bis drei Sturmtiefs für die Britischen Inseln vorhergesagt werden, knickt er ein. Er hat Angst vor dem angekündigten Temperatursturz, fürchtet, dass sich sein Rheuma verschlimmern könnte. Im Südwesten Europas hat sich dagegen ein stabiles Hochdruckgebiet etabliert. Es heißt Axel, verspricht reichlich Sonne und Temperaturen bis dreißig Grad.

Gekocht wird während der Fahrt, direkt im Motorraum. Auf die Idee hat uns Opa Neunzig gebracht. Nach dem Krieg war er ein paar Jahre als Fernfahrer beschäftigt, um sich das Geld für die Werkstatt zusammenzusparen. Der Motor seines Lkw befand sich unter einer Abdeckung zwischen den Vordersitzen. Man brauchte nur zwei Bügel hochzuklappen, das Gargut an einer geeigneten Stelle, zum Beispiel in der Nähe des Auspuffkrümmers, zu befestigen, und los ging es. In unserem VW-Bus ist der Motor zwar hinten, aber das Prinzip ist das gleiche, sagt Opa Neunzig. Nachher soll es Ofenkartoffeln geben, die wir sorgfältig in zwei Lagen Alufolie verpackt und mit Draht im Motorraum befestigt haben. Dazu gibt es fertigen Kräuterquark aus dem Supermarkt.

„Und wie lange dauert es, bis die Kartoffeln gar sind?", möchte ich wissen.

„Etwa einhundertfünfzig Kilometer bei einem Schnitt von achtzig Kilometern pro Stunde", sagte Opa Neunzig und schaut auf den Tachometer.

Carla blättert im Straßenatlas. Sie verfolgt die Strecke mit dem Zeigefinger und sagt: „Kurz hinter Aachen sollte das Essen fertig sein. Vielleicht schaffen wir es aber auch bis Liège, das wäre dann schon in Belgien."

Tatsächlich: Auf der Autobahnraststätte Lichtenbusch, kurz vor dem Grenzübergang, dampfen motorgegarte Kartoffeln auf unseren Plastiktellern, mit Butter und Salz ein echter Genuss. Dazu gibt es den Kräuterquark direkt aus der Packung.

Nach dem Essen kramt Opa Neunzig etwas aus seinem

Brustbeutel. Es ist sein Reisepass. Er schlägt ihn auf, lacht und hält uns das Passfoto hin. Es zeigt ihn mit vollem Haar und struppigem Oberlippenbart. Ich nehme das Dokument und blättere darin herum. Der Pass ist grün und 1986 abgelaufen. Bei „Unveränderliche Kennzeichen" hat jemand mit Bleistift „Rücken hinten" eingetragen. Ich muss lachen – und bin froh, dass es im vereinigten Europa keine Grenzkontrollen mehr gibt.

Zu unserer Verblüffung steht an der Grenze nach Frankreich aber doch ein Zöllner. Er will zwar nicht unsere Papiere sehen, aber den Heimtierpass von Amok. Wegen der Tollwut, die gerade in Frankreich grassiert, erklärt er uns. Zur Sicherheit reiche ich ihm nicht nur Amoks Pass, sondern gleich auch noch unsere drei aus dem Fenster. Ich bin erleichtert, a) dass ich daran gedacht habe, Amoks Pass einzupacken, und b) dass seine Tollwutschutzimpfung tatsächlich noch gültig ist. Der Zöllner schaut sich alle drei Pässe an, keine Ahnung, ob er mir einfach eine Freude machen will. Dann drückt er mir die Papiere wieder in die Hand und sagt: „Den Pass von Herrn Neunzig bitte bei Gelegenheit mal erneuern lassen, der ist vor Kurzem abgelaufen." Dabei lächelt er und wünscht uns eine gute Fahrt.

Irgendwo in Südfrankreich ereilt uns dann der Kulturschock. Unbemerkt haben wir den Meridian des mehrlagigen Klopapiers überschritten. Ab sofort verleidet uns hauchdünnes Blattwerk, kilometerlang auf riesige Rollen gespult und neben verdreckten Stehschüsseln aufgestellt, den Stoffwechsel. Am frühen Abend beschließen wir die verbliebenen sechs Rollen deutsches Klopapier zu rationieren und einen Campingplatz anzufahren. Opa Neunzig und

Amok brauchen dringend eine Dusche. Ich vermutlich auch.

Gut, dass Carla ihr Igluzelt mitgenommen hat. Nach ein paar Flüchen und Verwünschungen gibt das Fiberglas-Gestänge endlich auf, lässt sich fast widerstandslos durch zahlreiche Schlaufen quälen und zu einer Kuppel formen, die den blauen Zeltstoff trägt. Carla macht ein zufriedenes Gesicht. Amok wird draußen angebunden und bewacht das Gelände. Opa Neunzig und ich schlafen im Bus. So ist es jedenfalls geplant. Doch von Schlafen kann in dieser ersten Nacht absolut keine Rede sein, denn der Alte schnarcht. Nach wenigen Minuten muss ich diese Einschätzung revidieren. Von Schnarchen zu sprechen, wäre eine infame Beschönigung, die jeden Normalschnarcher aufs Tiefste beleidigen müsste. Nein, Opa Neunzig schnarcht nicht, er röhrt wie ein Porsche Turbo, dem ein Ziegelstein aufs Gaspedal gefallen ist, und das gilt nur für das Einatmen. Wenn er ausatmet, pfeift es wie aus allen Dampfkesseln der Hölle.

Nach zirka drei Stunden Lärmfolter bin ich zu allem bereit. Auf der Suche nach einem geeigneten Mordwerkzeug streift der Lichtkegel meiner Taschenlampe eine Reisetasche. Eine Taucherbrille schaut heraus. Ich ziehe daran und stelle fest, dass ein Schnorchel an der Brille baumelt. Wenig später ist endlich Ruhe und mich empfängt ein tiefer, traumloser Schlaf.

„Na, wie habt ihr gepennt?", fragt Carla und streckt den Kopf durch die geöffnete Seitenscheibe.

„Ich habe wunderbar geschlafen, ich sprühe nur so vor Energie!", frohlockt Opa Neunzig, ohne meine Antwort abzuwarten. Kurz darauf ist er schon draußen und macht sich an unserem kleinen Gaskocher zu schaffen. Ich robbe mit meinem Schlafsack an die geöffnete Schiebetür und blinzele hinaus in einen lauen Sommermorgen. Opa Neunzig verteilt Pulverkaffee auf drei Plastikbecher. Auf dem Kocher beginnt eine Wasserkanne aus Aluminium leise zu simmern.

„Nur mein Gaumen schmerz etwas", grummelt Opa Neunzig, *„irgendjemand* hat mir nämlich dieses Ding in den Rachen gestopft." Er zieht den Schnorchel aus der Gesäßtasche seiner Jeans und wirft mir einen angriffslustigen Blick zu. Ich halte es für klüger, nicht darauf zu reagieren.

„Hab auch gut geschlafen", sage ich zu meiner Tochter und beobachte, wie eine winzig kleine Ameise den Bus betritt. „Und du?"

„Geht so. Zuerst hat irgendjemand tierisch laut geschnarcht. Aber dann war plötzlich Ruhe."

Während wir darauf warten, dass unser Kaffeewasser kocht, fällt uns auf, dass ein großes weißes Wohnmobil neben uns steht. Ein modernes Teil mit Satellitenantenne, eingebautem Klo und deutschem Kennzeichen. Opa Neunzig wirft einen argwöhnischen Blick auf das Fahrzeug.

„Leute, die in ihr eigenes Auto kacken – ich verabscheue so etwas", sagt er.

KAPITEL 38

Wir sind in Spanien. Zwischen Bilbao und Santander machen wir uns Wiener Würstchen heiß. Man muss oben in die Blechdose ein paar Löcher bohren, sagt Opa Neunzig, damit die Dinger nicht explodieren, wenn das Wasser kocht. Carla hat eines von diesen Schweizer Allzweckmessern. Sie klappt einen stabilen Dorn aus und perforiert damit die Deckel. Dann werden die drei Dosen im Motorraum befestigt.

„Fünfzig Kilometer, schätze ich", sagt sie und schaut auf den Tachometer. Heute darf ich endlich auch mal vorn sitzen. Opa Neunzig hat sich hinten hingelegt und döst. Amok hat seinen Mittelplatz im Cockpit eingenommen. Die Vorbereitungen für unser Mittagessen hat er mit großer Aufmerksamkeit verfolgt. Sein Blick sagt: Wozu erst heiß machen die Dinger? Anschließend verbrennt man sich doch nur die Schnauze daran!

Für unser kleines Picknick verlassen wir die Autobahn und fahren nach Santander hinein. Carla will unbedingt auf die Halbinsel Magdalena, weil ihr eingefallen ist, dass sie darüber mal etwas in einem Fernsehbericht gesehen hat. Dank der guten Beschilderung finden wir den kleinen Hügel mit dem pompösen Schloss ohne Probleme. Von hier aus hat man tatsächlich einen beeindruckenden Rundblick über die Stadt, die vorgelagerten Strände und den Atlantik. Wir halten auf einem großen Parkplatz und bereiten unser Mittagessen zu. Toastbrot, Ketchup, reichlich Senf und die heißen Würstchen aus der Motor-Küche ergeben eine passable Hot-Dog-Variante. Leider haben wir vergessen, Röstzwiebeln zu besorgen. Amok stört das wenig. Als Freund der Trennkost-Ernährung versucht er ohnehin zu vermeiden, Eiweiße und Kohlenhydrate in einer Mahlzeit zu sich zu nehmen. In diesem Fall bedeutet das, er schlingt zunächst seine Ration Würstchen herunter und macht sich anschließend über die vier Scheiben Weißbrot her, die wir ihm zugeteilt haben. Das Ganze dauert ungefähr fünf Sekunden. Danach schaut er uns beim Essen zu, während ihm Speichelfäden von den Lefzen rinnen.

Vor dem Eingang zur Schlossanlage hat sich eine lange Schlange gebildet. Außerdem weisen Schilder darauf hin, dass Hunde innerhalb des Gemäuers nicht erwünscht sind. Carla und ich beschließen daher, auf die Besichtigung zu verzichten, und schlendern zu unserem Bus zurück. Ich will Carla gerade fragen, ob wir nicht mit ihrem Handy ein Erinnerungsfoto schießen sollten, als ein orangefarbener VW-Bus in unser Blickfeld kommt. Ein junger Typ mit Baseballmütze sitzt am Steuer und grinst, als er an uns vorbeifährt. Die kleine Seitenscheibe steht offen. Der Typ schnippt seine Kippe heraus, tippt sich grüßend an die Kappe und gibt Gas. Jetzt begreifen wir, was gerade passiert! Carla, Amok und ich rennen schreiend, bellend und gestikulierend hinterher, während unser VW-Bus in Richtung Ausfahrt verschwindet. Ich spüre bereits ein scharfes Brennen in meiner Lunge, als ich erkenne, dass der Parkplatz von einem Schlagbaum begrenzt wird. Der miese kleine Dieb muss ein Ticket reinstecken, sonst kommt er nicht vom Gelände. Doch er hat schon reichlich Vorsprung, zweihundert Meter oder mehr. Vielleicht können wir es noch schaffen, denke ich und nötige mich zu einem letzten Sprint. Amok hält mühelos mit. Er macht ein paar Luftsprünge und bellt aufgeregt, während er neben mir herläuft. Ich sehe, wie der Bus langsamer wird, wie die Hand in Richtung Automaten schnellt, wie sie die

Karte hineinsteckt – gleich habe ich den Mistkerl erreicht, gleich kann ich die Tür aufreißen und dem Typen auf die Fresse ...

Verdammt! Ich schaffe es gerade noch, dem Bus einen kräftigen Schlag mitzugeben, bevor ich ins Straucheln gerate und mich ins Gras fallen lasse. Inzwischen ist auch Carla da. Sie hält sich die Hand über die Augen und schaut dem Wagen nach, der mit Vollgas durch die aufgehende Schranke gerauscht ist und nun auf der kleinen Landstraße verschwindet. Ich fasse es nicht, wir sind noch keine Woche unterwegs und irgendein Arschloch hat gerade unser Auto geklaut.

„Guck mal!", schreit Carla plötzlich. Gleichzeitig hören wir das schrille Quietschen einer Vollbremsung. Ich springe auf und sehe, dass der Bus quer auf der Straße zum Stehen gekommen ist. Die Bremslichter leuchten. Dann geht die Tür auf und der Dieb kommt zum Vorschein. Er hält sich schützend beide Hände an Hinterkopf und Ohren. Jetzt strauchelt er, geht kurz zu Boden und verschwindet dann fluchend in einem Feldweg.

Amok ist zuerst am Wagen. Die Schiebetür geht auf und Opa Neunzig erscheint. In der Hand hält er ein Werkzeug, den großen Engländer – ein Universalschlüssel, der laut Opa Neunzig auf keiner Reise fehlen darf.

„Respekt, du hast den Typen tatsächlich in die Flucht geschlagen", keuche ich und bin mächtig froh darüber, dass Opa Neunzig keine Lust hatte, das Schloss zu besichtigen.

„Bin davon wach geworden, dass jemand den Motor gestartet hat", sagt er. „Dachte natürlich erst, ihr seid das und ihr wollt mich weiterpennen lassen."

Ich bin völlig außer Atem. Nachdem ich Opa Neunzig auf die Schulter geklopft habe, beuge mich nach vorn und stütze beide Hände auf den Oberschenkeln ab. Erst mal tief durchatmen.

Opa Neunzigs Augen glänzen von dem kleinen Abenteuer, das er eben erlebt hat. „Ich hätte den Strolch viel eher erwischt, wenn er nicht so gerast wäre", behauptet er. „Bin glatt hintenüber gekippt, als der Vollgas gegeben hat. Konnte mich erst wieder aufrappeln, als es geradeaus ging. Aber dann hab ich ihm ein paar ordentliche Striemen verpasst, dass kann ich euch sagen!" Er streichelt den Engländer. Da, wo seine knöchrigen Fäuste das Werkzeug umklammern, treten blauen Äderchen zwischen den Altersflecken hervor. „Die ersten zwei Schläge konnte er noch abwehren, aber dann hab ich voll sein Ohr erwischt."

Carla guckt sich die Fahrertür an.

„Der hat das Seitenfenster aufgehebelt. Wahrscheinlich mit 'nem Schraubenzieher, das geht ganz einfach. Und dann kurzgeschlossen, guck mal, da unter dem Lenkrad hängen die ganzen Kabel raus." Sie greift unter das Armaturenbrett und zeigt mir die beiden Kabelkontakte, die der Dieb zum Kurzschließen benutzt hat.

„Saubere Arbeit", sage ich. „Nur dass er nicht geahnt hat, wer da hinten drin liegt und pennt."

„Genau! Ein blinder Passagier mit einer hammermäßigen Rechten." Carla nimmt Opa Neunzig in den Arm. Dann lässt sie sich das klobige Werkzeug geben, wiegt es in ihrer Hand und sagt: „Der fühlt sich jetzt, als hätte ihn ein Schaufelbagger gestreichelt."

KAPITEL 39

Etwa eine Stunde vor Faro passiert es dann. Ausgerechnet als ich am Steuer sitze. Zwei Kfz-Mechaniker und ein vierbeiniger Werkstatthelfer schauen mich vorwurfsvoll an. Ich konnte den Bus gerade noch auf den Standstreifen lenken. Und nun geht nichts mehr.

„Wie hast du das denn hingekriegt?“, fragt meine Tochter, doch es klingt eher wie eine Anklage.

„Ich hab gar nichts gemacht“, sage ich. „Ich wollte nur diesen elend langsamen Lkw überholen.“

Es hat geklungen, als hätte jemand mit voller Wucht mit einem Hammer auf einen Amboss geschlagen, metallisch und scharf. Danach ist der Motor sofort ausgegangen. Als ich in den Rückspiegel schaute, sah ich eine riesige Wolke verbrannten Motoröls.

„Da hat sich wahrscheinlich ein Stück von der Kurbelwelle gelöst und den Motorblock durchschlagen“, ruft Opa Neunzig zwischen zwei vorbeirasenden Lkw und kommt wieder unter dem Bus hervor. Er liegt auf dem flachen Rollbrett, das er unbedingt mitnehmen wollte – einer der vielen Punkte, bei denen er sich durchgesetzt hat. „Kann passieren. Ist ziemlich selten, aber kommt vor.“

„Und was heißt das?“

„Motorschaden!“, brüllt Carla.

„Wie? Und das soll meine Schuld sein?“

„Ach was!“ Opa Neunzig richtet sich auf. Dann wischt er sich die Finger an einem Putzlappen ab. Anschließend zieht er seine Hose hoch. „Liegt nicht an der Fahrweise.“ Er klopft sich den Staub ab. „Ist ein Fall von Materialermüdung.“

„Und jetzt?“, frage ich.

„Schieben", sagt Carla und deutet in Fahrtrichtung. „Erst mal müssen wir von der Autobahn runter."

Bis zur nächsten Ausfahrt sind es nur ein paar Hundert Meter. Opa Neunzig setzt sich auf den Fahrersitz. Carla und ich schieben wie bekloppt, aber der Bus rührt sich keinen Millimeter.

„Wie wäre es, wenn du den Gang rausnimmst?", ruft sie nach vorn. Opa Neunzig grummelt etwas Unverständliches. Dann beginnt der Bus langsam zu rollen. Immer wenn ein Lkw an uns vorbeirauscht, scheint es etwas leichter zu gehen.

„Das liegt am Sog", brüllt Carla, während der Fahrtwind ihre Haare zerzaust. Nach nur einer halben Stunde haben wir die Ausfahrt endlich erreicht. Zum Glück geht es hier etwas bergab. Trotzdem bin völlig durchgeschwitzt, als der Bus im Schatten einer Pinie ausrollt und zum Stehen kommt. Die Mittagshitze ist erdrückend und die Zikaden liefern den Soundtrack dazu. Im Hintergrund das Grollen der Lastwagen.

„Wir brauchen eine Werkstatt", sagt Carla.

„Und einen neuen Motor", sagt Opa Neunzig und verscheucht eine Fliege, die sich an seinem Mundwinkel niederlassen will.

„Okay. Schaut mal, da drüben." Carla deutet auf ein Verkehrsschild. „Rechts geht es nach Freixiosa, links nach Chãs de Tavares . Ich würde vorschlagen, zwei von uns versuchen zu trampen, einer bewacht mit Amok den Bus."

Ich fühle mich nicht wohl bei dem Gedanken, irgendwo in Portugal in entgegengesetzte Richtungen loszutrampen und Opa Neunzig zurückzulassen. Auch wenn der kürzlich gezeigt hat, wie er mit Dieben umzugehen versteht. Aber Opa Neunzig hat sowieso andere Pläne, das merken wir, als er sich prompt an den Straßenrand stellt und probeweise den Daumen raushält.

„Prima", sagt er. „Ich wollte schon immer mal per Anhalter fahren."

Dann hören wir ein typisches Traktorgeräusch. Tatsächlich, ein paar Sekunden später taucht eine uralte Landmaschine auf. Und der Fahrer hält sogar an, als er uns winken sieht. Das Quietschen der Bremsen ist unbeschreiblich laut, aber es ist ein Geräusch, an das wir uns zwangsläufig gewöhnen werden. „Oi, como vai Senhorita? Alemã? Você tem uma avaria do carro? Quer que eu pegue um pedaço?"

„Coche roto", sagt Carla und blickt von unserem Spanien-Reiseführer auf, doch der Typ zuckt nur mit den Schultern.

„Coche roto", wiederholt Carla mit Nachdruck, doch der Mann reagiert noch immer nicht.

Ich erinnere meine Tochter daran, dass wir seit etwa zweihundert Kilometern in Portugal sind.

Zwei Stunden später befinden wir uns auf einem idyllischen Hof, der sein Verfallsdatum allerdings um ein paar Generationen überschritten hat. Die Gebäude bestehen aus großen Feldsteinen und werden von vielfach geflickten Dächern geschützt. Hinter einem Zaun aus weitmaschigem Draht grasen ein paar Schafe und Ziegen. Dank einer Abschleppstange, laut Opa Neunzig unverzichtbarer Bestandteil eines jeden Bordwerkzeugs, konnte der Bus auf stabile Weise mit dem Traktor verbunden und hierhergeschleppt werden. Carla hat, mittlerweile mit dem portugiesischen Handlexikon ausgerüstet, das sie aus den Tiefen ihres Koffers gezogen hat, unserem neuen Freund verständlich gemacht, dass wir einen Motorschaden haben und daher einen Austauschmotor benötigen. Man braucht keine Portugiesischkenntnisse, um zu erkennen, für wie aussichtslos unser Gastgeber das hält. Doch im Laufe des Abends und einiger Flaschen roten Landweins bahnt sich überraschend eine Lösung für unser Problem an. Wie es der Zufall will, trägt sich Juan Armando Cabrillo, so heißt unser Retter, mit dem Gedanken, seinen alten Traktor zu verkaufen. Sein bester Freund Rui Baìa hat kürzlich seine Landwirtschaft aufgegeben und ihm seine Maschinen angeboten. Darunter befindet sich eine erst zehn Jahre alte Zugmaschine der Marke Ebro, die Juan sehr gern erwerben möchte. Erst sieht es so aus, als würden sich die Kaufverhandlungen recht unkompliziert gestalten. Doch als er die Plastiktüte mit Opa Neunzigs Erspartem erblickt, verändert sich die Lage schlagartig. Eben noch schienen wir uns darüber einig, dass wir den alten Traktor nebst vierundzwanzig Flaschen selbst gekeltertem Roten für zweitausendfünfhundert Euro erwerben, jetzt will Juan auf einmal fünftausend dafür. Weitere Stunden und Weinflaschen werden benötigt, bis sich endlich doch noch ein Kompromiss abzeichnet. Der Kaufpreis steigt auf dreitausendfünfhundert Euro, allerdings steigt auch die Beigabe an Naturalien. Und zwar auf sechzig Flaschen Rotwein, fünfundzwanzig Liter Olivenöl und fünf große Laibe Schafskäse, der hier „Queijo de Ovelha" genannt wird. Bevor wir am nächsten Morgen abreisen, tankt Juan unseren neuen Traktor noch einmal mit Dieselöl voll, das er mithilfe einer Handpumpe aus einem großen Blechtank fördert. Dann wünscht er uns viel Glück und eine gute Reise oder was man so zu verstehen hofft, wenn man von jemandem wortreich verabschiedet wird, dessen Sprache man nicht spricht. Ich hoffe, ihn plagt inzwischen das schlechte Gewissen, weil er uns gestern Nacht gepflegt über den Tisch gezogen hat. Vielleicht verhält sich die Sache aber auch genau umgekehrt. Dann glaubt er nämlich, dass wir in Deutschland eine Bank ausgeraubt haben, und ärgert sich nun, dass er nicht mehr rausgeschlagen hat.

Wie auch immer: Hauptsache, er schickt uns nicht die Polizei hinterher.

Unsere durchschnittliche Reisegeschwindigkeit ist von etwa siebzig auf rund fünf Kilometer pro Stunde gesunken. Die Benutzung von Autobahnen hat sich damit erledigt. Ein rostiger blauer Traktor, dahinter ein leuchtend oranger VW-Bus, beide verbunden durch eine stabile Abschleppstange, daneben trottet ein großer schwarzer Hund. Er schnuppert an diesem und jenem, und wenn er den Anschluss verliert, reicht ein kurzer Sprint, um den lächerlichen Rückstand wieder aufzuholen – fünf Stundenkilometer, das ist ungefähr so schnell, wie ein Fußgänger sich bewegt. Und dennoch: Langsam, aber stetig nähert sich unser kleiner Wanderzirkus der Algarve.

Unser Plan sieht folgendermaßen aus: Erst mal ans Meer. Dort einen schönen Campingplatz finden und eine geeignete Werkstatt. Dann weitersehen. Einen Nachteil allerdings hat die Sache.

„Und wo kochen wir, nachdem unser Ofen kaputt gegangen ist?", frage ich, als wir im Schatten einiger Pinien eine kleine Pause machen. Ich bin schon wieder hungrig und halte die übrig gebliebenen zwei Dosen Wiener Würstchen in den Händen.

„Die kann man auch kalt essen", merkt Carla an.

Amok wedelt. Er denkt vermutlich: Endlich nehmen die Leute Vernunft an.

Der kaputte Bus hat jetzt die Funktion eines Wohnwagenanhängers übernommen, aber da der Motor nicht mehr läuft, können wir damit auch nichts Heißes mehr zubereiten.

„Wir müssen uns früher oder später nach einer neuen Kochgelegenheit umschauen“, sage ich. Immerhin haben wir reichlich Schafskäse, Olivenöl und Wein an Bord. Zusammen mit dem frischen Weißbrot und ein paar Tomaten, die wir unterwegs kaufen, können wir uns also prima ernähren – nicht gerade sehr abwechslungsreich, aber köstlich.

Im Laufe der nächsten zwei Wochen verändert sich unsere Wahrnehmung. Man könnte es „die Entdeckung der Langsamkeit“ nennen, wenn das nicht schon so abgegriffen wäre. Das Schritttempo ist eine Reisegeschwindigkeit, bei der man die Veränderungen der Landschaft und des Klimas noch bewusst miterleben kann. In einer Stunde passiert gerade so viel, wie ich ohne große Mühe verarbeiten kann.

Eines Morgens sehen wir in der Ferne das Meer. Die Luft ist noch kühl und klar. Die Straße schlängelt sich in weiten Bögen über einen Bergrücken mit niedrigem Bewuchs. Ein Verkehrsschild weist darauf hin, dass wir uns zehn Kilometer vor einem Ort namens Tavira befinden. Wenn Opa Neunzig die Geschwindigkeit hält (als Tempomat dient ihm ein großer Feldstein auf dem Gaspedal), müssten wir in etwa zwei Stunden dort ankommen. Amok und ich laufen ein paar Meter hinter unserem Gespann her. Ich, um dem Lärm unserer Zugmaschine zu entgehen, Amok, weil er an allen Büschen und Gräsern schnuppernd darauf spekuliert, ein Kaninchen aufzuspüren, das er dann laut bellend verscheuchen kann. Nichts dergleichen passiert, bis wir das Ortsschild erreichen. Wenig später haben wir in Erfahrung gebracht, dass es in Tavira tatsächlich eine Autowerkstatt gibt. Dank unseres kleinen Sprachführers können wir uns erklären lassen, wo sie liegt, und finden sogar den Weg dorthin. Zugegeben, das ist ein Kinderspiel, weil die Ortschaft einfach nicht dazu geeignet ist, sich in ihr zu verfahren. Neben einer Haupt- und sechs bis acht Querstraßen gibt es noch eine kleine Kirche und einen winzigen Marktplatz mit angrenzendem Café und einen Lebensmittelladen, an dessen Rückseite sich die Werkstatt befindet. Opa Neunzig bringt unser Gespann auf einem Parkstreifen unter einem riesigen Eukalyptusbaum zum Stehen. Nachdem wir festgestellt haben, dass die Werkstatt Siesta macht, überqueren wir den Platz und setzen uns auf ein paar Plastikstühle, die draußen vor dem Café aufgebaut sind. Im Schatten eines roten Sonnenschirms geben wir unsere Bestellung auf. Opa Neunzig zeigt auf die Sagres-Werbung. Dann hält er seine Hand etwa fünfzig Zentimeter über den Tisch, um anzuzeigen, wie groß er sich sein Bierglas vorstellt. Ganz schön groß, finde ich und bestelle das Gleiche. Die junge Frau lächelt. „Dois Chope, à vontade", sagt sie und streicht sich eine der blond gefärbten Strähnen aus dem Gesicht, von denen ihr lackschwarzes Haar durchzogen ist. Sie ist ziemlich klein und ich registriere, dass sie trotzdem ganz flache Plastikschlappen trägt. Carla hat den Ehrgeiz, auf Portugiesisch zu bestellen. Sie blickt vom Sprachführer auf und sagt: „Café com Leite e Água com Gás por favor."

„Muito bem", sagt das Streifenhörnchen und verschwindet hüftschwingend hinter einem Fliegenvorhang aus bunten Plastikstreifen. Anschließend hören wir das Rumoren einer Espressomaschine. Wenig später stehen zwei große, eisgekühlte Bierhumpen vor uns, randvoll, aber ohne Schaum. Dafür bekommt Carla reichlich davon. Der Milchschaum wird direkt am Tisch aus einer Metallkanne auf ihren pechschwarzen Kaffee gegossen.

KAPITEL 40

Vor der Werkstatt stehen zwei uralte Renault R4, eine Kastenente, eine silbergraue DS und ein Peugeot 504 Kombi. Keines der Autos ist jünger als fünfundzwanzig Jahre. Offenbar hat sich der Meister auf die Reparatur französischer Autos spezialisiert. Auf einem verrosteten Schild steht:

Pedro Rui Pereira
Estação de Serviço

Wir klopfen an die große Schiebetür, doch nichts passiert. Immerhin brennt irgendwo Licht in der Werkstatt und nach einer Weile hören wir das metallische Schnarren eines Steckschlüssels, dann einige Hammerschläge. Eindeutig, da arbeitet jemand. Carla schickt ein paar Hallorufe ins Halbdunkel. Dann entdeckt sie einen Klingelknopf. Sie drückt ihn und horcht – nichts! Stattdessen fängt das Licht an zu flackern. Hier drinnen riecht es nach altem Metall und Motoröl. Kurz darauf erscheint ein Mann in einem roten Overall. Seine grauen Haare stehen nach allen Seiten ab. Das und sein Schnauzbart erinnern mich an Albert Einstein. Er steht vor uns und guckt von einem zum anderen, doch er sagt nichts. Er zuckt bloß mit den Schultern und zeigt uns seine Handflächen, so als würde er fragen: Was wollt ihr? Seine leuchtend grünen Augen lachen uns an.

Opa Neunzig hat die Lage als Erster erfasst.

„Der Mann ist taubstumm", sagt er und geht einen Schritt auf ihn zu. Dann deutet er auf seine Ohren und schüttelt den Kopf. Jetzt nickt Einstein, lächelt und zuckt wieder mit den Schultern – so ist das nun mal.

„Kommt, wir zeigen ihm einfach, was los ist." Opa Neunzig dreht sich um und fordert den Mann durch ein Winken dazu auf, uns zu folgen.

Als wir bei dem VW-Bus ankommen, deutet Opa Neunzig auf den Motor, hält den Daumen nach unten und schüttelt den Kopf. Carla holt das Rollbrett, legt sich darauf und verschwindet unter dem Bus. Eine alte Dame mit Kopftuch und Gehstock beobachtet die Szene, dann geht sie weiter. Einstein bückt sich und beobachtet genau, was Carla macht. Sie zeigt ihm die Stelle, wo der Motorblock ein Loch hat. Beide kommen wieder unter dem Bus hervor. Inzwischen ist die Alte wieder aufgetaucht. Sie hat eine Frau mobilisiert. Es ist das Streifenhörnchen aus dem Café von vorhin. Sie geht auf Einstein zu und tippt ihm auf die Schulter.

„Pedro não pode falar", sagt die Alte und verzieht das Gesicht. Dann richtet sie den Blick nach oben, wiederholt den Satz ein paar Mal und bekreuzigt sich.

Das Streifenhörnchen soll offenbar als Dolmetscherin fungieren. Pedro fängt jedenfalls an zu gestikulieren. Die Frau nickt, wendet sich dann uns zu und übersetzt: „Este carro é uma lata velha!"

Carla stöhnt missmutig und fängt an, in unserem Sprachführer zu blättern.

Opa Neunzig räuspert sich. „Er sagt, dass die Karre Schrott ist."

„Woher willst du das wissen?", will ich wissen.

„Erstens liegt das auf der Hand und zweitens war mein Cousin Robert ebenfalls taubstumm. Wir haben als Kinder viel zusammen gespielt und uns über Gebärden verständigt, das hat prima funktioniert. Ist allerdings ein Weilchen her, etwa achtzig Jahre, schätze ich."

Wenig später hat sich das halbe Dorf um unseren kleinen Wanderzirkus versammelt. Ein Junge, der das Geschehen von seinem Fahrrad aus beobachtet, gibt mir ein Zeichen. Er hat die Ellenbogen auf seiner Lenkstange abgestützt und blinzelt gegen das Abendlicht. „Ihr seid Deutsche, stimmt's?"

Ich nicke und frage ihn, woher er so gut Deutsch kann. Weil er in Frankfurt lebt, sagt er, und dass er Artur heißt und die Ferien immer hier in Tavira bei seinen Großeltern verbringt.

„Wollt ihr ans Meer?", fragt er dann, und ich nicke.

„Soll ich euch einen schönen Campingplatz zeigen?"

Ich nicke wieder.

Inzwischen haben Opa Neunzig und dieser taubstumme Pedro eine Absprache getroffen. Äh... Absprache? Na ja, wie auch immer. Ich hab keine Ahnung, wie die das mit der Verständigung hinbekommen haben. Pedro und Opa Neunzig haben jedenfalls beschlossen, dass der Motor ausgebaut und überholt wird. Ein Austauschmotor ist hier nicht zu bekommen, vollkommen aussichtslos. Das Ausbauen soll morgen oder übermorgen stattfinden und höchstens einen halben Tag dauern, Opa Neunzig und Carla wollen mit anpacken.

„So weit, so gut", finde ich. „Und wo sollen wir übernachten?"

Etwa eine Stunde später erreicht unser kleiner Treck die Küste. Artur radelt neben uns her und erzählt von Deutschland und dass er später mal Geschichte studieren und hier in Portugal Touristenführer, Tauchlehrer oder Hotelmanager werden will. Dann kommen wir um eine Kurve und ich erblicke das malerischste Stück Landschaft, das ich jemals gesehen habe. Da unten liegt eine grüne Halbinsel. Auf der einen Seite gibt es eine kleine felsige Bucht mit eingebettetem Sandstrand. Auf der anderen Seite umschließt ein Meeresarm das lieblich anmutende Gelände, das über grasbewachsene Terrassen bis zu einem roten Backsteingebäude ansteigt. Durch den Zeltplatz schlängelt sich ein schmaler Sandweg. Hinter kleinen Gruppen von Pinien schimmern ein paar bunte Zelte hervor und im Hintergrund liegt das türkisfarbene Meer.

KAPITEL 41

Unser VW-Bus ist ein trauriger Anblick. Seine Karosserie steht hinten unnatürlich hoch, weil das Gewicht des Motors fehlt. Wir haben ihn trotzdem wieder hierher auf den Campingplatz geschleppt, denn er dient Opa Neunzig und mir nach wie vor als Schlafgelegenheit. Carla hat ihr Zelt ein kleines Stück entfernt aufgestellt.

Opa Neunzig hat sich gleich nach dem Frühstück auf den Weg nach Tavira gemacht. Die letzten Tage ist er mit dem Traktor gefahren, doch das Teil macht einen höllischen Lärm und verpestet mit seinem Dieselgestank die Luft. Juan, der ältere von den zwei Brüdern, die den Campingplatz betreiben, hat uns gestern freundlich darauf hingewiesen, dass nicht alle Gäste seine und unsere Begeisterung für Landmaschinen teilen. Darum hat Opa Neunzig versprochen, sich um eine Alternative zu kümmern. Heute Morgen heißt diese Alternative Artur. Der Junge hängt von morgens bis abends bei den beiden alten Zauseln ab und macht Amok als Werkstatthelfer Konkurrenz. Sein neuer Plan: Er will Maschinenbau studieren und Kfz-Ingenieur werden.

Artur hat sich ein Moped ausgeliehen und zieht Opa Neunzig an einem Seil hinter sich her – ein Anblick, der so unglaublich komisch ist, dass ich ihn mit meinem Handy festhalte. Amok springt um den schlingernden Rollstuhl herum und kläfft. Das ganze Gespann verschwindet nach wenigen Metern in einer gigantischen Staubwolke und unsere Mitcamper sehnen sich nach dem Traktor zurück.

Heute sollen die Ersatzteile geliefert werden und die drei wollen Pedro beim Instandsetzen des Motors helfen. Aber das scheint mir nur die Hälfte der Wahrheit zu sein. Die andere besteht darin, dass es Opa Neunzig die alten Kisten angetan haben, die bei Pedro herumstehen. Ich vermute, er fühlt sich jünger, wenn er an Autos werkelt, die bei uns seit zwanzig Jahren von der Bildfläche verschwunden sind. Außerdem versteht er sich bestens mit Pedro und dessen kleiner Werkstatt und hilft ihm einfach gern.

Carla und ich fangen langsam an, uns an das Leben hier zu gewöhnen, vor allem daran, dass wir den ganzen Tag faulenzen. Opa Neunzig besteht darauf, dass wir uns von der Werkstatt fernhalten – wir sollen uns einfach mal erholen. Heute wollen wir Windsurfen ausprobieren, und Juan, der auf seinem Campingplatz eine kleine Surfschule betreibt, will uns zeigen, wie das geht.

Nach zwei Stunden schmerzen mein Rücken und meine Arme vom ständigen Ausdemwasserziehen des Segels. Windsurfen lernen bedeutet, im knietiefen Wasser auf einem wackeligen Brett zu stehen und sich damit abzumühen, das Segel mithilfe eines Seils aus dem Wasser zu ziehen. Hat man es endlich oben, schubst einen der nächste Windstoß samt Segel zurück in die Fluten. Dann steigt man wieder auf das Brett und der ganze Zirkus geht von vorn los. Einmal ist es mir gelungen, so eine Böe in Vortrieb umzuwandeln. Das Problem dabei: Sobald der Wind das Segel bläht, muss man sich beherzt nach hinten lehnen, um das Gleichgewicht zu halten. Anschließend erschrickt man jedoch darüber, dass das Brett auf einmal zu gleiten beginnt, und lässt los. Danach: siehe oben ...

Bei Carla hat es etwas besser geklappt. Einmal ist sie ungefähr zwanzig Meter weit gekommen, immerhin.

„Und, willst du es weiter versuchen?“, frage ich sie später am Tag, als wir beim Abendessen sitzen.

Sie grinst. „Na klar, du etwa nicht?“

Ich bin mir da nicht so sicher und zucke mit den Schultern. „Mal sehen, wie es meinem Rücken morgen geht“, sage ich und lehne mich an den Stamm einer Pinie, die unser kleines Lager beschattet. Es gibt Brot mit Olivenöl und Schafskäse. Die verbliebenen dreieinhalb Laibe lagern inzwischen im Kühltresen des kleinen Ladens, den die Brüder betreiben, um ihre Campinggäste mit dem Nötigsten zu versorgen. Dort kaufen wir auch unser Weißbrot, das hier „pão branco“ heißt. Genau genommen tauschen wir es ein, denn im Gegenzug verkaufen die Brüder unseren Schafskäse an die Mitcamper. Carla hält einen Pappteller mit Olivenöl in der Hand und tunkt das Brot hinein. Ich liebe es, meiner Tochter beim Essen zuzuschauen.

„Weißt du eigentlich, dass du in so einem VW-Bus gezeugt worden bist?“

„Ja, Papa, das hast du mir schon zehntausend Mal erzählt.“

„Was deine Mutter wohl sagen würde, wenn sie uns so sehen könnte.“

Carla legt ihre Hand auf meinen Unterarm und schaut mich an. „Sie würde sich bestimmt darüber freuen, dass wir zusammen Urlaub machen.“

„Schade, dass du dich nicht richtig an sie erinnern kannst“, sage ich und spüre einen Kloß im Hals.

Carla wischt sich mit dem Handrücken über die fettglänzenden Lippen. „Ja, finde ich auch. Da ist keine Erinnerung, mehr so ein Gefühl.“

„Dass da jemand war, der dich geliebt hat?“

„Genau. Und das fühlt sich gut an. Wenn ich ganz konkrete Erinnerungen gehabt hätte, wäre es vielleicht schlimmer gewesen, sie zu verlieren.“

Ich nicke und schaue auf das Meer. Ja, denke ich, das wäre wahrscheinlich schwerer gewesen, viel schwerer.

Dann würdest du dich nämlich an die tausend kleinen Dinge erinnern, die deine Mutter zu diesem wunderbaren Wesen gemacht haben, in das ich mich verliebt habe. Wenn ich einen sentimentalen Anfall dieser Art bekomme, was zum Glück recht selten vorkommt, drücke ich mir mit dem Daumen in das Nagelbett meines kleinen Fingers. Das tut so unbeschreiblich weh, dass ich sofort wieder in der Realität lande. Wer weiß, wie es weitergegangen wäre? Schließlich kannten wir uns erst ein paar Jahre, waren noch ganz vernarrt ineinander. Ich streichele Carlas Hand, die noch immer auf meinem Arm ruht. Ob meine Ehe überhaupt gehalten hätte? Wie auch immer, es wäre schön gewesen, wenn wir mehr Zeit gehabt hätten, das auszuprobieren.

Irgendwo brummt etwas und Carla greift nach ihrem Mobiltelefon. Ich kann ihr an der Nasenspitze ansehen, dass sie eine Kurzmittelung von Kuno erhalten hat. Ich habe längst mitbekommen, dass die beiden hin und wieder miteinander kommunizieren.

Carla schaut mich an. „Kuno fragt, ob er Ashanti deine Handynummer geben soll."

Seit dem Streit an diesem einen Morgen haben wir nicht mehr über die beiden gesprochen.

„Was ist eigentlich mit Kuno und dir?", frage ich, auch um Zeit zu gewinnen. Will ich Kontakt zu Ashanti? Ich halte eine Hand vor die Stirn. Trotzdem muss ich die Augen zusammenkneifen, um Carlas Gesichtsausdruck zu erkennen. Sie grinst und ich frage mich, ob das ein Zeichen von Unsicherheit oder Selbstbewusstsein ist.

„Meinst du, ob wir zusammen sind?"

Ich nicke.

„Auf jeden Fall fehlt er mir."

„Habt ihr euch gestritten?"

„Nein. Er ist auch nicht sauer, weil ich spontan mit euch losgefahren bin, falls du darauf anspielst. Vielleicht kommt er sogar ein paar Tage her."

„Hierher nach Portugal, an die Algarve?"

„Hm, genau. Mit dem Flugzeug." Sie beißt von dem Brot ab und redet mit vollem Mund weiter. „Ist doch nichts dabei, oder?"

Nein, ist nichts dabei. Wenn ich ehrlich bin, würde ich mich sogar freuen, Kuno wiederzusehen. Schließlich ist er mein bester Freund, daran ändern weder seine Beziehung zu Carla noch seine literarischen Spinnereien etwas. Ich atme tief durch. Es riecht nach Seeluft, nach Pinien und nach Schafskäse. Ich erinnere mich nicht daran, dass ich jemals so entspannt gewesen wäre, so gelassen und gleichmütig. Natürlich ist Kuno viel zu alt für Carla. Aber was geht mich das an? Das ist doch gar nicht meine Baustelle.

„Was ist jetzt mit der Nummer? Soll er sie Ashanti geben oder nicht?"

Carlas Stimme reißt mich aus den Gedanken.

Ich nicke. „Kann er ruhig machen", sage ich und nehme mir vor, den Akku meines Handys aufzuladen. Ich habe das Ding seit Tagen nicht eingeschaltet. Wozu auch? Es ruft ja ohnehin niemand an.

Keine halbe Stunde später habe ich eine seltsame Erscheinung. Ich sehe eine Frau mit Dreadlocks über den Zeltplatz gehen. Sie trägt einen Rucksack auf den Schultern und sieht aus, als wenn sie jemanden suchen würde. Ich will Carla darauf aufmerksam machen, doch die ist noch einmal runter an den Strand gegangen. Wenn ich es nicht besser wüsste, würde ich schwören, dass es sich bei der Frau um Ashanti handelt. Mir fällt ein, was sie über die Begrenztheit unserer Wahrnehmung erzählt hat und wie relativ unser Zeitbegriff ist. Dann kommt Kuno ins Bild und deutet auf unseren VW-Bus.

KAPITEL 42

„Ich hab doch gesagt, dass Kuno für ein paar Tage herkommt", sagt Carla und grinst ihr freches Grinsen. Dann prustet sie auf einmal los: „Schade, dass ich dein Gesicht nicht sehen konnte, als die beiden hier aufgetaucht sind."

Wir sitzen am Strand, rund um ein kleines Lagerfeuer herum, und halten unsere Bratwürste ins Feuer. Kuno hat sich mein Taschenmesser ausgeliehen und damit ein paar Stöckchen angespitzt. Meine neu gewonnene Gelassenheit wird gerade auf eine ziemlich harte Probe gestellt. Die Begrüßung vorhin ist etwas unbeholfen ausgefallen. Kuno, Ashanti und ich haben uns zwar umarmt und freundschaftlich abgeklopft, aber danach wussten wir nicht so recht weiter.

„Was für ein wunderbarer Platz", hat Kuno dann gemeint und seinen Rucksack ins Gras geworfen. Anschließend ist die Konversation ins Stocken geraten. Ich hätte so etwas wie „Was für eine Überraschung, schön, dass ihr da seid" sagen müssen, doch das kam mir irgendwie nicht über die Lippen. Also haben wir in der Nachmittagssonne herumgestanden und auf das Meer geschaut.

„Sollen wir erst mal unsere Zelte aufbauen?", hat Ashanti gesagt, und mir ist nicht klar gewesen, ob das eine Frage oder ein Vorschlag sein sollte. Auf jeden Fall hatten beide je ein eigenes Zelt dabei und begannen an ihren Rucksäcken herumzunesteln. Dann ist endlich Carla erschienen und hat die Neuankömmlinge stürmisch begrüßt. Damit hat sich die Situation sofort entspannt.

Jetzt gerade wirft Carla Amok ein halbes Würstchen zu, das dieser geschickt aus der Luft fängt und verschlingt. „Und, habe ich dir zu viel versprochen?", fragt Carla und kuschelt sich an Kuno. Dann sagt sie an mich gewandt: „Ich habe Kuno von unserem Campingplatz vorgeschwärmt. Ich wollte ihm so gern zeigen, was für einen schönen Ort wir hier entdeckt haben.“

Ich nicke meiner Tochter zu und lächele. Warum bin ich nicht auf die Idee gekommen, dieses Erlebnis mit Ashanti zu teilen, sie anzurufen und ihr davon zu erzählen? Ich greife nach einem Stück ausgeblichener Baumwurzel und lege es in die Glut. Passen meine Gefühle nicht zu so einem Verhalten? Oder will ich mir das nur nicht eingestehen? Eins ist klar: Ich habe mich gefreut, die beiden zu sehen, sehr sogar.

„Du hast es tatsächlich gemacht?“ Ashanti guckt mich kurz an, dann schaut sie wieder ins Feuer.

„Was meinst du?“

„Du hast dir einen VW-Bus gekauft.“

„Ach so, ja, das stimmt. Vielen Dank noch mal für den Tipp. Leider habe ich mir eine ziemliche Schrotthaufen andrehen lassen. Erst war die Kupplung hinüber und jetzt das mit dem Motor, zu blöd.“

Ashanti zieht eine Schnute.

„Hey, dafür kannst du ja nichts“, beeile ich mich hinzuzufügen. „Wie bist du eigentlich auf diesen Vorschlag gekommen?“

Ich nehme einen Schluck von dem selbst gekelterten Rotwein und reiche die Flasche weiter. „Meine Eltern hatten früher so 'ne Karre. Angeblich ist mein Bruder darin gezeugt worden“, sagt sie. Sie schaut die Flasche an und trinkt.

Ich muss lachen. „Während eines verregneten Dänemarkurlaubs?“

„Nee, das muss in Griechenland gewesen sein.“

Ich verschwende einen Gedanken darauf, wie viele Kinder wohl in VW-Bussen gezeugt worden sind – vermutlich Tausende. Dann höre ich ein merkwürdiges Geräusch. Es klingt wie eine Kreuzung aus Moped und Rasenmäher, und so was Ähnliches ist es auch. Wir schauen hoch und sehen ein gespenstisch beleuchtetes Gefährt mit beängstigender Geschwindigkeit über den Campingplatz knattern. Wenig später kommt es den Weg zum Strand entlang geschossen. Kurz bevor es an den Felsen zerschellt, wird es zum Stehen gebracht. Der Motor erstirbt und mit ihm die seltsame Beleuchtung. Ein typischer Zweitakt-Geruch weht zu uns herüber. Opa Neunzig nimmt eine alte Motorradbrille ab, die er irgendwo aufgetrieben hat, und lacht. „Den hab ich hinten in Pedros Werkstatt gefunden."

Gemeint ist ein uralter Vespa-Motor, mit dem Opa Neunzig seinen Rollstuhl aufgerüstet hat. Vorn hat er eine breite Lenkstange montiert, die mit wenigstens zehn völlig verschiedenen Lampen bestückt ist.

„Da ist ein großer Raum mit hohen Regalen und alles ist voller Ersatzteile", schwärmt Opa Neunzig. „Motoren, Lichtmaschinen, Stoßdämpfer, Lampen, Zündspulen, Radbremszylinder, was das Herz begehrt, eine wahre Schatzkammer!"

Wenig später fachsimpelt er mit meiner Tochter über die Details seines genialen Umbaus, in dessen Zentrum sich, man glaubt es kaum, ein handelsüblicher Rollstuhl befindet. Auf die Idee habe ihn der kleine Artur heute Morgen gebracht, als er ihn mit dem Moped hinter sich hergeschleppt hat. Ashanti sagt, dass sie keine Ahnung von Motoren und Technik hat und dass sie Carla bewundert, weil sie sich damit so gut auskennt.

Ich muss an den Abend denken, den ich mit Ashanti

verbracht habe. Ich muss zugeben, dass ich die ganze Geschichte verdrängt habe. Jetzt, wo sie neben mir sitzt, spüre ich ihre Anziehungskraft, und ich erinnere mich daran, wie schön es war, mit ihr zusammen zu sein. Warum habe ich mich eigentlich nicht bei ihr gemeldet? Ich hätte ihr wenigstens eine Kurzmitteilung schicken können. Gleichzeitig denke ich, dass sie viel zu jung für mich ist. Ich bin fasziniert von ihrem Profil, dem die Glut einen kitschigen, rötlichen Glanz verleiht. Kitschig? Oder einfach schön? Bin ich verliebt? Wenn ja, woran merkt man das?

„Und warum hast du dich nicht gemeldet?", dringt ihre Frage in meine gesammelten Gedanken.

Mist! Das musste ja kommen.

„Das habe ich mich auch gerade gefragt", antworte ich wahrheitsgemäß.

„Ich bin vor ein paar Tagen übrigens dreißig geworden."

„Wow, das wusste ich nicht. Herzlichen Glückwunsch nachträglich. Dann bin ich ja nur, äh, achtzehn Jahre älter als du."

Sie dreht die Rotweinflasche in den Händen, die mittlerweile fast leer ist. „Ist es das? Findest du, der Altersunterschied ist ein Problem?"

Ein paar Hundert Meter entfernt sitzen weitere Leute im Schein eines Lagerfeuers. Offenbar haben sie sich beim Brennholzsammeln mehr Mühe gegeben, ihr Feuer ist jedenfalls größer als unseres. Jetzt hört man den Klang einer Gitarre, dann singt jemand. Ist das Portugiesisch oder Deutsch oder Französisch? Ich kann es nicht heraushören. Auf einmal kommt mir das alles so kitschig vor. Ich schaue nach oben und erblicke eine unglaublich helle Milchstraße. Die Sterne sind zum Greifen nah. Gleich wird eine Sternschnuppe ihren hellen Schweif über das Firmament ziehen. Ja, das fehlt noch, eine Sternschnuppe. Ich nehme Ashanti die Flasche weg, trinke, setze sie ab und lasse mich langsam nach hinten sinken. Der Sand hat tatsächlich noch Wärme gespeichert. Dann spüre ich, dass sich etwas an mich anschmiegen will. Ich hebe den Arm ein wenig, damit Ashantis Kopf an meiner Schulter Halt findet.

KAPITEL 43

Am Strand schlafen ist so eine Sache. Gegen vier Uhr morgens ist nämlich die Speicherwärme aus dem Sand verschwunden. Dafür bilden sich unzählige winzige Tautröpfchen, die mit dem kühlen Wind vom Land auf das Meer hinausziehen und sich überall niederschlagen, wo sie kondensieren können. An Blättern und Grashalmen zum Beispiel oder an der Außenseite von Decken und Schlafsäcken. Das nennt sich Morgentau und ist Physik. Sobald man einmal wach ist, kann man das nicht mehr ignorieren.

Opa Neunzig liegt im VW-Bus und röhrt wie ein Rothirsch auf einsamer Lichtung. Ich erwäge, ihm die Nase zuzuhalten, um ihm meinen patentreifen Anti-Schnarch-Schnorchel zu applizieren, unterlasse es jedoch, weil ich ohnehin nicht vorhabe, mich zu ihm zu gesellen. Ashanti ist bereits in ihrem Zelt verschwunden. Aber sie hat den Reißverschluss aufgelassen, was, wie ich feststelle, auch für ihren Schlafsack gilt.

KAPITEL 44

Der Strand ist schmal und wird immer wieder durch Felsen unterbrochen, die ins Wasser ragen. Zur Landseite hin erhebt sich eine fünfzehn bis zwanzig Meter hohe Steilküste. Ein kräftiger Wind weht vom Meer und treibt ein paar Schönwetterwolken vor sich her. Die Gischt sprüht, wenn sie auf die schroffen Felsen trifft. Ich warte auf eine längere Pause zwischen zwei Wellen, passe den richtigen Moment ab und laufe um einen großen Gesteinsbrocken herum, bevor die nächste Woge mich erreichen kann. Es macht Spaß, dieses Abwarten und Rennen, dieses Herausfordern der Elemente, der Versuch, der gierigen See ein ums andere Mal zu entwischen. Auf diese Weise taste ich mich weiter und weiter auf unbekanntes Terrain vor, erreiche neue kleine Strände, bis ich mich an einer Klippe verschätze und von einer großen Woge erfasst werde. Ich spüre, wie das Adrenalin einschießt, wie sich Angst und Geistesgegenwart ruckartig zu enormer Körperspannung verbinden, als ich den Halt verliere. Ich werde von den Wassermassen angehoben und fortgetragen, bis ich nach zwei endlosen Sekunden wieder felsigen Grund spüre und mich mit Händen und Füßen festklammern kann. Ich bin vollkommen durchnässt, doch das Wasser ist angenehm warm. Ich schaue auf. Die nächste Welle ist bereits unterwegs, ich muss sofort reagieren, ein paar Meter Höhe gewinnen, bevor ich erneut den Halt verliere. Ich schaffe zwei, drei kleine, seitliche Bewegungen auf allen vieren, bevor das Wasser wieder da ist und meinen Körper wegspülen und zerschlagen kann. Ich umklammere den scharfkantigen Fels mit der unbändigen Kraft meines Lebenswillens, mit der Entschlossenheit eines Krebses, werde von der wohlig-warmen Gischt überspült und kann mich anschließend endlich in Sicherheit bringen. Leider muss ich erkennen, dass sich die Lage nicht wirklich entspannt hat. Der Wind hat aufgefrischt und die Dünung zugenommen. Die kleinen Strände, über die ich den rettenden Felsvorsprung erreicht habe, sind inzwischen komplett verschwunden. Ob es an dieser Küste einen spürbaren Tidenhub gibt? Wahrscheinlich bin ich bei auflaufendem Wasser gestartet. Wie auch immer, ich kann weder vor noch zurück. Es bleibt nur eine Möglichkeit. Ich schaue nach oben. Ich muss diese Klippe hochklettern.

Erst jetzt merke ich, dass ich zittere. Meine rechte Hand blutet und mein Knie schmerzt. In meinen Leinenschuhen quietscht das Meerwasser. Ich schaue wieder nach oben. Es sieht ziemlich steil aus, aber ich muss es versuchen.

Ich liege im duftigen Gras und schaue in den Himmel. Meine Atmung geht wieder ruhig und gleichmäßig. Schäfchenwolken ziehen über mich hinweg und verändern ständig ihre Form. Vielstimmiges Vogelgezwitscher und das sanfte Rauschen großer Laubbäume haben das Wüten von Wind und Brandung abgelöst. Ich fühle mich glücklich. Bin ich im Paradies? Ich denke an Ashanti. Ob sie noch schläft? Heute Morgen habe ich ein Tattoo auf ihrer Schulter entdeckt – ein Hanfblatt.

Ein Anflug von schlechtem Gewissen streift mich. Zugegeben, im Morgens-zusammen-Aufwachen bin ich etwas ungeübt. Die Selbstverständlichkeit, mit der sich Nähe und Intimität des Nachts eingeschlichen haben, ist auf einmal dahin. Kein Wunder, schließlich ist man irgendwann eingeschlafen und hat ein paar Stunden mit sich selbst verbracht. Dann kommt man zu Bewusstsein und findet sich in einem neuen Tag wieder, einem Tag, an dem der Reißverschluss klemmt. Es folgte ein Gewurstel, das mich dunkel an meine

Geburt erinnerte. Doch dann hatte ich mich schließlich aus dem Schlafsack befreit und bin zum Strand runtergegangen. Amok kam hinter dem VW-Bus hervor. Er pennt in einem angeschwemmtem Plastikfass, in das er seine alte Wolldecke gezerrt hat. Er hat mich ein Stück begleitet, hat hier und da sein Bein gehoben und ist dann wieder zurückgetrabt und hat sich in seine Tonne gelegt. Frühes Aufstehen ist echt nicht sein Ding.

Ein Geräusch, das einer defekten Klospülung ähnelt, lässt mich aus meinen Gedanken auffahren. Ich sehe mich um und entdecke, dass ich die Wiese mit einem zotteligen Esel teile. Unglaublich, was diese Viecher für Geräusche produzieren! Ich muss daran denken, wie ich hier hochgekraxelt bin. Einmal wäre ich beim Aufstieg fast abgerutscht. Ein lockerer Stein ist weggebrochen und polternd in dem Abgrund aus Felsen und Meer verschwunden. Ich konnte mich gerade noch an einer Wurzel festhalten, deren zweckmäßige Schlaufenform mir das Leben rettete. Schau lieber nicht hinterher, sagte ich mir, hab es dann aber doch gemacht und wurde mit einer schaurig-schönen Gänsehaut belohnt, so spektakulär war die Aussicht in den Abgrund.

Ich ertappe mich bei dem abstrusen Gedanken, meinen morgendlichen Ausflug als Gleichnis zu verstehen auf das Wagnis, einen neuen Lebensabschnitt zu beginnen. Sich auf Neuland vorzuwagen ist schließlich mit Risiken verbunden. Aber wer nichts wagt, kann auch nichts gewinnen.

Ich richte mich auf. Meine Schuhe liegen im Gras. Die Sonne hat sie schon fast getrocknet. Ich streife mir die Dinger über und gehe ein paar Schritte. Ich sollte mir langsam mal überlegen, wie ich im Landesinneren zum Campingplatz zurückfinde. Ganz in der Nähe fängt eine Zikade an zu zirpen und mir fällt auf, wie gepflegt es hier aussieht. Gleich darauf höre ich, wie jemand etwas schreit. Es klingt wie ein Warnruf. Dann ein dumpfer Schlag, und es ist Nacht.

KAPITEL 45

Jemand sagt meinen Namen.

„Stefan, Stefan, hörst du mich? Es tut mir so leid. Das ist ja unglaublich. Was machst du denn hier?"

Ich werde das Gefühl nicht los, dass ich schon wieder im Gras liege, und öffne die Augen. Zwei oder drei Personen stehen um mich herum, doch ich habe Mühe, etwas zu erkennen. Es ist alles so unscharf. Und dann mein Kopf! Er schmerzt wie verrückt. Ich taste nach meinem Schädel und spüre, dass sich an dessen Hinterseite eine hühnereigroße Beule gebildet hat.

„Stefan! Er kommt wieder zu sich, das ist ja wunderbar!" Jemand tätschelt mir die Wangen. „Der Arzt ist bereits unterwegs."

Verdammt! Diese Stimme – die kenne ich doch!

„Was für ein Zufall, dass wir einen Mediziner auf dem Course haben", sagt eine Frau. „Es soll sich sogar um einen Unfallchirurg handeln. Aus München."

Dann wird das Bild auf einmal scharf und ich erkenne den Mann, der gebückt über mir steht und mich anstarrt.

KAPITEL 46

Der Royal Tavira Golf Course schmiegt sich organisch an die zerklüftete Küstenlinie der Algarve. An den Löchern 4, 7 und 15 grenzt der Platz direkt an die steile Abbruchkante und bietet den Spielern eine atemberaubende Aussicht über den Atlantik. Der Golfball traf mich in der Nähe des Fairways, das zu Loch Nummer 15 gehört. Wie Brokkoli mir mehrfach beteuerte, war ihm ein fantastischer Abschlag gelungen. Leider wurde der Ball am höchsten Punkt seiner Flugbahn von einer heftigen Böe erwischt, prallte gegen eine Korkeiche und von dort an meinen Hinterkopf. Nicht auszudenken, wenn mich das Geschoss ungebremst, also direkt, getroffen hätte, sagte Doktor Schweighöfer, der Unfallchirurg aus München, nachdem er eine leichte Gehirnerschütterung diagnostiziert und meine Krankenkasse erfragt hatte. Man entschied, mich mithilfe eines dieser Elektrofahrzeuge zum Clubhaus zu befördern und dann die Runde zu Ende zu spielen.

Ich habe es mir im Halbschatten auf einem Deckchair bequem gemacht und lausche den Sambaklängen, die aus den Lautsprechern über mir kommen. Die großzügige Terrasse ist zur Hälfte überdacht und komplett mit Bougainvilleen bewachsen. Dahinter befindet sich eine Bar.

Gerade kommt meine Begleitung mit den Getränken zurück. Es ist Santana, sie drückt mir ein Glas in die Hand und lächelt. Dann zupft sie an der Wolldecke herum, die mich hüftabwärts bedeckt. „Na, wie geht es dir jetzt?"

Ich betaste die Beule. Zum Glück ist es bei einer Schwellung geblieben. So ein Golfball kann eine üble Platzwunde hinterlassen, meinte Doktor Schweighöfer und riet mir, mich in den nächsten Tagen etwas zu schonen. Nicht in die Sonne legen, nicht baden, nicht klettern, so lauteten seine Empfehlungen. Wohler wäre ihm, wenn ich mich in Faro untersuchen lassen würde. Dort sei das nächste Krankenhaus. Ein paar Schichtaufnahmen vom Inneren meines Kopfes wären gut, nur zur Sicherheit.

„Ich fühle mich ganz okay", antworte ich und merke, dass ich hungrig bin. Es ist schon nach 11 Uhr und ich habe noch nichts gegessen.

„Es ist nicht so, wie du denkst", summt Santana und macht dabei ein Gesicht, als würde sie zu sich selber sprechen. „Du warst plötzlich weg, also hat Andreas mir die Unit übertragen. Und dann kam das mit der Nominierung."

„Nominierung?" Ich komme nicht ganz mit, was vermutlich daran liegt, dass ich Mühe habe zu begreifen, dass ich hier in Portugal ausgerechnet auf Brokkoli und Santana gestoßen bin. Ich muss grinsen. Das alles kommt mir auf einmal so absurd vor! Um auszuschließen, dass ich fantasiere oder träume, taste ich erneut nach meiner Beule. Sie ist noch da und schmerzt grässlich, sobald ich draufdrücke.

„Ja, die Nominierung zum Cannes Lions Festival. In Cannes werden einmal im Jahr die kreativsten Werbefilme gezeigt und prämiert. Unser Spot hat einen der begehrten Goldenen Löwen gewonnen. Was sagst du dazu?"

„Keine Ahnung. Und was bringt das?"

„Es wertet das Image unserer Agentur auf, ganz erheblich sogar. Brokkoli wird sich vor neuen Etats kaum retten können. Wir expandieren. Das bietet Chancen für uns alle."

Vor allem für dich, denke ich. Santana strahlt die Überlegenheit eines Zockers aus, der weiß, dass er auf das richtige Pferd gesetzt hat.

„Eigentlich schade, dass du nicht mehr dabei bist", sagt sie und taxiert mich mit einem Seitenblick.

Ich glaube ihr kein Wort. „Aber was macht ihr dann hier? Soweit ich weiß, liegt Cannes immer noch in Frankreich."

„Das war Brokkolis Idee. Er sagte: ‚Komm, wir belohnen uns mit einem Golfwochenende an der Algarve.' Also sind wir direkt von Cannes nach Faro geflogen." Sie schaut sich nach einer Sitzgelegenheit um, dann lässt sie sich auf den Deckchair direkt neben mir gleiten, beugt sich zu mir herüber. Sie legt mir eine Hand auf den Unterarm und verkündet: „Bent Breitmeyer ist übrigens rausgeflogen."

Ich gönne mir einen tiefen Blick in ihr Dekolleté. Als ich wieder aufschaue, registriere ich den Aufforderungscharakter in ihrem Lächeln. Sie erwartet, dass ich nachfrage. Kurz bevor es einzufrieren droht, tue ihr den Gefallen und sage: „Erzähl schon!"

Sie nippt an ihrem Drink, dann lehnt sie sich zurück. „Die Polizei hat zwanzig Gramm Koks bei ihm gefunden, nachdem sie ihn im Wallringtunnel geblitzt hatten."

Ich strecke die Unterlippe vor und mache „Mhm...".

„Der Spinner hatte hundertachtzig Sachen drauf und war dicht bis unter die Schädeldecke." Santana lacht. „Stell dir vor, die haben ihn erst kurz vorm Horster Dreieck gekriegt, mit einem Hubschrauber, der auf der Autobahn gelandet ist, so schnell war der unterwegs. Auf der Wache soll er dann randaliert haben und musste eine Nacht in der Zelle verbringen."

„Woher weißt du das alles so genau?"

Santana hebt eine Augenbraue. „Hab da meine Quellen", säuselt sie und nimmt einen Schluck von ihrem Drink. „Außerdem stand es groß in der Mopo: ‚Werbeprofi Bent B. nach wilder Verfolgungsjagd gestellt' und so weiter. Ich glaube, Brokkoli hatte eh die Schnauze voll von dem Aufschneider. Die Sache bot einen willkommenen Anlass."

Santana stellt ihr Glas ab. Sie schiebt sich die übergroße Sonnenbrille ins Gesicht und faltet die Hände über ihrem Bauch. „Job weg, Führerschein weg ..." Sie seufzt tief. „Das Leben kann ganz schön hart sein."

Damit scheint unsere Konversation fürs Erste beendet.

Wenig später scharen sich die übrigen Golfspieler, ebenfalls mit kühlenden Drinks versorgt, um das Opfer ihres sportlichen Wettkampfes. Brokkoli hat genau von der Stelle aus weitergespielt, wo sein Ball neben meinem Kopf liegen geblieben war. Er hat die Runde mit nur elf Schlägen über Par vollendet und scheint mit diesem Ergebnis sehr zufrieden.

„Was für Zufälle es doch gibt!" Er lacht und erhebt sein Glas. „Ich nehme an, Santana hat dich bereits über unseren großen Erfolg informiert?"

Ich nicke und hebe ebenfalls mein Glas.

„Also, auf dein Wohl, schließlich hast du diesen Werbespot konzipiert: den Gewinner des Cannes Lions Festival in der Kategorie Gold."

Ich muss husten, weil ich mich verschluckt habe. Dass es mein Spot war, der den Preis gewonnen hat, hat Santana mir wohlweislich verschwiegen.

KAPITEL 47

„Was ist denn mit dir los, wo bist du gewesen?“ Carla blinzelt gegen die Sonne. Sie sitzt auf einem Campinghocker und schneidet gerade das zweite Hosenbein einer zerlöcherten Jeans ab. Dann zieht sie die so entstandene Shorts über und dreht sich einmal im Kreis. „Geht doch, oder?“

Ich nicke.

„Übrigens, Ashanti sucht dich überall. Sie ist mit Amok zum Strand runter und klettert zwischen den Felsen herum. Wo warst du denn nun?“

„Ach, nirgends, ich habe nur einen langen Spaziergang gemacht“, sage ich und blicke hinunter zum Meer.

„Und was ist mit deinem Kopf?“ Carla steht hinter mir. „Lass mal sehen!“

„Die Beule? Lieber nicht!“

„Nun sag schon, was ist passiert?“

„Tja, das ist 'ne seltsame Geschichte. Wenn es dir nichts ausmacht, würde ich dir das gern ein anderes Mal erzählen.“ Ich betaste das schmerzende Ungetüm an meinem Hinterkopf und freue mich, dass die Haut nicht aufgeplatzt ist. Brokkoli hat mich in seinem großen allradgetriebenen Leihwagen zum Campingplatz gefahren. Sobald ich wieder richtig fit bin, will er sich unbedingt mit mir unterhalten, sagte er, ganz in Ruhe und unter vier Augen.

„Wie du meinst“, sagt Carla und blinzelt gegen die Sonne. „Kuno und ich wollen ins Dorf, zum Kaffeetrinken“, erklärt sie dann. „Kommt ihr mir?“

„Mal sehen, vielleicht kommen wir nach“, sage ich und gehe zum Strand runter. Der Gedanke, dass Ashanti und Amok hier irgendwo rumkraxeln, macht mich etwas nervös. Zum Glück entdecke ich sie nach ein paar Hundert

Metern in der Ferne und winke ihnen zu. Sie kommen mir entgegengelaufen. Amok setzt mit übermütigen Sprüngen über die am Strand verteilten Felsbrocken und erreicht mich nach wenigen Sekunden. Er bellt zur Begrüßung. Dann schüttelt sich das zottelige Ungetüm und verpasst mir eine unfreiwillige Dusche. Ich freue mich trotzdem, Amok wird ausgiebig abgeklopft und gestreichelt. Dann ist Ashanti da und fällt mir ohne zu zögern in die Arme.

„Da bist du ja endlich, wir haben uns schon Sorgen gemacht", keucht sie und lacht. Sie atmet tief durch. Dann küsst sie mich und ich spüre ihre Freude, mich zu sehen. Das fühlt sich ziemlich gut an.

KAPITEL 48

„Dann können wir also bald weiter?" Ich schaue Opa Neunzig an, der soeben verkündet hat, dass sie heute mit der Reparatur fertig geworden sind.

„Das Ding schnurrt wie ein Kater", bekräftigt er. „Der läuft die nächsten zweihunderttausend Kilometer ohne Probleme." Pedro, Artur, Amok und er haben den VW-Motor komplett zerlegt und generalüberholt. Morgen soll er wieder eingebaut werden. „War nicht ganz einfach. Vor allem die Sache mit der Kurbelwelle, aber Pedro ist ein ganz hervorragender Mechaniker. Er hat wirklich ein Händchen, ein ganz feines Händchen für die kniffligen Sachen." Opa Neunzig strahlt. Dann wird seine Miene ganz ernst. Er räuspert sich. „Ich muss euch mal was sagen."

Wir heben die Köpfe und schauen ihn an. Das Lagerfeuer knistert leise. Opa Neunzigs faltiges Gesicht flimmert im Feuerschein, als er weiterspricht.

„Es ist nämlich so, ich werde noch ein Weilchen hierbleiben und Pedro in der Werkstatt helfen."

„Äh ... das ist nicht dein Ernst, oder?", fragt Carla.

Opa Neunzig schaut auf das Meer hinaus. Auf einmal sitzt er ganz gerade.

„Doch. Ich will ein neues Leben anfangen, noch mal ganz von vorn beginnen."

Jemand sollte den Mann daran erinnern, wie alt er ist, überlege ich, schäme mich aber gleichzeitig für diesen Gedanken.

Carla greift sich ins Haar, dann schüttelt sie den Kopf. „Meinst du nicht, es könnten ein paar Probleme auftauchen?"

„Was für Probleme denn?"

„Zum Beispiel, dass du seine Sprache nicht sprichst."

Opa Neunzig wirkt erstaunt. „Welche Sprache? Pedro ist taubstumm, der kann doch selber kein Portugiesisch. Kein Portugiesisch, kein Problem. Ich mache es so wie er, ich verständige mich mit Zeichensprache."

Wo er recht hat, hat er recht, denke ich.

Nun stieren alle ins Feuer.

„Außerdem muss man hier sowieso nicht viel reden", sagt Opa Neunzig und kichert leise.

„Nicht?", frage ich nach. Offenbar bin ich der Einzige, den die Antwort interessiert.

„Nein. Und wisst ihr, woran das liegt? Es ist das Wetter. Es gibt einem keinen Anlass, sich zu beschweren, also gibt es nicht viel, worüber man sich unterhalten könnte."

Ein paar Funken steigen auf und verglimmen in der lauen Nachtluft, als ich ein Stück Treibholz in die Glut lege.

„Geht das denn, ich meine, kannst du einfach so hier in Portugal bleiben?" Carla macht ein besorgtes Gesicht.

„Portugal ist Europa, nicht wahr?", gibt Opa Neunzig zurück. „Wir Europäer können uns aussuchen, wo wir leben und arbeiten, stimmt's?"

„Völlig richtig", sage ich.

„Na also! Und ich lebe jetzt hier." Er trinkt von unserem Rotwein. Der Korken quietscht, als er die Flasche wieder verschließt. „Ein Zimmer habe ich mir auch schon besorgt."

Wir schauen ihn an.

„Arturs Cousine hat viel Platz. Küche und Bad darf ich mitbenutzen."

„Arturs Cousine? Meinst du das Streifenhörnchen aus dem Café?", frage ich.

„Ja, das Streifenhörnchen. Sie heißt Maria. Ein schöner Name, nicht wahr?"

„Und wie hast du das alles geregelt?", fragt Carla. Sie scheint sich wirklich Sorgen zu machen.

Opa Neunzig schaut sie an. „Gar kein Problem, ich habe doch Pedro. Der hat gedolmetscht."

Irgendwie kann ich den alten Kauz verstehen. Aber was ist, wenn er mal krank wird?, überlege ich.

„Außerdem fühle ich mich hier sauwohl", sagt Opa Neunzig, nachdem er meinen Gedanken gelesen hat. „Das liegt nicht nur an dem milden Klima. Die Leute sind auch viel besser drauf, nicht so hektisch, nicht so schlecht gelaunt. Ich bin beweglich und tatendurstig, fühle mich viel besser als in Hamburg. Und falls es mir doch einmal schlecht gehen sollte, dann ist ja die Maria für mich da." Er macht ein zufriedenes Gesicht. Seit er wieder arbeitet und von Bier auf Rotwein umgestiegen ist, hat es bei ihm auch keine Ausfälle mehr gegeben. Sein neues Leben scheint ihm wirklich gutzutun.

„Das Streifenhörnchen?" Carla schüttelt den Kopf. „Was soll das denn heißen?"

„Ich helfe ihrem Cousin, also hilft Maria mir. So einfach ist das hier in Portugal."

Es ploppt, als Opa Neunzig den Korken wieder rauszieht. „Ältere Menschen zu pflegen, findet Maria, ist eine ehrenvolle Aufgabe." Er reicht mir die Flasche weiter. „Sie will sogar einen Kurs besuchen."

„Und was hat Pedro zu deinen Plänen gesagt?", will Carla wissen.

„Er hat genickt."

KAPITEL 49

Opa Neunzig breitet die Arme aus. Gerade hat er uns erklärt, dass er einen Teil seiner Ersparnisse in Pedros Werkstatt stecken will.

„Hier muss dringend modernisiert werden. Man muss an die Zukunft denken, über den Tellerrand hinaus und ein paar Jahre im Voraus", doziert er. „Es fehlt eine Hebebühne. Schaut euch das an, der arme Pedro hockt den halben Tag in dieser verdreckten Grube und verrenkt sich die Knochen. Außerdem ist die Kompressoranlage hoffnungslos veraltet. Sie ist überall undicht, springt viel zu oft an und macht einen höllischen Lärm."

Tatsächlich springt in diesem Moment die Kompressoranlage an und bewirbt sich mit verzweifelten Quietsch- und Pumplauten nachdrücklich um einen Platz unter Opa Neunzigs ganz persönlichem Portugal-Rettungsschirm. Ich kann nicht glauben, was für eine Energie in dem alten Knochen steckt. Seit wir hier angekommen sind und diese Werkstatt entdeckt haben, hat sich das noch verstärkt. Opa Neunzigs Tatendrang beschämt mich – ich schaue ihn an und fühle mich alt.

Wir haben eine Probefahrt mit dem reparierten VW-Bus gemacht. Der Wagen läuft tatsächlich einwandfrei. Jetzt steht unserer Abreise nichts mehr im Weg. In ein paar Tagen soll es losgehen.

Seit die Rückreise in unser Blickfeld gerückt ist, hat sich die Stimmung verändert. Carla und ich wissen, dass uns zu Hause eine Reihe von Problemen erwartet. Wir müssen uns eine Wohnung suchen. Und zwar jeder eine. Außerdem haben wir unsere Jobs verloren und für Carla ist ein großer Traum geplatzt. Selbst wenn sie eine Anstellung als

Kfz-Geselle findet, wird es sehr lange dauern, bis sie genug Geld zusammengespart hat, um ihre eigene Werkstatt aufzumachen. Und ich? Wie soll es mit mir weitergehen und was ist mit Ashanti? Im Moment fühlt es sich total gut an, mit ihr zusammen zu sein. Aber was wird, wenn wir erst wieder in Hamburg sind?

KAPITEL 50

Das Feuer ist längst heruntergebrannt und die anderen sind vor ein paar Minuten schlafen gegangen. Ashanti und ich liegen noch am Strand und schauen uns die Sterne an. Gerade hat sie mich gefragt, wie ich zu dem Job in der Werbeagentur gekommen bin.

„Ich bin da so reingeschlittert", sage ich und merke, dass das jetzt total bescheuert klingt. „Ich wollte unbedingt Arbeit haben und dann kam es zu dieser Verwechslung. Auf einmal hatte ich einen extrem gut bezahlten Job."

Und außerdem habe ich an Carla gedacht, füge ich im Stillen hinzu. Dass ich ihr mit der Kohle vielleicht helfen kann, die Werkstatt zu übernehmen. Aber dann ist ja alles ganz anders gekommen.

Ashanti reicht mir den Joint weiter, den sie gebaut hat, während ich erzählt habe. Dann greift sie nach meiner Hand. „Und? Bist du froh, dass du den Job wieder los bist?"

Ziemlich gute Frage, finde ich und nehme ein paar tiefe Züge. Darüber sollte ich wirklich einmal nachdenken. Es fühlt sich gut an, wie unsere Fingerkuppen sich berühren. Doch irgendwo in den Tiefen meines scheinbar so entspannten Bewusstseins regt sich Widerstand.

Ashanti scheint mein Schweigen als Zustimmung zu deuten. „Passt auch nicht zu dir", sagt sie. „Du bist doch gar nicht so oberflächlich und konsumorientiert ...?" Sie findet es natürlich unmoralisch, für die Werbung zu arbeiten – ist klar. Vermutlich hält sie es für eine Art von Prostitution. Irgendwie bin ich genervt von der Situation. Ich nehme noch einen Zug und gebe den Joint zurück. Sie hat doch überhaupt keine Ahnung, wer ich bin. Ich weiß es ja selbst kaum. Aber vor allem habe ich keinen Bock, mich zu verstellen.

„Ich find's jedenfalls gut, dass du nicht mehr für diese Werbeagentur arbeitest", sagt Ashanti zwischen zwei Zügen.

„Willst du noch?", fragt sie dann, doch ich winke ab. Sie inhaliert noch einmal, dann wirft sie den Rest der Tüte in die Glut. Ich beobachte, wie die Marihuana-Zigarette Feuer fängt, und ärgere mich über mich selbst. Haschisch rauchen hab ich schon immer blöd gefunden. Ich mag diese Trägheit nicht, sie macht mich nicht locker, sondern aggressiv. Aber jetzt ist sie da und ich kann sie nicht abschütteln. Mein ganzes Weicheigelaber geht mir auf den Keks. Hier einen auf Peace und Altfreak zu machen, geht's noch? So läuft das nicht. Urlaub ist ja schön und gut – nachts im warmen Sand rumliegen, Händchen halten und die Milchstraße angucken. Mein männliches Selbstbewusstsein fängt an zu rumoren. Es regt sich unter der Trägheit und knurrt: „Du solltest dich allmählich mal fragen, womit du in Zukunft deine Kohle verdienen willst, Alter! Und moralische Aspekte stehen dabei mit Sicherheit nicht im Vordergrund." Ich versuche den inneren Dialog abzustellen, will mich entspannen, einfach nur da sein. Klappt nicht.

„Eigentlich macht es keinen Unterschied, ob ich eine Bank bewache, als Türsteher arbeite oder mir Werbung ausdenke", sage ich mehr zu mir selbst. „Wenn man es politisch betrachtet, lässt sich doch immer ein Haar in der Suppe finden. Und außerdem: Diese Manie, alles zu bewerten, das geht mir an euch Weltverbesserern auf die Nüsse."

Ashanti hat sich aufgerichtet, sie guckt mich mit großen Augen an. In ihrem Blick erkenne ich Empörung. Und ein bisschen Angst. Habe ich sie gerade beleidigt? Scheiße noch mal, bin ich wirklich so stoned, dass ich das nicht gemerkt habe? Ashantis Hand ist jedenfalls verschwunden. Kein Wunder, schließlich ist sie selbst ja auch nicht mehr da. Ich gehe zum Zelt hoch, um mich für meinen Ausfall bei ihr zu entschuldigen, doch der Reißverschluss ist zugezogen.

Ich fange schon wieder an, mich wie ein Loser zu benehmen, denke ich, während ich Opa Neunzig beim Abholzen einer Eichengruppe zuhöre. Ich habe kein Job, kaum noch Kohle und Stress mit meiner viel zu jungen Freundin. Mein männliches Selbstvertrauen ist unter einer dicken Schicht Watte vergraben.

Und über allem schwebt der süßliche Duft von Hanf.

KAPITEL 51

Hamburg. Manchmal bezweifle ich, dass du meine Liebe erwiderst. Es ist viel zu kalt für Oktober, und es regnet seit Tagen. Der Himmel über der Stadt ist bleigrau und lastet auf dir und mir wie die Betondecke einer Tiefgarage.

Gestern habe ich meinen VW-Bus verkauft. Eine schmerzhafte Entscheidung, aber ich brauche dringend Geld: für eine Mietkaution, für die überhöhte Maklerprovision und für ein paar minderwertige Möbel. Meine neue Wohnung ist klein, charakterlos und liegt in einer Vorstadtsiedlung namens Mümmelmannsberg. Das klingt nach einer von Karnickeln bevorzugten Wohnlage und man denkt unwillkürlich an kleebewachsene Hügel vor schattenspendendem Mischwald. Hier ist nichts von all dem. Es sieht aus wie vor jeder Großstadt – planquadratisch, praktisch, aber nicht gut, sondern deprimierend.

Meine eineinhalb Zimmer befinden sich im dritten Stock, zu niedrig, um über den gegenüberliegenden Block schauen oder sich erfolgversprechend runterstürzen zu können. Haustiere, insbesondere Hunde ab einem Körpergewicht von drei Kilogramm, sind hier nicht gestattet. Ich habe Amok eine entsprechende Diät vorgeschlagen, doch er hat dankend abgelehnt und sich vorläufig bei Carla und Kuno einquartiert. In ein paar Wochen, wenn ich hier als Neuer nicht mehr so auffalle, werde ich ihn nachholen – das ist jedenfalls der Plan.

Es klingelt an der Haustür und ich frage mich, wie das sein kann. Niemand kennt meine neue Adresse – ich habe sie mir ja selber noch nicht gemerkt. Ich betätige den Summer und wenig später steht eine junge Frau in meiner Wohnung. Ich kenne sie. Es ist die neue Besitzerin meines

VW-Busses. Bevor ich sie fragen kann, welche schwerwiegenden Mängel sie dazu zwingen, vom Kauf zurückzutreten, und mich finanziell zu ruinieren, drückt sie mir eine giftgrüne Mappe in die Hand. „Hier, das habe ich hinter der Doppelsitzbank gefunden. Wollte ich erst wegschmeißen, zusammen mit dem ganzen anderen Müll." An dieser Stelle verzieht sie ihr Gesicht zu einem genervten Grinsen. „Aber dann dachte ich, das könnte vielleicht wichtig sein."

Ich klappe den Deckel auf und fange an, in den Unterlagen herumzublättern. Auf einmal wird mir klar, dass diese Dokumente alles verändern könnten.

Vierzig Minuten später treffe ich Carla in einem kleinen Café in der Osterstraße. Und am nächsten Morgen sitzen wir bereits in einem Flugzeug nach Faro.

„Was habt ihr denn so Aufregendes?", fragt Opa Neunzig, als er uns vom Flughafen abholt. Er hat sich einen Bart wachsen lassen. Das sieht irgendwie komisch aus, weil dessen leuchtendes Weiß nicht zu seinem braun gebrannten Gesicht passt. Wir sitzen in einem uralten Citroën Dyane, der durch die kurvenreiche Strecke schaukelt wie ein Schiff auf hoher See. Nach einer knappen Stunde kommen wir in Tavira an. Wir halten an dem kleinen Dorfplatz und setzen uns unter den roten Sonnenschirm vor dem einzigen Café im Ort. Das Streifenhörnchen begrüßt uns freundlich und wortreich, dann nimmt es unsere Bestellung auf.

„Maria ist eine ganz bezaubernde Person", sagt Opa Neunzig, während Arturs Cousine hüftschwingend hinter dem Fliegenvorhang verschwindet. „Sie hat mir das beste Zimmer gegeben und erkundigt sich ständig, wie es mir geht und ob ich etwas brauche. Ich sage euch, ältere Menschen werden hier ganz anders behandelt, viel respektvoller."

Carla rollt mit den Augen. Dann legt sie die giftgrüne Mappe auf den kleinen runden Plastiktisch.

„Was ist das?", will der Alte wissen.

„Diese Mappe lag während unserer gesamten Reise hinter der Doppelsitzbank im VW-Bus. Vor Kurzem haben wir sie da entdeckt." Carla zwinkert mir zu. Ich habe sie nämlich gebeten, das mit dem Verkauf erst mal unter den Tisch fallen zu lassen. Die Sache ist mir unangenehm, vor allem, weil Opa Neunzig sich solche Mühe mit dem Motor gegeben hat.

„Und?" Opa Neunzig rührt sich nicht.

Carla schlägt den Deckel der Mappe auf und blättert in den Unterlagen herum.

„Es handelt sich um ein paar wichtige Dokumente, zum Beispiel diese Verzichtserklärung. Sie ist auf deinen Namen ausgestellt. Du müsstest sie nur noch unterschreiben."

Opa Neunzig greift nach der Mappe. Dann setzt er seine Lesebrille auf. „Hm, kommt mir bekannt vor. Ach ja, jetzt fällt es mir wieder ein! Diese grüne Mappe hatte Renate in der Hand, als wir uns auf dem Parkplatz vor dem Seniorenpflegeheim getroffen haben. Kurz bevor da das Chaos ausbrach."

„Du hast es erfasst. Genau diese Mappe ist das." Carla nimmt ein Blatt heraus und reicht es Opa Neunzig.

„Guckt euch das an", ruft der Alte. „Da ist ja auch ein Auszug aus dem Handelsregister dabei." Er hält seine Hand vor die Augen, weil ihn die Sonne blendet. „Und hier ist ein Brief von der Kfz-Innung", sagt er und hält ein weiteres Schriftstück hoch.

„Das ist eine Rechnung über die Mitgliedsbeiträge", erläutert Carla.

„Zeig doch mal", fordert er und nimmt die Papiere entgegen. „Und wieso ist das alles an mich adressiert? ‚An

Gustav Neunzig, KFZ-Meister', steht hier." Er schüttelt den Kopf, dann nimmt er die Lesebrille ab. „Da ist sogar eine Einladung zur Jahreshauptversammlung dabei."

Carla und ich schauen uns an.

„Kann es sein, dass du immer noch als Geschäftsführer eingetragen bist?", fragt Carla. „Ich meine, hast du dein Geschäft damals etwa gar nicht auf Oktan übertragen?"

Opa Neunzig kratzt sich am Hinterkopf. Ich bezweifle, dass ihm die Tragweite dieser Angelegenheit wirklich bewusst ist.

„Schriftliche Sachen waren nie so meine Ding", sagt er, „und Oktans auch nicht. Kann schon sein, dass es auf dem Papier immer noch meine Werkstatt ist. Aber was spielt das für eine Rolle?"

„Das spielt eine ganz entscheidende Rolle", gebe ich zu bedenken. „Denn wenn du den Besitz damals gar nicht auf Oktan übertragen hast, dann gehört der Laden immer noch dir."

„Und wenn er noch dir gehört, dann kannst du damit machen, was du willst", ergänzt Carla.

Opa Neunzig guckt ein paar Löcher in die laue Herbstluft, dann lächelt er auf einmal verschmitzt. „Hm ... Ihr meint, ich könnte die Werkstatt zum Beispiel auf Carla überschreiben?"

„Ich denke schon", sage ich. „Laut Handelsregister bist du der alleinige Inhaber. Der Auszug ist keine vier Wochen alt und notariell beglaubigt worden. Und dass die KFZ-Innung dir Beitragsrechnungen stellt, bestätigt meine Vermutung."

„Schau mal hier." Carla hält ein weiteres Dokument hoch. „Hiermit sollte Marco mit der Firma Marco Cars als neuer Geschäftsführer eingesetzt werden. Ist alles fix und fertig vorbereitet, du hättest nur noch unterschreiben müssen." Sie lässt die Hand sinken und schaut Opa Neunzig in die Augen. „Als wir dich aus diesem Pflegeheim rausgeholt haben, war Renate gerade auf dem Weg zu dir und wollte sich deiner Unterschriften bemächtigen."

Opa Neunzig schiebt die Schriftstücke zurück in die Mappe. Dann schließt er den Deckel und sagt: „Stimmt, die grüne Mappe, die lag auf dem Parkplatz rum. Hab sie aufgehoben und hinter dem Sitz versteckt, als der Zirkus mit den Pflegern losging. Das hatte ich total vergessen."

KAPITEL 52

Die Frau, mir der ich zusammenlebe, ist wirklich fantastisch. Nicht nur, dass sie umwerfend gut aussieht, sie ist auch noch selbstbewusst, humorvoll, tolerant und tierlieb. Doch damit nicht genug. Sie behauptet sich in einem echten Männerjob und seit Kurzem besucht sie nach Feierabend auch noch die Meisterschule. Vor ein paar Wochen sind wir zusammengezogen. Genauer gesagt, ich bin zu ihr gezogen, weil mir in meiner Wohnung die Decke auf den Kopf gefallen ist. Sie sagte: „Komm einfach zu mir. Bei mir ist genug Platz für drei."

Heute ist ein ganz besonderer Tag. Auf dem Tisch liegt ein Brief. Es ist ein Auszug aus dem Handelsregister, in dem Carla Fischer als Geschäftsführerin ihrer eigenen Kfz-Werkstatt eingetragen ist.

Renate, die uns wegen Entführung, Nötigung und Betrugs verklagen wollte, hat einen Nervenzusammenbruch erlitten, als wir ihr die notariell beglaubigte Willenserklärung von Opa Neunzig vorgelegt haben. Sie musste für den Notar in Faro zunächst ins Portugiesische und anschließend wieder zurück ins Deutsche übersetzt werden und liest sich wie die Gebrauchsanleitung einer taiwanesischen Stoppuhr – aber sie ist gültig und unanfechtbar. Selbst Renates Anwalt sagte, da kann man nichts machen, worauf sie schreiend aus der Werkstatt raus über den Hinterhof und auf die Straße lief, wo sie um ein Haar von einem HVV-Bus der Linie 118 erfasst und für immer zum Schweigen gebracht worden wäre. Was jedoch leider misslang. Also lief sie schreiend weiter und brach erst am Altonaer Bahnhof zusammen. Seither kümmert man sich im AK Ochsenzoll darum, dass sie ausreichend Schlaf und Zerstreuung bekommt.

Nachdem geklärt war, dass Oktan die Werkstatt zu keinem Zeitpunkt besessen hat und sie Renate daher auch nicht vererben konnte, war Marco schnell klar geworden, dass er hier nichts mehr zu suchen hat. Zu seiner Ehrenrettung kann gesagt werden, dass ihm die Situation ohnehin sehr unangenehm zu sein schien.

Der Korken knallt und Amok bellt freudig, während ich Carla zwei Gläser hinhalte. Der Sekt schäumt über und kleckert auf den Fußboden, wo er beschnüffelt und aufgeschleckt wird. Eigentlich hat sich gar nicht so viel verändert. Es gibt ausgehöhlte Brötchen mit im Toaster gegrillten Fischstäbchen, dazu Ketchup und Majonäse. Dass ich wieder hier wohne, hat mit den Grenzen bürgerlicher Moral zu tun. Die müssen nämlich gesprengt werden, um neuen gesellschaftlichen Entwicklungen Platz zu machen, sagt Kuno. Insofern verbot es sich auch, dass er hier einzieht, denn monogame Partnerschaften widersprechen der Idee transrational geprägter Beziehungsformen. Unsere kleine Vater-Tochter-WG hingegen trotzt der bürgerlichen Moral schon deshalb, weil das Haus nicht mir, sondern Carla gehört und unser Zusammenleben damit eine revolutionäre Umkehrung der herrschenden Abhängigkeitsformen darstellt. Eine kleine Veränderung hat sich aber dennoch ergeben: Ich habe einen Kredit aufgenommen und Opa Neunzigs anderthalb Zimmer durch eine breite Gaube vergrößern und komplett renovieren lassen. Genau genommen habe ich jetzt also meine eigene Wohnung. Und wer immer bei meiner Tochter übernachtet, muss nicht Gefahr laufen, mir nachts auf der Toilette zu begegnen.

Wir stoßen an.

„Auf Opa Neunzig!", sagt Carla.

„Auf Opa Neunzig und sein neues Leben in Portugal", wiederhole ich. „Und auf dich und deine eigene Werkstatt!"

KAPITEL 53

Am nächsten Morgen werde ich von infernalischem Lärm geweckt. Es ist Samstag und ich habe gedacht, dass wir mal ausschlafen. Als ich noch völlig verpennt in der Küche auftauche, sehe ich eine strahlende Carla, die einen großen Pappkarton auf dem Esstisch abstellt. Carla wischt sich mit dem Handrücken durch das Gesicht, worauf ein schwarzer Dreckstriemen auf ihrer Oberlippe erscheint.

„Guck mal!", sagt sie und hält mir einen Zettel hin.

Der Bart steht ihr ganz gut, finde ich. Inzwischen kann ich damit leben, dass meine Tochter ziemlich viel von einem Sohn hat. Und ich habe begriffen, dass die Schuldgefühle, die mir manchmal zu schaffen machen, für nichts und niemanden gut sind. In dem Karton kratzt und wuselt es wie verrückt.

„Der klebte oben drauf!", sagt Carla.

Ich reibe mir die Augen und lese: „Das sind Maja, Henry und Bruno (der mit dem weißen Fleck), dein Anteil! Sie sind acht Wochen alt, geimpft, entwurmt und gechipt. Kümmer dich gefälligst selber um die kleinen Chaoten!"

Xulia, denke ich und werfe einen Blick in den Karton.

KAPITEL 54

„Danke für die Welpen!“, sage ich.

Xulia lächelt. Sie wirkt entspannt und gut gelaunt. Sie pustet sich ihren dunklen Pony aus der Stirn und blickt mich aus lebhaften braunen Augen an. Wenn mich nicht alles täuscht, genießt sie meine Aufmerksamkeit. Ihr Lächeln wirkt anziehend und es gilt ausschließlich mir.

„Sag mal, diese Namen“, frage ich und lehne mich an die Tischkante meines Designerschreibtisches, „kann man da noch was machen?“

Xulia scheint nicht zu verstehen. Doch ihr Lächeln hält.

„Maja, Henry und Bruno“, präzisiere ich.

Xulia nickt.

„Maja und Henry sind okay, super Namen, passen perfekt – aber Bruno ...“

Sie lächelt weiter. „Was hast du gegen Bruno?“

„Eigentlich nichts, aber es ist eine Hündin.“

„Echt?“ Xulia scheint wirklich überrascht zu sein. Das Lächeln ist weg – schade. „Seltsam, ich habe mir die drei doch genau angeschaut ...“

„Naja, das kann leicht passieren. Ist ja alles noch ganz klein bei den Welpen“, sage ich, verzweifelt bemüht, nicht zu grinsen.

„Peinlich!“, sagt Xulia. „Ich versteht gar nicht, wie ich mich da so irren konnte.“

„Was hältst du von Bella?“, frage ich und zeige Xulia meine Handflächen. Unser erstes Zusammentreffen ist mir in lebhafter Erinnerung geblieben, und irgendwie habe ich immer noch das Gefühl, Xulia beschwichtigen zu müssen. Mir gefallen die winzig kleinen Lachfältchen, die ihre Mundwinkel umspielen. Dann registriere ich den sanften

Schwung ihrer Oberlippe und wünsche mir auf einmal, Xulia zum Lachen zu bringen. Sie wirkt gelassen und ihre Stimme klingt warm, als sie sagt: „Nein, Bella finde ich prima." Sie lächelt, streicht sich den dunklen Pony aus dem Gesicht und fährt fort: „Das war wirklich unglaublich, Cindy hat einen Wurf mit sechs Welpen zur Welt gebracht und es hat nicht einmal eine Stunde gedauert. Dann waren plötzlich drei Hündinnen und drei Rüden da. Äh naja, offenbar gibt es ja nun doch eine weitere Hündin. Also sind es vier Mädchen und zwei Jungs. Und was habt ihr mit euren drei Rackern vor?"

„Die drei werden ausgebildet", sage ich und mache ein übertrieben ernstes Gesicht.

Xulia hebt die Augenbrauen. „Ausgebildet?"

„Ja, ausgebildet, wie ihr Vater."

„Und zu was?"

„Sie werden Werkstatt-Begleithunde."

„Werkstatt-Begleithunde?"

„Genau, Werkstatt-Begleithunde. Fachrichtung Kfz-Handwerk", sage ich und kann mir das Grinsen nicht mehr verkneifen. Xulia beginnt zu lachen. Das fühlt sich gut an – sehr gut sogar – und ich nehme mir vor, sie in Zukunft öfter zum Lachen zu bringen.

In diesem Moment bekomme ich einen Schlag auf die Schulter. Es ist mein männliches Selbstbewusstsein und es sagt: Wenn du dich besser mit dir auskennen würdest, wüsstest du, dass du dich gerade verliebt hast!

„Danke für den Hinweis", gebe ich zurück, „ich werde das in Betracht ziehen."

KAPITEL 55

Ich lasse mich in meinen Ledersessel sinken. Ich lehne mich weit nach hinten und schaue an die Decke. Da ist es wieder, dieses Chefgefühl. Es riecht nach Leder und ich muss zugeben, dass es mir immer noch gefällt – ziemlich gut sogar. Ich habe Pia Mia gesagt, dass ich in der nächsten halben Stunde nicht gestört werden will.

„Kein Problem, Stephen", hat sie gemeint, „und vielen Dank noch mal, dass du die Sache mit meinem Vertrag geregelt hast."

Dann hat sie mich nur noch angestrahlt, und auf einmal ist ihr wieder eingefallen, dass ich ja nicht gestört werden will. Da hat sie ganz schnell die Tür geschlossen, ist an ihren Schreibtisch zurück und hat mein Telefon auf sich umgeschaltet.

Ich denke an das Gespräch mit Brokkoli. Wir haben uns noch einmal getroffen. Allerdings nicht in Portugal. Dort haben wir uns knapp verfehlt. Aber Brokkoli ist ein paar Wochen später in Mümmelmannsberg erschienen, ich habe keine Ahnung, wie er an die Adresse gekommen ist.

„Hast du ein paar Minuten Zeit für mich?", hat er gefragt und sich den Schweiß von der Stirn getupft. „Hab den Fahrstuhl nicht gefunden."

„Weil es keinen gibt", habe ich geantwortet und ihn hereingebeten. Ich habe etwas zu trinken angeboten und Brokkoli hat genickt. Dann saßen wir auf dem Sofa und tranken Bier. Brokkoli schaute sich in der Wohnung um, ließ den Blick über den gegenüberliegenden Wohnblock schweifen und behauptete: „Wunderschön hier, vor allem die Aussicht."

Ich ignorierte das. „Also, was gibt es?"

Brokkoli nahm noch einen Schluck, anschließend lehnte er sich zurück. „Gut, also gleich zur Sache. Stefan, ich will ganz offen sein. Was mich an dir fasziniert, ist deine zupackende und direkte Art. Der Pragmatismus, mit dem du an die Sachen herangehst. Weißt du, zunächst hatte ich deine Anstellung ja als Experiment betrachtet. Ich habe mich gefragt, wie lange das gut gehen kann, wie lange die Kollegen das mitmachen, bis sie dich in der Luft zerreißen. Der Hammer war, es passierte gar nichts! Im Gegenteil, du hast uns alle überrascht." Er beugte sich vor und schaute mich an. „Aber was das Wichtigste ist: Die Geschichte hat mir den Spaß an meiner Arbeit, den Spaß an der Werbung zurückgegeben. Ich hatte echt keinen Bock mehr auf die Scheiße, wirklich nicht. Ich war desillusioniert, mental völlig ausgebrannt und impotent. Und außerdem unendlich müde. Das ist jetzt zum Glück alles anders."

Brokkoli lehnte sich wieder zurück und grinste. „Wirklich wahr, frag Santana", bekräftigte er. Doch dann wurde er sofort wieder ernst. „Was dazukommt: Durch den Erfolg mit dem Werbespot konnte ich ein paar interessante neue Kunden an Land ziehen. Brokkoli Communication kann sich derzeit vor Aufträgen kaum retten. Wir müssen expandieren, ich brauche neue Leute und ich will, dass du wieder einsteigst. Als mein Seniorpartner, als Teilhaber meiner Agentur. Was sagst du?"

Ich dachte an das Lebensgefühl, das ich in Portugal erlebt hatte, diese Entspannung und Gelassenheit. Doch ich schwieg.

„Bent Breitmeyer habe ich übrigens zum Teufel gejagt. Du kriegst deine Unit zurück und hast freie Hand, was erforderliche Einstellungen betrifft. Ich habe auch schon einen neuen Kunden für dich." Dann schaute Brokkoli mir lange in die Augen und ich hielt diesem Blick stand.

„Du brauchst erst mal gar nichts zu sagen. Überleg dir die Sache, geh in dich und frag dich, ob du diese Herausforderung annehmen willst. Übrigens, dein Audi TT ist vor ein paar Tagen geliefert worden. Steht in der Tiefgarage, in Gletscherweiß Metallic, sieht ziemlich geil aus. Auf dem Tacho: null Kilometer, ist praktisch eine Jungfrau."

Das war der Moment, an dem sich mein Selbstbewusstsein räusperte. Mein Ego erinnerte mich daran, wie geil es sich angefühlt hatte, ein Team von hoch motivierten Leuten zu führen, in einem stylischen Loft zu arbeiten, das durch ein Büro mit Vorzimmerdame abgeschottet war, und ein Auto mit dreihundert PS zu fahren. Dieses Mal müsste ich mir nicht einmal Sorgen machen, dass der Schwindel auffliegt. Denn er ist bereits aufgeflogen und Brokkoli wollte mich trotzdem. Zugegeben, das klang wirklich verlockend – zu verlockend.

Aus diesem Grund sitze ich nun tatsächlich wieder hier in diesem Büro.

Ich bringe meinen Chefsessel zurück in die Sitzposition und greife nach dem Briefing für den neuen Kunden, den meine Unit zu betreuen hat. Es handelt sich um einen international aufgestellten Konzern aus der Nahrungsmittelbranche. Mars Petcare ist Global Player im Bereich Kleintiernahrung. Hauptumsatzbringer: Hundefutter. Doch die Gewinne sind in den letzten Jahren stetig zurückgegangen. Alle Hoffnungen liegen auf unserer geplanten Werbekampagne. Ich muss mir etwas einfallen lassen. Doch bisher habe ich nicht die Spur einer Idee. Unglücklicherweise ist mein Versuch gescheitert, einen ausgewiesenen Experten als Berater zu verpflichten. Amok hat nämlich gerade einen Vertrag als Werkstatthelfer unterschrieben – zu dumm!

Dafür hat es eine andere Veränderung in meinem Team

gegeben. Für Santana ist Xulia gekommen. Santana war *not amused* darüber, dass Brokkoli mich zurückgeholt hat – und das ist äußerst vorsichtig ausgedrückt. Da sie bei Brokkoli neuerdings am Hebel sitzt, hat sie erreicht, dass der Chef für eine angemessene Entschädigung sorgt. Jetzt hat sie ihr eigenes Team und betreut einen großen Kunden aus dem Pharmabereich, der ein neu zugelassenes Medikament auf den Markt bringen will. Agenturinterner Kommentar dazu: Wie passend, dann kann sie sich selbst auch gleich patentieren lassen – als Naturheilmittel bei Potenzschwäche.

„So, jetzt habt ihr beide eure eigene Unit und könnt zeigen, was ihr draufhabt", hat Brokkoli gesagt und schien mehr als zufrieden mit sich und der Welt.

Ich stehe auf. Ich gehe in meinem Büro auf und ab. Dann bleibe ich an einem der bodentiefen Fenster stehen. Auf der Rothenbaumchaussee staut sich der Verkehr in Richtung Dammtor. Da unten steht ein orangefarbener VW-Bus. Ich habe ihn zurückgekauft, das musste einfach sein. Schade, wegen des Hubdachs passt das Ding nicht in die Tiefgarage. Aber das nehme ich gern in Kauf. Der Audi TT kam jedenfalls nicht in Frage, das habe ich gemerkt, als ich zum ersten Mal drin gesessen habe. Brokkoli hat nur mit dem Kopf geschüttelt, als ich ihm gesagt habe, was für einen neuen Dienstwagen ich möchte. Aber dann hat er dem Bus doch eine neue Campingeinrichtung und eine frische Lackierung spendiert. Der Bulli sieht wieder aus wie neu.

Das Telefon klingelt. Es ist Pia Mia.

„Die halbe Stunde ist rum, Stephen, und hier wartet ein, äh ..."

Ich höre, wie die Telefonmuschel abgedeckt wird. Es klingt gedämpft, als Pia Mia den Besucher fragt: „Wie, Sie heißen tatsächlich auch Stefan Fischer?"

KAPITEL 56

Vor ein paar Minuten habe ich Ashanti in der BarBara getroffen. Ich habe ihr gesagt, dass ich eigentlich gar kein Haschisch vertrage und es mir leidtut, wie ich mich an unserem letzten Abend in Portugal verhalten habe. Sie ist mit ihrem neuen Freund dort. Altersmäßig passt er definitiv besser zu ihr, und eine Cannabis-Unverträglichkeit scheint bei dem Typen auch nicht vorzuliegen, sonst hätte er sich kaum ein Hanfblatt in den Oberarm ritzen lassen. Ashanti hat mich kurz an sich gedrückt und mir alles Gute gewünscht. Dann habe ich mich wieder zu Carla, Kuno und den Freunden der transrationalen Dichtkunst gesetzt. Bei ein paar Bieren und entsprechend vielen passiv gerauchten Zigaretten diskutieren wir über das revolutionäre Potenzial der transrationalen Poesie. Kuno verkündet gerade: „Ich scheiß auf die verklebten Kapierschlaufen dieser verblödeten Kunstkritiker!", und echauffiert sich über die maroden Strukturen des kapitalistisch geprägten Kunstmarktes. Irgendwann habe ich keine Lust mehr, dem Gespräch zu folgen, und schweife ab.

Ich muss an heute Vormittag denken. Das erste Mal in meinem Leben habe ich einen Mitarbeiter eingestellt. Es hat ein paar Tage gedauert, bis ich den Kandidaten ausfindig gemacht hatte. Das Bewerbungsgespräch fand auf einer Parkbank statt. Irgendwann war seine Frau dahintergekommen, dass er seit Monaten arbeitslos ist, und hat ihn einfach rausgeschmissen. Plötzlich war er auch noch obdachlos. Immerhin, jetzt hat er wieder einen Job. Und eine Wohnung habe ich ihm auch schon besorgt – er braucht nicht einmal das Namensschild auszutauschen.

Der Mann heißt Stefan Fischer und ist ein ausgebuffter Werbeprofi – genau das, was ich in meinem Team dringend brauche!

Glossar der Werbesprache

All Hands Meeting	Konferenz für alle Mitarbeiter einer Abteilung
Art Director	Leiter der Grafikabteilung
Asset	Aktivkapital, hier besondere Fähigkeit
basic	einfach, simpel
begrenzte Learnings	begrenzte Lernfähigkeit
Benefit	Nutzwert
Best Ager	Generation 50plus
Bold Move	großer Schritt
Brainstorming	Methode zur Ideenfindung
Bridge	Brücke, Übergang
Briefing	Kurzeinweisung
Business Solution	Problemlösung für Unternehmen
chilliger Sound	entspannende Musik
Claim	Werbeslogan
Claim Extension	Erweiterung des eigentlichen Werbeslogans
Company	Firma
Corporate Identity	Firmenphilosophie, Erscheinungsbild in der Öffentlichkeit
Creative Director	Leiter der Kreativabteilung
Deal	Abschluss, Vertrag
Delay	Verspätung

Down to Earth	bodenständig
Fast Movement	schnelle Bewegung, hier Mahnung zur Eile
First Mover	bringt eine Innovation als Erster zur Marktreife
Footage	Filmmaterial, kurze Sequenzen
GimMe Five	Aufforderung zum Abklaschen mit der flachen Hand
Global Player	weltweit führendes Unternehmen
Hands on	zupackend
Heart Opener	Herzöffner
Heavy Weather	Unwetter, hier für Krisensituation
high motivated Professionals	hoch motivierte Fachkräfte
Hungry Guy	engagierter Mitarbeiter
Junior Partner	Juniorchef
Kampagne	Gesamtheit der Werbemaßnahmen
Killer Application	zum Durchbruch führendes Konzept
Kontakterin	Mitarbeiterin, die für die Kommunikation mit dem Kunden verantwortlich ist
Let's get the Cow from Ice	Lasst uns die Kuh vom Eis holen
Meeting Request	Einladung zur Konferenz
No-Go	Tabu
Old Economy	klassische, „alte" Wirtschaft
Performance	Leistungsfähigkeit
Prio Uno	höchste Priorität
Produktioner	Projektmanager und Berater in Fragen der technischen Umsetzung

Rocket Performance	volle Leistung
Scribble	grobe Skizze, Entwurf
So what!	Na und?
Social-Media-Kompetenz	Fähigkeiten im Bereich der sozialen Medien
sophisticated	hoch entwickelt, ausgeklügelt
Street Credibility	„echte" Glaubwürdigkeit
That's it!	Das ist es! Das ist die Lösung!
unique	einzigartig
Unit	Abteilung
Upgrade	Hochstufung, Verbesserung
Urban Natives	städtische Ureinwohner
Workflow	Arbeitsablauf
Yes, we've got it!	Ja, wir haben die Lösung!

Danke!

Ich danke meinen Probelesern Anemone, Anja, Barbara, Huberta, Maidi, Sabine, Boris und Michael. Ihr habt euch nicht nur mit meinem zotteligen Manuskript herumgeschlagen, sondern auch konstruktive Kritik und wertvolle Anregungen geliefert.

Außerdem gilt mein Dank Sandra Thoms und dem gesamten Dryas-Team. Ohne euch wäre mein Roman nicht zum Buch geworden.

Vor allem danke ich meiner wunderbaren Frau Dörte, ohne die ich weder Journalist noch Autor geworden wäre.